Von Ellis Peters sind
als Heyne-Taschenbücher erschienen:

Im Namen der Heiligen · Band 01/6475
Ein Leichnam zuviel · Band 01/6523
Das Mönchskraut · Band 01/6702
Der Aufstand auf dem Jahrmarkt · Band 01/6820
Der Hochzeitsmord · Band 01/6908
Die Jungfrau im Eis · Band 01/6629
Zuflucht im Kloster · Band 01/7617
Des Teufels Novize · Band 01/7710
Lösegeld für einen Toten · Band 01/7823
Pilger des Hasses · Band 01/8382
Ein ganz besonderer Fall · Band 01/8004
Mörderische Weihnacht · Band 01/8103
Der Rosenmord · Band 01/8188
Der geheimnisvolle Eremit · Band 01/8230

ELLIS PETERS

BRUDER CADFAEL UND DAS FREMDE MÄDCHEN

Ein mittelalterlicher Kriminalroman

Aus dem Englischen
von Jürgen Langowski

Deutsche Erstausgabe

WILHELM HEYNE VERLAG
MÜNCHEN

HEYNE ALLGEMEINE REIHE
Nr. 01/8669

Titel der Originalausgabe
THE CONFESSION OF BROTHER HALUIN

Redaktion: Rainer-Michael Rahn

Copyright © 1988 by Ellis Peters
Copyright © der deutschen Ausgabe 1993 by
Wilhelm Heyne Verlag GmbH & Co. KG, München
Printed in Germany 1993
Umschlagillustration: Andreas Reiner, Fischbachau
Umschlaggestaltung: Atelier Ingrid Schütz, München
Satz: Compusatz GmbH, München
Druck und Bindung: Elsnerdruck, Berlin

ISBN 3-453-06139-X

1

Im Jahre 1142 zeigte sich der Winter schon früh von seiner grimmigsten Seite. Nach dem langen Herbst voll milder, feuchter und trister Tage kam der Dezember mit schwerem Himmel und kurzen, düsteren Tagen, die sich auf die Firstbalken senkten wie die Hand eines Riesen. Im Skriptorium war selbst mittags kaum noch Licht genug, um die Buchstaben zu malen, und die Farben mußte man fast aufs Geratewohl benutzen, weil ihnen die unerbittliche, viel zu früh eintretende Dämmerung jeden Glanz raubte.

Die Wetterfühligen hatten schwere Schneefälle vorausgesagt, die in der Mitte des Monats auch kamen. Stürme waren es nicht, nur ein blendender, stiller Schneefall, der mehrere Tage und Nächte anhielt, jede Bodenwelle füllte und alle Farben der Welt bleichte. Die Schafe in den Bergen begrub er wie die Hütten in den Tälern, dämpfte jedes Geräusch, kletterte jede Wand hinauf, verwandelte Hausdächer in weiße Bergketten und die Luft zwischen Erde und Himmel in einen undurchdringlichen weißen Strudel aus Flocken so groß wie Lilienblüten. Als der Schneefall endlich nachließ und die schweren Wolkenkissen sich hoben, lag die Vorstadt halb begraben, geglättet zu einer weißen Ebene, in der es außer den hohen Gebäuden der Abtei kaum etwas gab, das einen Schatten über die bleiche Fläche hätte werfen können. Gespenstischer Glanz ging vom Schnee aus und machte die Nacht zum Tage, wo unheimliche Dämmerung noch vor einer Woche den Tag zur Nacht gemacht hatte.

Nicht nur, daß diese Schneefälle im Dezember den größten Teil des Landes bedeckten, das Leben des Landvolkes behinderten, die Bewohner einiger Weiler mit dem Hungertod bedrohten, nicht wenige Schafhirten in den Bergen mit ihren Flocken begruben und jeden Reisenden zum Stillhalten zwangen – nein, sie wendeten auch das Kriegsglück, machten sich über die Lieblingsbeschäftigungen der Prinzen lustig und ließen die Geschichte auf ihrem Weg ins Jahr 1143 seltsame Umwege gehen.

Zugleich aber lösten sie in der Abtei von St. Peter und St. Paul zu Shrewsbury eine Reihe eigenartiger Ereignisse aus.

In den fünf Jahren, die König Stephen und seine Cousine, die Kaiserin Maud, inzwischen um den Thron von England kämpften, war das Glück zwischen ihnen viele Male wie ein Pendel hin- und hergeschwungen, hatte willkürlich dem einen oder dem anderen den Siegespokal angeboten, nur um ihn vor dem Zugriff wieder fortzureißen und dem ebenso gequälten Gegner anzubieten. Nun, unter dem weißen Kleid des Winters wurde abermals alles auf den Kopf gestellt, denn wie durch ein Wunder wurde die Kaiserin aus dem gepanzerten Handschuh des Königs gerissen, just als dieser ein für allemal die Faust um die Gefangene schließen und den Krieg triumphierend beenden wollte. So war die Lage wieder wie damals zu Beginn des fünfjährigen Kampfes, und alles begann von vorne. Da dies jedoch in Oxford geschehen war, weit jenseits des undurchdringlichen Schnees, sollte einige Zeit verstreichen, ehe die Nachrichten Shrewsbury erreichten.

Was sich in der Abtei von St. Peter und St. Paul zutrug, war, damit verglichen, auf den ersten Blick nichts weiter als eine kleine Unannehmlichkeit. Ein Gesandter des Bischofs, in einer der oberen Kammern des Gästehauses einquartiert und ohnehin schon gereizt und verstimmt, weil er hier festsaß, solange die Straßen unpassierbar waren, erwachte zu seinem Mißvergnügen mitten in der Nacht, als eine Ladung eiskalten Wassers über seinen Kopf stürzte. Mit mächtiger Stimme sorgte er dafür, daß jeder in Hörweite sofort davon erfuhr. Bruder Denis, der für die Gäste verantwortlich war, beeilte sich, ihn zu beruhigen, und gab ihm in einer anderen Kammer ein trockenes Bett. Aber kaum eine Stunde nach dem Guß begann eine undichte Stelle im Dach zu tropfen, der sich bald in einem Umkreis von ein paar Metern ein Dutzend weitere hinzugesellten. Die große Schneelast auf dem südwärts gewandten Dach des Gästehauses hatte sich einen Weg durch das Blei gebahnt, war zwischen die Dachziegel vorgedrungen und hatte vielleicht sogar einige von ihnen eingedrückt. Der vorstoßende Schnee hatte die Wärme im Innern des Hauses gespürt und mit der stummen Bosheit unbelebter Dinge beschlossen, den bischöflichen Gesandten zu taufen.

Am Morgen wurde im Kapitel eine Dringlichkeitssitzung einberufen, um zu beraten, was man tun sollte und konnte. Bei diesem Wetter sollte man tunlichst die gefährliche und unangenehme Arbeit auf dem Dach vermeiden, doch andererseits mußten sie, wenn sie die Reparatur aufschoben, bei Tauwetter mit einer Flut rechnen, und der bisher noch begrenzte Schaden würde sich erheblich verschlimmern.

Einige Brüder hatten bereits beim Bau von Nebengebäuden in der Enklave, von Scheunen und Ställen und Lagerhäusern, mitgewirkt. Bruder Conradin, über fünfzig Jahre alt, aber stark wie ein Stier, war als einer der ersten kindlichen Oblaten ins Kloster gekommen und hatte noch als Knabe unter den Mönchen von Seez gearbeitet, die der großzügige Earl herübergebracht hatte, damit sie den Bau der Abtei überwachen konnten. Wenn es um die Bausubstanz ging, hörte man auf Bruder Conradins Worte, und nachdem er sich das Leck im Dach des Gästehauses angesehen hatte, erklärte er, daß sie sich eine Verzögerung nicht erlauben konnten, wenn sie nicht später die ganze südliche Hälfte des Dachs erneuern wollten. Sie hatten Holz, sie hatten Schieferplatten, sie hatten Blei. Das Süddach ragte über den Abflußkanal hinaus, der zum Mühlbach führte. Der Wasserlauf war überfroren, es wäre also kein Problem, ein Gerüst zu errichten. Natürlich war es bitterkalt, wenn man dort oben arbeitete. Zuerst mußten sie die Schneegebirge abräumen, um das drückende Gewicht vom Dach zu nehmen, dann mußten sie die zerbrochenen oder verschobenen Schieferplatten ersetzen und die Kehlbleche mit Blei reparieren. Doch wenn sie sich oft ablösten und, solange die Arbeit dauerte, im Wärmeraum ein Feuer unterhalten durften, war es zu schaffen.

Abt Radulfus, verständig und schnell entschlossen wie immer, nickte mit seinem beeindruckenden Haupt und sagte: »Nun gut, dann tut es!«

Sobald die ausgedehnten Schneefälle nachließen und der Himmel sich hob, drangen die zähen Bewohner der Vorstadt aus ihren Häusern, dick eingepackt und bewaffnet mit Schaufeln, Besen und Rechen mit langen Griffen; sie begannen, den Weg zur Hauptstraße freizuräumen und einen Durchgang bis zur Brücke und zur Stadt zu bahnen, deren ebenso kräftige Bewohner sicherlich schon von ihrer Seite aus den winterlichen Feind angingen. Der Forst hielt sich noch, doch jeder Tag nagte ein Stück mehr aus den Schneewehen und verringerte unmerklich deren Last. Als einige Hauptstraßen wieder gangbar waren und ein paar Reisende, die entweder tollkühn waren oder keine andere Wahl hatten, mühsam über die Wege zogen, hatte Bruder Conradin sein Gerüst aufgebaut und die Leitern sicher auf dem geneigten Dach verankert. Die Helfer wechselten sich droben in der Eiseskälte ab und räumten vorsichtig die Schneemassen fort, um zum gebrochenen Blei und den geborstenen Schieferplatten zu gelangen. Unten am überfrorenen Abflußgraben sammelte sich ein Wall aus schmutzigem, pappigem Schnee, und ein unachtsamer Bruder, der den Warnruf von oben nicht gehört oder sich nicht darum geschert hatte, wurde von einer kleinen Lawine verschüttet. Man grub ihn eilig aus und schickte ihn in den Wärmeraum, wo er auftauen konnte.

Inzwischen war der Weg zwischen Stadt und Vorstadt wieder frei. Zunächst noch zögerlich und langsam, konnten die Neuigkeiten aus Winchester endlich bis Shrewsbury vordringen, wo sie einige Tage vor Weihnachten die Garnison auf der Burg und den Sheriff der Grafschaft erreichten.

Hugh Beringar machte sich unverzüglich auf den Weg zur Abtei, um auch Abt Radulfus zu informieren. In diesem Land, das seit fünf Jahren von einem unberechenbaren Krieg geschüttelt wurde, war es für Staat und Kirche angebracht, eng zusammenzuarbeiten. Wenn Sheriff und Abt am gleichen Strang zogen, konnten sie ihren Leuten ein vergleichsweises ruhiges und geordnetes Leben gewährleisten und die schlimmsten Auswüchse der Zeit von ihnen fernhalten. Hugh war König Stephens Mann, der für seinen Herrscher die Grafschaft treu verwaltete, doch noch größer war seine Treue für die Menschen, die in diesem Land lebten. Er hätte sich über den Sieg des Königs gefreut, mit dem in diesem Herbst und Winter jeder gerechnet hatte, doch sein wichtigstes Anliegen war es, dem König, sobald die letzte Schlacht geschlagen war, die Grafschaft relativ wohlhabend, befriedet und intakt zu übergeben.

Er suchte Bruder Cadfael sofort auf, nachdem er die Gemächer des Abtes verlassen hatte, und fand seinen Freund in der Hütte im Herbarium eifrig damit beschäftigt, in einem blubbernden Topf auf der Kohlenpfanne zu rühren. Die unvermeidlichen Hustenanfälle und Erkältungen des Winters, die Frostbeulen an Händen und Füßen, sie hielten ihn ständig damit beschäftigt, den Arzneischrank in der Krankenstation nachzufüllen, und dank der dafür notwendigen Kohlenpfanne war seine Holzhütte ein etwas wärmerer Arbeitsplatz als die Nischen des Skriptoriums.

Hugh kam mit einem Schwall kalter Luft und in sichtlicher Aufregung hereingeplatzt, auch wenn die äußeren Zeichen seiner Unruhe jedem entgangen wäre, der ihn weniger gut kannte als Cadfael. Doch seine angestrengten Bewegungen und die knappe Begrüßung veranlaßten Cadfael, mit Rühren aufzuhören und das Gesicht des Sheriffs, die funkelnden Augen und die zuckende Ader auf seiner Wange, genau zu betrachten.

»Alles hat sich wieder gewendet!« sagte Hugh. »Nun geht es wieder von vorne los!« Was er damit auch meinen mochte, Cadfael schenkte sich die Frage, weil er es ohnehin gleich erfahren würde. Es hatte fast den Anschein, als siegte in Hughs Gesicht nun eine amüsierte Erleichterung über Verzweiflung und Verdrossenheit. Er setzte sich schwer auf die Bank an der Holzwand und ließ in hilfloser Resignation die Hände zwischen den Knien hängen.

»Heute morgen ist ein Bote aus dem Süden durchgekommen«, begann er, indem er den aufmerksamen Blick des Freundes erwiderte. »Sie ist fort! Aus der Falle entkommen und zu ihrem Bruder nach Wallingford geflohen. Der König hat sein Unterpfand verloren. Er hatte sie in der Hand, doch er ließ sie durch die Finger gleiten. Ich frage mich wirklich«, erklärte Hugh, indem er angesichts dieses neuen Gedankens die Augen weit aufriß, »ob er nicht beide Augen zudrückte und sie gehen ließ, als es hart auf hart kam. Es sähe ihm ähnlich. Gott weiß, er wollte sie unbedingt fassen, aber vielleicht bekam er es mit der Angst, als er sich überlegen mußte, was er mit ihr anfangen sollte, nachdem er sie gefangen hatte. Das ist eine Frage, die ich ihm wirklich gern stellen würde, und ich weiß doch genau, daß ich es niemals tun werde«, schloß er mit schiefem Grinsen.

»Wollt Ihr mir etwa erzählen«, fragte Cadfael vorsichtig zurück, während er ihn über die Kohlenpfanne hinweg anstarrte, »daß die Kaiserin aus Oxford geflohen ist? Umstellt von der Armee des Königs, die Vorräte in der Burg bis auf den letzten Krümel verzehrt? Wie soll ihr das gelungen sein? Als nächstes werdet Ihr mir noch einreden, sie habe Flügel bekommen und sie über die Linien des Königs hinweg nach Wallingford geflogen! Selbst wenn sie unbemerkt die Burg verlassen konnte, sie kann doch nicht ungesehen zu Fuß durch die Wälle der Belagerer gelaufen sein.«

»Ach, genau das tat sie aber, Cadfael, sie tat beides! Sie stahl sich unbemerkt aus der Burg und gelangte mindestens durch einen Teil von Stephens Linien. Man vermutet, daß sie sich vom rückwärtigen Turm an einem Seil zum Fluß hinabließ, begleitet von zweien oder dreien ihrer Männer. Mehr können es nicht gewesen sein. Wahrscheinlich haben sie sich ganz in weiß gekleidet, um im Schnee unsichtbar zu bleiben, und der fallende Schnee verbarg sie. Sie haben auf dem Eis den Fluß überquert, sind die etwa sechs Meilen bis Abingdon gewandert, haben sich Pferde beschafft und sind nach Wallingford geritten. Ich muß schon sagen, Cadfael, sie ist eine außergewöhnliche Frau. Dem Vernehmen nach ist mit ihr nicht gut Kirschen essen, wenn sie auf der Höhe ist, aber bei Gott, ich kann verstehen, daß die Männer ihr folgen, wenn es mit ihr bergab geht.«

»Dann ist sie also wieder mit FitzCount vereint«, sagte Cadfael. Er gab ein anerkennendes Schnaufen von sich. Vor knapp einem Monat hatte es noch den Anschein gehabt, als sei die Kaiserin ein für allemal von ihrem treuesten und ergebensten Verbündeten abgeschnitten, und als würden die beiden einander in dieser Welt nie wieder begegnen.

Seit September war die Kaiserin in der Burg von Oxford belagert worden. Die Armeen des Königs hatten sie umzingelt, er hatte die Stadt eingenommen und brauchte nur noch abzuwarten, um ihre angeschlagene Garnison auszuhungern. Und nun, nach kühner Tat in kalter Nacht, hatte sie die Ketten abgestreift und war frei, um ihre Streitkräfte wieder aufzustellen und mit neuer Kraft weiterzukämpfen. Gewiß verstand es Stephen wie kein zweiter, einen sicheren Sieg doch noch in eine Niederlage zu verwandeln. Doch diese Eigenschaft war den beiden gemein. Vielleicht lag es ihnen im Blut, denn auch die Kaiserin hatte sich, als sie schon prächtig in Westminster saß und ihre Krönung unmittelbar bevorstand, den störrischen Bürgern ihrer Hauptstadt gegenüber so überheblich und barsch gegeben, daß diese sich voller Wut erhoben und sie wieder vertrieben hatten. Sobald einer der beiden, so schien es, ernstlich die Hand nach der Krone ausstreckte, bekam es das Schicksal mit der Angst, schlug sich auf die Seite des anderen und nahm dem ersten den Lohn der Mühen wieder weg.

»Immerhin«, entgegnete Cadfael etwas gelassener, während er den brodelnden Topf auf den Rost neben der Kohlenpfanne stellte, wo er leise köcheln konnte, »immerhin ist Stephen sein Problem los. Er braucht sich nicht mehr zu sorgen, was er mit ihr anfangen soll.«

»Das ist wahr«, stimmte Hugh wehmütig zu. »Er hätte nie den Mumm gehabt, sie in Ketten zu legen, wie sie es mit ihm tat, als sie ihn nach der Schlacht von Lincoln gefangennahm, und wie sich zeigte, braucht es mehr als Steinmauern, um sie zu halten. Ich glaube, er hat in all den Monaten nicht darüber nachgedacht, er hat nur bis zu dem Augenblick vorausgeblickt, in dem er sie zur Kapitulation zwingen konnte. Er ist von den Sorgen befreit, die mit dem Tag ihrer Gefangennahme begonnen hätten. Vielleicht gelingt es ihm, ihr jede Hoffnung zu nehmen, so daß sie sich gezwungen sieht, in die Normandie zurückzukehren. Aber wir kennen die Dame besser«, fügte er traurig hinzu. »Sie wird niemals aufgeben.«

»Wie hat Stephen denn den Verlust aufgenommen?« fragte Cadfael neugierig.

»Wie erwartet«, berichtete Hugh ebenso liebevoll wie resigniert. »Sobald die Kaiserin die Burg verlassen hatte, ergab sich die Burg von Oxford. Da sie aber fort war, hatte Stephen kein Interesse mehr an den Hungerleidern. Die meisten Männer hätten ihre Wut an der Garnison ausgelassen. Wie Ihr Euch sicher erinnern werdet, ließ er sich einmal hinreißen, hier in Shrewsbury auf diese Weise Rache zu nehmen. Gott weiß, es ist gegen seine Natur. Nie wieder! Gut möglich, daß es die Erinnerung an Shrewsbury war, die ihn Oxford schonen ließ. Er ließ sie unbeschadet ziehen unter der Bedingung, daß sie nach Hause zurückkehrten. Auf der Burg stationierte er eine starke und gut versorgte Garnison und brach dann mit seinem Bruder, dem Bischof, nach Winchester auf, um das Weihnachtsfest zu feiern. Er hat alle seine Sheriffs aus den Midlands zu sich gerufen, damit sie mit ihm feiern. Er war lange nicht mehr in dieser Gegend. Zweifellos will er uns noch einmal genau mustern, um sich zu vergewissern, daß seine Verteidigungslinien halten.«

»Ihr müßt nach Winchester?« fragte Cadfael erstaunt. »Ihr werdet nicht rechtzeitig dort eintreffen.«

»Doch, das werden wir. Wir haben noch vier Tage, und der Bote sagte, im Süden habe es getaut, und die Straßen seien frei. Ich werde morgen aufbrechen.«

»Dann müssen Aline und Euer Junge zu Weihnachten auf Euch verzichten! Und Giles wird ohne Euch seinen dritten Geburtstag feiern!« Hughs Sohn war ein Weihnachtskind. Er war in einem schlimmen Winter, bei Frost und Schnee und beißenden Stürmen, zur Welt gekommen. Cadfael war sein Pate und sein ergebenster Bewunderer.

»Ach, Stephen wird uns nicht lange aufhalten«, sagte Hugh zuversichtlich. »Er braucht uns dort, wo er uns einsetzte, damit wir für ihn die Steuereinnahmen überwachen. Ich werde bis zum Ende des Jahres zurück sein, wenn alles gut verläuft. Aber Aline wäre froh, wenn Ihr sie ein- oder zweimal besuchen könntet, während ich fort bin. Der Vater Abt wird es Euch nicht verübeln, wenn Ihr Euch hin und wieder einmal frei nehmt, und dieser lange junge Bursche – Winfrid, nicht wahr? –, der kommt inzwischen gut genug mit den Salben und Arzneien zurecht, um für ein oder zwei Stunden sich selbst überlassen zu bleiben.«

»Ich will mich gern um Eure Liebsten daheim kümmern«, stimmte Cadfael aus ganzem Herzen zu, »solange Ihr bei Hofe seid. Aber wir werden Euch vermissen. Was für eine Wendung! Fünf Jahre dauert es nun, und keine Seite hat einen Vorteil errungen. Im neuen Jahr wird sicherlich alles wieder von vorn beginnen. All diese Mühen und diese Verschwendung, und nichts ist gewonnen.«

»Oh, doch, etwas hat sich verändert!« Hugh gab ein bellendes Lachen von sich. »Ein neuer Bewerber auf den Thron ist aufgetaucht, Cadfael. Geoffrey konnte nicht mehr als eine Handvoll Ritter entbehren und seiner Frau zu Hilfe schicken, aber er hat ihr einen gesandt, von dem er sich anscheinend leichter trennen kann. Entweder das, oder er kennt Stephen gut genug, um zu wissen, wie weit er gehen kann. Er schickte ihren Sohn zu seinem Onkel Robert, um zu sehen, ob die Engländer vielleicht lieber ihm als seiner Mutter folgen. Henry Plantagenet, neun Jahre alt – oder ist er schon zehn? Älter auf keinen Fall. Robert brachte ihn zu ihr nach Wallingford. Ich vermute, der Junge ist inzwischen in sicherer Entfernung in Bristol oder Gloucester. Aber selbst wenn Stephen ihn in die Finger bekommt, was könnte er mit ihm tun, außer ihn auf eigene Kosten in ein Schiff zu setzen und ihn gut bewacht nach Frankreich zurückzuschicken?«

»Was erzählt Ihr mir da?« Cadfael hatte erstaunt und neugierig die Augen aufgerissen. »Also ist ein neuer Stern am Horizont aufgestiegen. Und so jung ist er! Wie es scheint, wird wenigstens eine ein gesegnetes Weihnachtsfest haben, da sie die Freiheit zurückgewonnen hat und ihren Sohn in den Armen halten kann. Seine Ankunft wird ihr zweifellos Mut machen. Ich bezweifle aber, daß er darüber hinaus viel für ihre Sache tun kann.«

»Noch nicht!« erwiderte Hugh in prophetischer Voraussicht. »Wir müssen abwarten und sehen, wie er sich macht. Wenn er den Mut seiner Mutter und Geoffreys Verstand in sich hat, dann könnte er dem König in ein paar Jahren einigen Ärger bereiten. Wir sollten die Zeit nutzen, die wir haben, und dafür sorgen, daß der Junge nach Anjou zurückkehrt und dort bleibt. Das beste wäre es, wenn er seine Mutter gleich mitnimmt. Ich wünschte nur«, sagte Hugh, während er sich einen Ruck gab und mit einem Seufzen aufstand, »daß Stephens Sohn hält, was er verspricht, denn dann brauchen wir den Sprößling der Kaiserin nicht zu fürchten.« Er schüttelte seine Zweifel mit einem ungeduldigen Achselzucken ab. »Ich muß fort, mich auf die Reise vorbereiten. Wir werden im ersten Tageslicht aufbrechen.«

Cadfael stellte den abkühlenden Topf auf den Boden und ging mit seinem Freund in den Kräutergarten hinaus, der still von seinen Mauern eingeschlossen lag, die kleinen, ordentlichen Beete unter tiefem Schnee gemütlich den Frost durchschlafend. Als sie auf den Weg traten, der die überfrorenen Teiche umrundete, konnten sie in der Ferne, hinter der glitzernden Fläche und den großen Gärten an der Nordseite, die lange Schräge des Dachs des Gästehauses sehen, das den Abflußgraben überragte. Zwei dick vermummte Gestalten arbeiteten an den freigelegten Schieferplatten.

»Wie ich sehe, habt auch Ihr Eure Schwierigkeiten«, meinte Hugh.

»Wer kommt im Winter ungeschoren davon? Der Schnee hat mit seinem Gewicht die Platten verschoben, einige sogar zerbrochen, und hat sich einen Weg ins Haus gebahnt, um den Kaplan des Bischofs in seinem Bett zu taufen. Wenn wir es bis zum Tauwetter ließen, wie es ist, hätten wir einen viel größeren Schaden zu reparieren.«

»Und Euer Baumeister glaubt, er könne auch bei Frost gute Arbeit leisten.« Hugh hatte die braun gekleidete Gestalt auf halber Höhe der langen Leiter erkannt, die eine Trage voll Schieferplatten hochschleppte, mit der die meisten jüngeren Helfer überfordert gewesen wären. »Eine mühselige Arbeit ist es da oben«, sagte Hugh, während er die höchste Plattform des Gerüsts musterte. Dort oben war der Schiefer hoch aufgestapelt, und die beiden winzigen Gestalten bewegten sich vorsichtig auf dem ungeschützten Dach.

»Wir wechseln uns oft ab, und im Wärmeraum brennt für uns ein Feuer, wenn wir herunterkommen. Wir älteren sind von der Arbeit befreit, aber die meisten – außer den Kranken und Schwachen – tragen ihren Teil bei. Das ist nur gerecht, aber ich habe meine Zweifel, ob Conradin daran seine Freude hat. Es gefällt ihm nicht, wenn die närrischen jungen Brüder dort oben herumlaufen, und so bald wie möglich will er nur noch die einteilen, bei denen er sich sicher ist. Jedenfalls behält er sie genau im Auge, und sobald jemand dort droben blaß um die Nase wird, schickt er ihn auf die feste Erde hinunter. Das ist nicht jedermanns Sache.«

»Wart Ihr da oben?« fragte Hugh neugierig.

»Ich habe gestern meine Schicht geleistet, bevor die Dämmerung kam. Die kurzen Tage behindern uns, aber in einer Woche müßten wir fertig sein.«

Hugh kniff die Augen zusammen, als ein greller Sonnenstrahl

vom kristallenen Weiß reflektiert wurde. »Wer sind die beiden da oben? Ist das nicht Bruder Urien? Der dunkle da? Aber wer ist der andere?«

»Das ist Bruder Haluin.« Die schmale, bewegliche Gestalt war hinter dem Vorsprung des Gerüsts kaum zu erkennen, aber Cadfael hatte eine Stunde vorher gesehen, wie die beiden die Leiter hinaufgestiegen waren.

»Was denn, Anselms bester Zeichner? Wie kann man einen solchen Künstler nur so mißhandeln? Er wird sich in der Kälte die Hände ruinieren, und nachdem er die Schieferplatten herumgewuchtet hat, wird er eine oder zwei Wochen keinen Pinsel mehr anfassen können.«

»Anselm wollte es ihm ausreden«, gab Cadfael zu, »aber Haluin ließ sich nicht beirren. Niemand hätte es ihm verübelt, weil jeder weiß, wie wichtig seine Arbeit ist, aber wenn irgendwo ein Büßerhemd frei herumliegt, dann wird Haluin es sofort für sich beanspruchen. Ein lebenslanger Büßer ist der Junge, Gott weiß für welche eingebildeten Sünden. Seit er als Novize eintrat, hat er meines Wissens noch nie eine Regel gebrochen. Er war kaum achtzehn, als er die ersten Gelübde ablegte, und ich glaube nicht, daß er vorher viel Zeit hatte, der Welt einen Schaden zuzufügen. Aber manche werden für ein Leben als Büßer geboren. Vielleicht nehmen sie die Bürde eines anderen auf sich, der sich damit zufriedengibt, daß wir Menschen und keine Engel sind. Wenn Haluins Bußfertigkeit und Frömmigkeit einen Teil meiner Verfehlungen wiedergutmacht, dann wird es ihm gut angerechnet werden, und auch ich habe nichts zu klagen.«

Es war zu kalt, um sich lange im tiefen Schnee aufzuhalten und die vorsichtigen Arbeiter auf dem Dach des Gästehauses zu beobachten. Sie wanderten weiter durch die Gärten, umrundeten die gefrorenen Teiche, in deren Eisdecke Bruder Simeon zackige Löcher geschlagen hatte, damit die Fische Luft bekamen, und überquerten den Mühlbach, der die Teiche speiste, auf der schmalen Holzbrücke, auf deren Planken eine dünne, glatte Eisschicht schimmerte. Als sie näher kamen, liefen sie unter den Balken des Gerüsts, die den Abflußkanal überragten, und konnten die Arbeiter auf dem Dach nicht mehr sehen.

»Er hat mir schon damals als Novize bei den Kräutern geholfen«, erklärte Cadfael, während sie sich einen Weg durch die verschneiten Beete des oberen Gartens bahnten und in den großen Hof traten. »Haluin, meine ich. Das war kurz nach dem Ende meines eigenen Noviziats. Ich war damals schon über vierzig, er war gerade achtzehn geworden. Sie schickten ihn zu mir, weil er lesen und Lateinisch konnte, während ich nach drei oder vier Jahren immer noch nicht alles gelernt hatte. Er stammt aus einer wohlhabenden Familie und hätte ein großes Anwesen geerbt, wenn er nicht ins Kloster gegangen wäre. So hat es ein Vetter von ihm bekommen. Der Junge wurde in das Haus eines Adligen gegeben, wie es der Brauch ist, und diente seinem Herrn als Schreiber. Er lernte ungewöhnlich schnell und konnte gut rechnen. Ich habe mich oft gefragt, warum er sich dann plötzlich anders entschied, aber wie jedermann hier weiß, kann man eine Berufung nicht in Frage stellen. Sie kommt, wann sie will, und dann gibt es kein Sträuben mehr.«

»Es wäre doch einfacher gewesen, den Burschen sofort ins Skriptorium zu setzen, wenn er schon so belesen war«, meinte der praktisch denkende Hugh. »Ich habe einige seiner Arbeiten gesehen. Für jede andere Aufgabe wäre er verschwendet.«

»Schon, aber sein Gewissen befahl ihm, alle Stufen der Lehrzeit zu durchlaufen, bevor er sich irgendwo einrichtete. Er half mir drei Jahre mit den Kräutern, dann diente er zwei weitere Jahre im Hospital von St. Giles bei den Kranken und Verkrüppelten, und dann noch einmal zwei Monate in den Gärten der Gaye, und schließlich half er zwei Monate draußen in Rhydcroseau bei den Schafen, ehe er sich auf das einrichtete, was er am besten konnte. Selbst jetzt will er, wie Ihr ja seht, keine Privilegien in Anspruch nehmen, nur weil er mit den Pinseln und Federn eine so geschickte Hand hat. Wenn die anderen auf einem verschneiten Dach gefährlich herumschlittern, dann muß er es auch tun. Kein schlechter Zug«, räumte Cadfael ein, »aber er übertreibt es, und die Regeln warnen vor Übertreibung.«

Sie überquerten den großen Hof und näherten sich dem Torhaus, wo Hughs Pferd angebunden war, das große, grobknochige Tier, sein liebstes Reittier, das zwei- oder dreimal das Gewicht seines Herrn hätte tragen können.

»Es wird heute nicht mehr schneien«, sagte Cadfael, indem er den verhangenen Himmel beäugte und im leichten, schläfrigen Wind schnüffelte. »Und in den nächsten paar Tagen wohl auch nicht. Es wird auch keinen schlimmen Frost mehr geben, wir haben das Schlimmste hinter uns. Ich bete, daß Ihr einen erträglichen Ritt in den Süden haben werdet.«

»Nun, wir werden in der Morgendämmerung aufbrechen und, so Gott will, zum Neujahr zurück sein.« Hugh faßte den Zügel und schwang sich in den hohen Sattel. »Das Tauwetter soll noch warten, bis Euer Dach wieder regendicht ist! Und vergeßt nicht, daß Aline Euch erwartet.«

Damit ritt er zum Tor hinaus. Klirrend hallten die Hufe auf dem Pflaster und schlugen einen Funken, der aufflammte und wieder erloschen war, ehe sich das Hufeisen vom gefrorenen Boden hob. Cadfael wandte sich zur Krankenstation, um die Vorräte in Bruder Edmunds Arzneischrank zu überprüfen. Noch eine Stunde, und das Licht würde schon wieder trüber, es waren die kürzesten Tage des Jahres. Bruder Urien und Bruder Haluin waren für heute die letzten beiden, die auf dem Dach arbeiteten.

Niemand wußte genau, wie es dazu kommen konnte. Bruder Urien, der Bruder Conradins Ruf sofort Folge geleistet hatte und heruntergestiegen war, versuchte später, eine plausible Erklärung zusammenzubekommen, doch selbst er mußte zugeben, daß man nicht ganz sicher sein konnte. Conradin, der daran gewöhnt war, daß man ihm gehorchte, und der verständlicherweise glaubte, daß niemand, der recht bei Sinnen war, länger als unbedingt nötig in der bitteren Kälte dort droben blieb, hatte einfach gerufen und sich umgedreht, um für diesen Tag die letzten zerbrochenen Schieferplatten aus dem Weg zu räumen. Bruder Urien ließ sich dankbar auf die Bretter des Gerüsts hinab und tastete sich vorsichtig die lange Leiter auf den Boden hinunter. Er war kräftig und willig und hatte keine besonderen Fähigkeiten außer seinen reichhaltigen Erfahrungen. Was er tat, das tat er gut, aber er sah keinen Grund, mehr zu tun, als man von ihm verlangte. Er trat einige Schritte zur Seite und betrachtete sein Werk. Dabei sah er Bruder Haluin, der nicht etwa die kurze

Leiter herunterstieg, die auf seiner Seite aufs Dach gelegt war, sondern vielmehr noch einige Stufen hinaufkletterte und sich seitwärts hinauslehnte, um noch etwas Schnee fortzufegen und noch einige Dachziegel freizulegen. Anscheinend vermutete er, daß der beschädigte Bereich auf beiden Seiten größer war als angenommen, und wollte den Schnee beseitigen, um das Gewicht vom Dach zu nehmen und weiteren Schaden zu verhüten.

Die Schneewehe auf dem Dach begann sich zu bewegen, rutschte in dicken Falten in sich zusammen und fiel teils auf die Planken des Gerüsts und die aufgestapelten Schieferplatten und teils über die Dachkante hinweg auf den Boden. Die Lawine war nicht beabsichtigt gewesen, doch die gefrorene Masse löste sich vom steilen Dach, prallte als massiver Block auf das Gerüst und ließ es erzittern. Haluin hatte sich zu weit vorgebeugt. Die Leiter rutschte dem Schnee, der sie gehalten hatte, hinterher, eher vor der Leiter als nach ihr prallte Haluin auf das Ende der Planken und stürzte dann ganz hinab in den überfrorenen Graben, ohne einen Laut von sich zu geben. Leiter und Lawine trafen wie er auf die Planken des Gerüsts und warfen ihm einen Schauer schwerer, scharfkantiger Schieferplatten hinterher, die tief in sein Fleisch einschnitten.

Bruder Conradin, der direkt unter dem Gerüst beschäftigt gewesen war, konnte im letzten Augenblick zur Seite springen, für den Augenblick vom herabfallenden Schnee fast geblendet. Bruder Urien war ein Stück zurückgetreten und hatte innegehalten, gerade als er seinen Gefährten warnen wollte, weil das Licht inzwischen zu schlecht war. Statt dessen, da jede Rettung zu spät kam, stieß er einen Schrei aus und sprang vor, wurde aber dennoch von der Lawine halb verschüttet.

Sie schüttelten den Schnee ab und trafen gleichzeitig bei Bruder Haluin ein.

Es war Bruder Urien, der in grimmigem Schweigen eilig nach Cadfael suchte, während Conradin in die andere Richtung über den großen Hof rannte und den ersten Bruder, der ihm über den Weg lief, nach Bruder Edmund, dem Krankenwärter schickte. Cadfael war in seiner Hütte gerade damit beschäftigt, die Kohlenpfanne für die Nacht abzudecken, als Urien hereinplatzte, ein dunkler, ernster Mann, der schlimme Neuigkeiten zu verkünden hatte.

»Bruder, kommt schnell! Bruder Haluin ist vom Dach gefallen!«

Cadfael, wortkarg wie Urien, fuhr herum, ließ die letzten Torfbrocken fallen und langte sich eine Wolldecke vom Regal.

»Tot?« Das Dach war wenigstens vierzig Fuß hoch, Haluin mußte im Fall auf Holzbalken geprallt und unten auf das harte Eis geschlagen sein. Wenn er aber etwas glücklicher in den tiefen Schnee gestürzt war, der durch die Lawine vom Dach noch tiefer geworden war, dann mochte er es überlebt haben.

»Er atmet, aber wie lange noch? Conradin holt Hilfe, Edmund ist inzwischen sicher schon unterrichtet.«

»Kommt!« sagte Cadfael nur, und schon war er zur Tür hinaus und rannte zur kleinen Brücke, die über den Graben führte. Dann aber überlegte er es sich anders und wandte sich zum kleinen Weg zwischen der Abtei und den Teichen, um am Ende des Weges über den Graben zu springen und den Weg zu Haluin abzukürzen. Vom großen Hof aus näherte sich der Schein zweier Fackeln. Bruder Edmund kam, Bruder Conradin hart auf den Fersen, mit einigen weiteren Helfern und einer Trage.

Bruder Haluin, bis zu den Knien unter schweren Schieferplatten begraben, lag, während sein Blut das Eis unter seinem Kopf färbte, totenstill inmitten des Tumults, den er ausgelöst hatte.

2

So gefährlich es auch war, ihn zu bewegen, ihn auch nur einen
Moment länger dort zu lassen, wo er lag, hätte bedeutet, den
Tod, der ihn schon fest in seinem Griff hielt, einzuladen und ihm
Tür und Tor zu öffnen. In stummer, zielstrebiger Eile räumten
sie die heruntergestürzten Planken fort und gruben mit bloßen
Händen die messerscharfen Schieferplatten aus, die seine Füße
und Knie zu einer Masse aus Blut und Knochen zerschmettert
und zerfetzt hatten. Er war bewußtlos und spürte nichts, als sie
ihn aus dem eisigen Bett des Grabens hoben, um Seilschlingen
um ihn zu legen und ihn auf die Trage zu heben. Wie in einem
Trauerzug trugen sie ihn durch die dunklen Gärten in die
Krankenstation, wo Bruder Edmund bereits in einer kleinen
Zelle, getrennt von den alten und kranken Brüdern, die hier ihre
letzten Jahre verbrachten, ein Lager für ihn bereitet hatte.

»Er wird es nicht überleben«, meinte Edmund, als er das
bleiche, leblose Gesicht sah.

Das dachte auch Cadfael. Alle dachten es. Aber dennoch, er
atmete, und selbst wenn es ein rasselnder, stöhnender Atem war,
der von Verletzungen sprach, die vielleicht nie wieder heilen
würden, sie arbeiteten an ihm wie an einem, der leben konnte
und mußte, auch wenn sie sich innerlich der Vergeblichkeit
bewußt waren. Unendlich behutsam und sachte befreiten sie ihn
von seinen vereisten Kleidern und polsterten ihn rundherum mit
Decken, in die gewärmte Steine gewickelt waren. Cadfael suchte
vorsichtig nach gebrochenen Knochen, richtete den linken Unterarm ein, der bei der Berührung geknirscht hatte, und verband
ihn. Immer noch zeigte sich keine Regung im Gesicht des
Verletzten. Cadfael tastete vorsichtig Haluins Kopf ab, bevor er
die blutende Wunde säuberte und versorgte, doch er konnte
nicht feststellen, ob der Schädel gebrochen war. Der kratzende,
schnarchende Atem sprach dafür, aber man konnte nicht sicher
sein. An den gebrochenen Füßen und Knöcheln arbeitete Cadfael noch lange, nachdem sie Bruder Haluin mit gewärmten

Decken vor dem Kältetod bewahrt hatten. Sein Körper lag in jeder Richtung gerade und abgesichert, um den Schock und die Schmerzen der Bewegungen zu mildern, wenn er wieder zu sich kam. Niemand glaubte wirklich daran, nur ein geheimer Rest einer festen Hoffnung ließ sie sich anstrengen, um den ersterbenden Funken zu nähren.

»Er wird nie wieder gehen können«, meinte Bruder Edmund, als er schaudernd die zerschmetterten Füße betrachtete, die Cadfael umständlich badete.

»Nicht ohne Hilfe«, stimmte Cadfael düster zu. »Und nicht mit diesen Beinen.« Dennoch setzte er die zertrümmerten Überreste so gut er konnte zusammen.

Lange, schmale und elegante Füße hatte Bruder Haluin gehabt, passend zu seinem schlanken Körperbau. Die tiefen, bösen Schnitte, die ihm die Schieferplatten zugefügt hatten, gingen stellenweise bis zu den Knochen hinunter und hatten an einigen Stellen sogar die Knochen splittern lassen. Es dauerte eine lange Zeit, die blutigen Bruchstücke zu entfernen und jeden Fuß so einzuwickeln, daß er zumindest entfernt einem menschlichen Fuß ähnelte. Dann wurden eilig improvisierte Hauben aus Fell, von innen gut gepolstert, über die Füße geschoben, damit sie stillgelegt waren und bei der Heilung dem, was sie einst gewesen waren, möglichst nahe kommen konnten. Dies natürlich nur, falls es überhaupt eine Heilung gab.

Die ganze Zeit über lag Bruder Haluin schmerzvoll schnarchend, ohne zu bemerken, was mit ihm getan wurde, tief bewußtlos und jenseits der Lichter und Schatten dieser Welt. Schließlich verflachte sein Atem zu einem leisen Wispern, nicht mehr als das Beben eines einsamen Blattes in einem kaum wahrnehmbaren Hauch. Sie dachten schon, er sei von ihnen gegangen, doch so schwach die Bewegungen auch waren, das Blatt hörte nicht auf, sich zu regen.

»Ruft mich sofort, wenn er einen Augenblick zu sich kommt«, sagte Abt Radulfus und überließ ihnen die Krankenwache.

Bruder Edmund mußte etwas Schlaf finden. Cadfael teilte sich die Nachtwache mit Bruder Rhun, dem neuesten und jüngsten Chormönch. Zu beiden Seiten des Bettes saßen sie und starrten unverwandt den ohnmächtigen Bruder an, der, gesalbt, gesegnet und für den Tod gewappnet, in tiefem Schlaf lag.

Es war viele Jahre her, daß Haluin aus Cadfaels Reich entlassen und zur Arbeit in der Gaye eingeteilt worden war. Cadfael betrachtete mit großer Aufmerksamkeit die Gesichtszüge des Mannes, deren Einzelheiten er fast vergessen hatte, und fand sie nun zugleich verändert und anrührend vertraut. Bruder Haluin war kein großer Mann, kaum größer als das Mittelmaß. Er hatte lange, zarte und wohlgeformte Knochen, mehr Sehnen und weniger Fleisch als zu der Zeit, da er als noch nicht ausgewachsener Junge, der die Mannesblüte erst noch erreichen sollte, ins Kloster gekommen war. Fünfunddreißig oder sechsunddreißig mußte er jetzt sein, damals war er kaum achtzehn gewesen und hatte noch die weiche Haut und das Strahlen des Kindes an sich gehabt. Sein Gesicht war länglich und oval, die Wangenknochen und Kiefer waren kräftig und gut ausgebildet, die schmalen, geschwungenen Augenbrauen fast schwarz, eine Spur dunkler als das krause dunkle Haar, dessen größten Teil er der Tonsur geopfert hatte. Jetzt war sein Gesicht kreidebleich, die Wangen waren eingefallen und die geschlossenen Augen lagen in tiefen Höhlen, die blau waren wie Schatten im Schnee. Auch um die schmalen Lippen bildete sich, während sie ihn beobachteten, ein bläulicher, kranker Schimmer. In den Stunden nach Mitternacht, wenn das Leben am zerbrechlichsten ist, würde sich die Waagschale in diese oder jene Richtung neigen.

Auf der anderen Seite des Bettes kniete Bruder Rhun, aufmerksam aber durch den nahen Tod eines anderen ebensowenig eingeschüchtert, wie er es eines Tages durch seinen eigenen sein würde. Im Dämmerlicht zwischen den Steinwänden des kleinen Raumes schien von seinem hellen, jungen Gesicht, vom Ring seines flachsblonden Haars und seinen hellblauen Augen ein sanftes Strahlen auszugehen. Nur ein Mensch mit Rhuns unschuldiger Klarheit konnte so inbrünstig und liebevoll und doch ohne falsches Mitleid am Bett eines Sterbenden wachen. Cadfael hatte schon viele junge Menschen gesehen, die mit diesem jugendlichen Zauber ins Kloster gekommen waren, doch bald schon war ihr Strahlen einfach von der Last, ein Mensch zu sein, und durch den Zahn der Zeit vergangen, trüb geworden und geschwunden. Rhun würde dies nie geschehen. St. Winifred würde, nachdem sie ihm die körperliche Vollkommenheit geschenkt hatte, nicht zulassen, daß ihr Geschenk durch irgendeine Verstümmelung seines Geistes gefährdet würde.

Langsam verging die Nacht, und Bruder Haluin blieb still wie er war. Kurz vor der Dämmerung aber sagte Rhun leise: »Seht nur, er bewegt sich.«

Ein leichtes Zucken lief über das bleierne Gesicht, die dunklen Brauen wurden zusammengezogen, die Augenlider spannten sich, als die ersten Schmerzen spürbar wurden, die Lippen wurden zu einer kurzen Grimasse, die von Angst und Pein sprach, zusammengekniffen. Sie warteten, ihrem Gefühl nach eine lange Zeit, und konnten nicht mehr tun, als die feuchte Stirn und den Speichel abzuwischen, der als kleines Rinnsal aus dem Mundwinkel sickerte.

Im ersten trüben Schein, der vom Schnee reflektiert wurde, noch bevor die Dämmerung begann, öffnete Bruder Haluin die pechschwarzen Augen in ihren blauen Höhlen und bewegte die Lippen, um etwas zu hauchen, das Rhun nur verstehen konnte, weil er sein junges, scharfes Ohr dicht über den Mund legte.

»Beichten...«, flüsterte der Mann, der zwischen Leben und Tod schwebte. Das war für eine Weile alles.

»Geht und holt den Vater Abt«, sagte Cadfael.

Rhun ging schweigend und rasch hinaus. Haluin kam allmählich zu sich, und als seine Augen klarer wurden und die Umgebung erkennen konnten, begriff er, wo er war und wer an seiner Seite saß. Er raffte all die Lebenskraft zusammen, die ihm noch geblieben war. Cadfael sah das schmerzhafte Zucken um Mund und Kiefer und wollte schon ein wenig Mohnsaft zwischen die Lippen seines Patienten träufeln, doch dieser hielt den Mund fest geschlossen und wandte den Kopf ab. Er wollte seine Sinne nicht trüben und behindern, bevor er gesagt hatte, was er sagen mußte.

»Der Vater Abt kommt gleich«, sagte Cadfael, indem er sich über das Kissen beugte. »Wartet noch, dann könnt Ihr zu ihm sprechen.«

Abt Radulfus kam gerade herein und bückte sich unter dem niedrigen Türsturz. Er nahm den Stuhl, auf dem Rhun gesessen hatte, und neigte sich zum Verletzten. Rhun war draußen geblieben und hatte hinter dem Abt die Tür geschlossen. Er hielt sich bereit, um Botengänge auszuführen, die vielleicht notwendig wurden. Cadfael wollte aufstehen, um sich wie Rhun zurückzuziehen, doch in Haluins hohlen Augen flackerten gelbe Funken der Angst, ein kurzer Krampf lief durch seinen Körper, und er stöhnte schmerzvoll, als hätte er am liebsten eine Hand gehoben, um Cadfael aufzuhalten. Der Abt beugte sich vor, damit Haluin ihn sehen und hören konnte.

»Ich bin da, mein Sohn. Ich höre. Was ängstigt Euch?«

Haluin holte tief Luft und sammelte sich, um verständlich zu sprechen. »Sünden...«, begann er, »...nie erzählt.« Die Worte kamen langsam und unter großen Mühen, aber sie waren verständlich. »Gegen Cadfael versündigt... vor langer Zeit... nie gebeichtet...«

Der Abt blickte zu Cadfael, der noch am Bett stand. »Bleibt! Er wünscht es so.« Und zu Haluin sagte er, indem er die schlaffe Hand nahm, die der Verletzte nicht selbst heben konnte: »Sprecht, wie Ihr könnt, wir werden zuhören. Macht nicht viele Worte, wir können zwischen den Worten lesen.«

»Meine Gelübde«, sagte er mit dünner Stimme. »Unrein... nicht aus Hingabe... sondern Verzweiflung!«

»Viele sind aus den falschen Gründen eingetreten«, erwiderte der Abt, »und dennoch aus den richtigen Gründen geblieben. In den vier Jahren, die ich hier als Abt diene, habe ich in Eurem Verhalten keinen Makel gefunden. Habt in dieser Hinsicht keine Sorge. Gott mag seine eigenen Gründe gehabt haben, Euch in dieses Kloster zu führen.«

»Ich diente dem Herrn de Clary in Hales«, sagte die dünne Stimme. »Oder besser, seiner Frau – er war damals im Heiligen Land. Seine Tochter...« Es gab ein langes Schweigen, während er sich entschlossen und geduldig sammelte, um noch mehr und Schlimmeres zu sagen. »Ich liebte sie... und wurde geliebt. Aber die Mutter... meine Werbung war nicht willkommen. Wir nahmen uns, was verboten war...«

Abermals ein langes Schweigen. Die bläulichen, eingefallenen Lider senkten sich einen Moment über die brennenden Augen. »Wir lagen beisammen«, sagte er etwas lauter. »Diese Sünde beichtete ich, nannte aber nie ihren Namen. Die Herrin warf

24

mich hinaus. Verzweifelt kam ich hierher... um keinen weiteren Schaden anzurichten. Doch das Schlimmste sollte noch kommen.«

Der Abt drückte Haluins willenlose Hand und hielt sie fest. Das Gesicht im Kissen war zu einer tönernen Maske erstarrt, ein anhaltender Schauer lief durch den zerschundenen, gequälten Körper, bis er gespannt war und sich eiskalt anfühlte.

»Ruht Euch aus!« sagte Radulfus dem Leidenden ins Ohr. »Laßt Euch Zeit! Gott hat auch für Dinge Ohren, die nicht laut gesagt werden.«

Cadfael, der zusah, hatte das Gefühl, als antwortete Haluins Hand, so schwach sie auch war, mit einem kurzen Druck. Er holte den Trank aus Wein und Kräutern, mit dem er die Lippen des Bewußtlosen befeuchtet hatte, und tröpfelte ein wenig zwischen die leicht geöffneten Lippen. Nun wurde die Gabe angenommen, und die Sehnen im schlanken Hals mühten sich zu schlucken. Seine Zeit war noch nicht gekommen. Was er sich auch von der Seele reden mußte, er hatte genug Zeit. Sie gaben ihm kleine Schlucke Wein und sahen zu, wie sich der Kalk seines Gesichts wieder in Fleisch verwandelte, bleich und schwach, wie es war. Nach einer Weile sprach er weiter, sehr leise und mit geschlossenen Augen.

»Vater...?« begann die leise Stimme ängstlich.

»Ich bin hier. Ich werde Euch nicht allein lassen.«

»Ihre Mutter kam... ich erfuhr erst von ihr, daß Bertrade ein Kind erwartete. Die Herrin hatte Angst vor dem Zorn ihres Mannes, wenn er heimkommen würde. Ich diente damals schon Bruder Cadfael, ich hatte gelernt... ich kannte die Kräuter... ich stahl einige und gab ihr... Ysop und Schwertlilien... Cadfael weiß sie besser zu verwenden!«

In der Tat, weit besser! Aber was in kleinen Dosierungen bei enger Brust und einem schlimmen Husten helfen konnte oder die Gelbsucht abwehrte, konnte auch eine Schwangerschaft beenden. Ein schlimmer Mißbrauch, von der Kirche verurteilt und für eine Frau, die kurz vor der Entbindung stand, sogar lebensgefährlich. Aus Furcht vor dem zornigen Vater, aus Angst, vor der Welt beschämt zu sein, aus Angst, weil die Heiratsaussichten dahin und die Familienehre beschmutzt war. Hatte ihn die

Mutter des Mädchens dazu aufgefordert, oder hatte er sie selbst überredet? Die Jahre der Reue und der Selbstkasteiung hatten ihm nicht die Schrecken nehmen können, die jetzt sein Fleisch zucken und sein Gesicht in einer Fratze erstarren ließen.

»Sie starben«, sagte er rasselnd und laut vor Schmerzen. »Meine Liebste und das Kind, beide starben. Ihre Mutter schickte mir eine Nachricht – beide tot und begraben. Ein Fieber wäre es gewesen, so ließen sie verlauten. Gestorben am Fieber – nichts mehr zu befürchten. Meine Sünde, meine schreckliche Sünde… Gott weiß, daß es mir leid tut.«

»Wo wahre Reue ist«, erklärte Abt Radulfus, »wird sie von Gott erkannt. Nun, von diesem Kummer habt Ihr erzählt. Seid Ihr fertig, oder gibt es noch mehr zu berichten?«

»Ich bin fertig«, erwiderte Haluin, »aber ich muß noch um Vergebung bitten. Ich bitte Gott um Vergebung und Cadfael, weil ich sein Vertrauen und seine Kunst mißbrauchte. Und die Herrin von Hales für den Kummer, den ich ihr bereitete.« Nun, da es heraus war, hatte er seine Stimme und seine Worte besser unter Kontrolle. Die lähmende Spannung war von seiner Zunge gewichen, und so schwach seine Worte auch herauskamen, er hatte sich erklärt und alles berichtet.

»Ich will geläutert und in Vergebung sterben«, sagte er.

»Bruder Cadfael mag für sich selbst sprechen«, erklärte der Abt. »Für Gott will ich sprechen, wenn er es mir erlaubt.«

»Ich vergebe Euch«, sagte Cadfael, seine Worte mit mehr als der üblichen Umsicht wählend, »alle Vergehen, die Ihr euch unter großer Belastung gegen meine Kunst zuschulden kommen ließet. Und die Tatsache, daß die Mittel und das Wissen da waren, um Euch zu Dingen zu verleiten, die ich nicht abwenden konnte, das kann ich mir ebenso selbst wie Euch vorwerfen. Ich wünsche Euch Frieden.«

Was Abt Radulfus im Namen Gottes zu verkünden hatte, dauerte etwas länger. Einige unter den Brüdern, dachte Cadfael, wären erschrocken und ungläubig gewesen, hätten sie sehen können, welche gemessene, väterliche Fürsorge der sonst so strenge und förmliche Abt an den Tag legen konnte. Ein erleichtertes Gewissen und einen ehrbaren Tod, das war es, was Haluin wünschte. Es war zu spät, um dem Sterbenden eine Buße aufzuerlegen. Die Behaglichkeit des Sterbebettes hat keinen Preis, sie ist ein Geschenk.

»Ein gebrochenes und ein bußfertiges Herz«, sagte Radulfus, »ist das einzige Opfer, das Euch auferlegt wurde, und es wird nicht verachtet werden.« Er gab ihm die Absolution und seinen feierlichen Segen und verließ das Krankenzimmer. Er winkte Cadfael zu sich hinaus. Erloschen war jetzt die Dankbarkeit, die in Haluins Gesicht aufgeflammt war, Erschöpfung übermannte ihn, und das Feuer in seinen Augen war zwischen den halb geschlossenen Lidern erstorben, während er zwischen Bewußtlosigkeit und Schlaf schwebte.

Im Vorraum wartete Rhun geduldig. Er hatte sich etwas zurückgezogen, um nicht wider Willen doch ein Wort der Beichte zu hören.

»Geht hinein und setzt Euch zu ihm«, sagte der Abt. »Er wird jetzt schlafen, und er wird keine schlechten Träume haben. Sollte sich sein Zustand ändern, dann könnt Ihr Bruder Edmund holen. Und wenn Bruder Cadfael gebraucht wird, dann könnt Ihr ihn in meinen Gemächern erreichen.«

Im holzvertäfelten Sprechzimmer in der Wohnung des Abtes saßen sie beisammen, die einzigen, die je von dem Vergehen erfahren würden, das Haluin sich selbst zur Last gelegt hatte, die einzigen, die unter vier Augen über die Beichte sprechen durften.

»Ich bin erst seit vier Jahren hier«, begann Radulfus unvermittelt, »und weiß nichts von den Umständen, unter denen Haluin zu uns kam. Anscheinend gehörte es anfangs zu seinen Pflichten, Euch bei den Kräutern zu helfen, und dort erwarb er das Wissen, das er so mißbrauchte. Ist es sicher, daß der Trank den Tod herbeiführte? Oder kann es wirklich ein Fieber gewesen sein, an dem sie starben?«

»Wenn die Mutter des Mädchens ihr das Mittel gab, dann gibt es kaum einen Irrtum«, sagte Cadfael traurig. »Ja, ich weiß, daß Ysop tödlich sein kann. Es war dumm, ihn auf Lager zu halten, denn er kann durch andere Kräuter ersetzt werden. Aber in kleinen Dosierungen sind das Kraut wie die Wurzel, getrocknet und zu Pulver gemahlen, gut für die Gelbsucht, und zusammen mit Andorn helfen sie bei Brustbeschwerden. Die blau blühende

Sorte ist milder und besser. Ich weiß wohl, daß Frauen das Kraut in großen Dosierungen hin und wieder zur Abtreibung benutzen. Kein Wunder, wenn manchmal ein armes Mädchen stirbt.«

»Das ist doch sicher während seines Noviziats geschehen, denn er kann noch nicht lange hier gewesen sein, wenn das Kind, wie er vermutet, von ihm war. Er war doch selbst noch ein Junge.«

»Gerade achtzehn, und das Mädchen war sicher nicht älter, wenn überhaupt. Es muß eine Folter gewesen sein«, sagte Cadfael nun, »wenn sie im gleichen Haus lebten und einander jeden Tag sahen. Sie waren von gleichem Stand, denn er kommt aus einer angesehenen Familie, und die beiden waren sicherlich offen für die Liebe wie die meisten Kinder. Wirklich«, meinte Cadfael wohlwollend, »ich frage mich, warum seine Werbung abgelehnt wurde. Er war ein Einzelkind, er hätte ein großes Anwesen geerbt, wenn er nicht die Gelübde abgelegt hätte. Und er war ein angenehmer Junge, wie ich mich erinnere, belesen und begabt. Manch ein Ritter hätte ihn als gute Partie für seine Tochter willkommen geheißen.«

»Vielleicht hatte der Vater bereits andere Pläne mit ihr«, wandte Radulfus ein. »Er könnte sie schon in ihrer Kindheit einem anderen versprochen haben. Ihre Mutter wird dann nicht gewagt haben, sie in Abwesenheit des Vaters einem anderen Mann zu geben, wenn sie solche Angst vor ihm hatte.«

»Sie hätte den Jungen aber nicht völlig abweisen müssen. Wenn sie ihm die Hoffnung gelassen hätte, dann hätte er sicher gewartet und nicht versucht, die Heirat mit dem Mädchen zu erzwingen. Vielleicht tue ich ihm damit aber auch Unrecht«, besann Cadfael sich. »Es war wohl keine Berechnung, denke ich, die ihn zu dem Mädchen ins Bett schlüpfen ließ, einfach nur hitzige Zuneigung. Haluin ist keiner, der lange Pläne schmiedet.«

»Nun, wie dem auch sei«, meinte Radulfus mit müdem Lächeln, »es ist geschehen und kann nicht ungeschehen gemacht werden. Er war nicht der erste und gewiß nicht der letzte junge Mann, der diesem Irrtum zum Opfer fiel, und sie nicht das erste und auch nicht das letzte arme Mädchen, das darunter leidet. Wenigstens hat sie ihren guten Namen behalten. Es ist zu verstehen, daß er selbst unter dem Siegel der Beichte fürchtete, sich zu offenbaren. Aber das alles ist lange her, achtzehn Jahre sind es jetzt. Wir wollen ihm ein friedliches Ende ermöglichen.«

Allgemein war man der Ansicht, daß ein friedliches Ende alles war, was man noch für Bruder Haluin erhoffen konnte. In den Gebeten war nicht von einer Genesung die Rede, zumal er nach der kurzen wachen Spanne in tiefe Bewußtlosigkeit gefallen war. In den folgenden sieben Tagen, als das Weihnachtsfest kam und ging, lag er reglos und bemerkte nicht, was seine Brüder an seinem Bett taten. Er aß nicht und gab keinen Laut von sich außer dem kaum hörbar flatternden Atem. Und doch, dieser Atem, so schwach er auch war, kam gleichmäßig und ruhig, und wann immer man Tropfen mit gesüßtem Wein auf seine Lippen gab, wurden sie angenommen, und die Stränge in seinem Hals schienen sich wie von selbst zu bewegen, wenn er gehorsam schluckte. Nur die breite, kalte Stirn und die geschlossenen Augen ließen nicht durch irgendwelche Regungen erkennen, daß ihm bewußt war, was mit seinem Körper geschah.

»Als wäre nur sein Körper hier«, sagte Bruder Edmund, »während sein Geist an einem anderen Ort wartet, bis das Haus wieder hergestellt und gesäubert ist, damit er darin leben kann.«

Ein passender Vergleich aus der Bibel, dachte Cadfael, denn Haluin hatte selbst die Teufel ausgetrieben, die ihn heimgesucht hatten. Das Heim, das sie bewohnt hatten, konnte nun durchaus eine Zeitlang verwaist sein. Niemand war da, der achtgeben und die Heilung fördern konnte. Aber so sehr dieser ausgedehnte Rückzug auch dem Tod ähnelte, Bruder Haluin würde nicht sterben. Und deshalb, dachte Cadfael, müssen wir genau aufpassen, damit die Parabel auch ihr rechtes Ende findet. Wir müssen dafür sorgen, daß es den sieben Teufeln, die schlimmer sind als die ersten, nicht gelingt, einen Fuß in die Tür zu bekommen, während er abwesend ist. So beteten sie das ganze Weihnachtsfest über bis zur feierlichen Begrüßung des neuen Jahres inbrünstig für Haluin.

Inzwischen begann zögernd das Tauwetter. Jeden Tag wurde

ein wenig mehr von den gewaltigen Schneemassen abgetragen, die niedergefallen waren. Die Arbeit am Dach wurde ohne weitere Zwischenfälle beendet, das Gerüst wurde abgebaut. Das Gästehaus war nun wieder wasserdicht. Alles, was von der großen Aufregung geblieben war, war jener stille, stumme Mann in seinem abgetrennten Krankenzimmer in der Krankenstation, der unschlüssig zwischen Leben und Tod schwankte.

In der Nacht auf Epiphanias schlug Bruder Haluin dann die Augen auf und holte tief und langsam Luft wie ein Mann, der ohne Furcht erwacht. Er ließ die Blicke verwundert durch die kleine Kammer wandern, bis er Bruder Cadfael sah, der stumm und aufmerksam neben ihm auf dem Stuhl saß.

»Ich habe Durst«, sagte Haluin vertrauensvoll wie ein Kind und lehnte sich weich an Cadfaels Arm, um zu trinken.

Sie hatten schon erwartet, daß er wieder das Bewußtsein verlieren würde, doch er blieb den ganzen Tag wach und klar, und in der folgenden Nacht schlief er einen natürlichen Schlaf, flach aber ruhig. Danach kehrte das Leben in sein Gesicht zurück und verließ es nicht mehr. Da er aber die Schwelle zum Tod verlassen hatte, kehrte er nun in das Reich des Schmerzes zurück. Auf gerunzelter Stirn und zusammengepreßten Lippen hinterließ der Schmerz seine Spuren, doch Haluin trug ihn ohne zu klagen. Der gebrochene Arm war verheilt, während er bewußtlos gelegen hatte. Nur noch die juckenden Schmerzen heilender Wunden waren dort zu spüren. Nachdem Cadfael und Edmund sich zwei Tage mit der Krankenwache abgewechselt hatten, schien es ihnen, als sei die Verletzung im Innern des Kopfes ebenso verheilt wie die äußere Wunde, geheilt durch Stille und Ruhe. Denn sein Bewußtsein war klar. Er erinnerte sich an das vereiste Dach, er erinnerte sich an den Sturz, und einmal, als er mit Cadfael allein war, gab er zu erkennen, daß er sich ebenso deutlich an seine Beichte erinnerte, denn nach langem Schweigen sagte er:

»Ich habe Euch einst, vor langer Zeit, hintergangen, und jetzt pflegt und versorgt Ihr mich, und ich kann es Euch nicht vergelten.«

»Ich habe auch keine Gegenleistung erwartet«, gab Cadfael gelassen zurück und begann geduldig und sorgfältig, die Verbände von einem der verstümmelten Füße zu nehmen, um die Umschläge zu erneuern, wie er es die ganze Nacht und den Morgen über schon getan hatte.

»Aber ich muß doch für meine Taten büßen. Wie sonst könnte ich von meinen Sünden befreit werden?«

»Ihr habt die Beichte abgelegt«, erklärte Cadfael beschwichtigend. »Ihr habt die Absolution vom Vater Abt selbst bekommen. Hütet Euch, mehr zu verlangen.«

»Aber ich habe nicht gebüßt. Mit einer so leicht gewonnenen Absolution stehe ich immer noch als Schuldner da«, wandte Haluin ein.

Cadfael hatte den linken Fuß freigelegt, der stärker verstümmelt war als der rechte. Die oberflächlichen Schnitte und Wunden waren verheilt, aber was mit dem Labyrinth der kleinen Knochen im Innern geschehen war, konnte nicht mehr gerichtet werden. Sie waren zu einem unförmigen Klumpen zusammengepreßt, verbogen und zertrümmert, zu zornigem Rot und Purpur verfärbt. Doch die Haut darüber hatte sich geglättet und die tieferen Verletzungen verdeckt.

»Wenn Ihr glaubt, Ihr hättet noch Schulden«, meinte Cadfael freimütig, »dann werdet Ihr mit Euren Schmerzen bis zum Ende Eures Lebens dafür bezahlen. Seht Ihr es? Diesen Fuß werdet Ihr nie wieder fest auf den Boden setzen. Ich bezweifle, daß Ihr je wieder richtig laufen könnt.«

»Doch«, sagte Haluin, während er durch das schmale Fenster in den sich verdunkelnden Winterhimmel hinausblickte. »Doch, ich werde wieder laufen. Das werde ich. Wenn Gott es erlaubt, dann werde ich wieder auf meinen eigenen Füßen laufen, und wenn ich mir Krücken leihen muß, die mich stützen. Und wenn mir der Vater Abt die Erlaubnis gibt, dann will ich, sobald ich mich wieder bewegen kann, nach Hales gehen, Adelais de Clary um Vergebung bitten und eine Nacht an Bertrades Grab wachen.«

Cadfael war der Meinung, daß weder die Tote noch die Lebende nach achtzehn Jahren großen Trost in Haluins liebevoller Zuwendung finden würde. Doch wenn die fromme Absicht dem Mann Kraft und Entschlossenheit schenkte, zu leben, sich zu mühen und etwas Nützliches zu tun, warum ihn entmutigen? Deshalb sagte er nur:

»Nun, wir wollen zuerst alles in Ordnung bringen, was in Ordnung gebracht werden kann. Ihr müßt den Blutverlust ausgleichen, denn in dem Zustand, in dem Ihr jetzt seid, wird Euch niemand fortgehen lassen.« Als er dann den rechten Fuß betrachtete, der einem menschlichen Fuß noch entfernt ähnlich sah, fuhr er nachdenklich fort: »Vielleicht können wir Euch dicke, von innen gepolsterte Fellstiefel machen. Krücken werdet Ihr brauchen, aber so könnt Ihr wenigstens einen Fuß auf den Boden setzen. Heute nicht, und in den nächsten Wochen und vielleicht Monaten auch noch nicht. Aber wir werden Maß nehmen und sehen, was wir für Euch tun können.«

Später hielt Cadfael es für angebracht, Abt Radulfus zu berichten, welche Buße Bruder Haluin sich selbst auferlegen wollte, und so geschah es auch nach dem Kapitel in der Abgeschiedenheit des äbtlichen Sprechzimmers.

»Als die Last von seinem Herzen genommen war«, begann Cadfael, »hätte er zufrieden sterben können, wenn es sein Schicksal gewesen wäre. Aber er wird leben. Sein Bewußtsein ist klar, sein Wille ist stark, und auch wenn er abgemagert ist, sein Körper ist kräftig, und nun, da er noch viele Jahre vor sich sieht, ist er nicht damit zufrieden, für seine Sünden eine Absolution zu erhalten, die er sich nicht mit einer Buße verdient hat. Wenn er nicht so störrisch wäre, könnte man versuchen, ihm diesen Vorsatz auszureden, sobald er wieder genesen ist. Ich für meinen Teil würde ihm keinen Vorwurf machen, wenn er darauf verzichtete, ganz im Gegenteil. Aber eine Absolution ohne Buße, damit ist Haluin nicht zufrieden. Ich will ihn zurückhalten, solange ich kann, aber glaubt mir, sobald er sich stark genug fühlt, es zu versuchen, werden wir wieder davon hören.«

»Einem so verständlichen Wunsch kann ich mich kaum verschließen«, erklärte der Abt vernünftig, »aber ich kann es verbieten, solange er nicht stark genug dafür ist. Wenn ihm die Reise seinen Seelenfrieden schenkt, dann habe ich nicht das Recht, ihm im Weg zu stehen. Vielleicht spendet er damit auch der unglücklichen Dame, deren Tochter so elend starb, einen verspäteten Trost. Dieses Anwesen in Hales«, fuhr Radulfus fort, während er über die geplante Pilgerfahrt nachdachte, »ist mir nicht bekannt, auch wenn ich den Namen de Clary schon einmal gehört habe. Wißt Ihr, wo es liegt?«

»Am Ostrand der Grafschaft, Vater. Es ist etwa fünfundzwanzig Meilen von Shrewsbury entfernt.«

»Der Herr war damals im Heiligen Land und kennt möglicherweise nicht den wahren Grund für den Tod seiner Tochter, wenn seine Frau solche Furcht vor ihm hatte. Viele Jahre sind vergangen, aber wenn er noch lebt, dann darf dieser Besuch nicht stattfinden. Es wäre schlimm, wenn Bruder Haluin seine eigene Seele rettete, indem er die Herrin von Hales in neue Sorgen und Gefahren stürzt. Auch wenn sie gefehlt hat, sie hat dafür gelitten.«

»Soweit ich weiß, Vater«, gab Cadfael zurück, »sind beide schon einige Jahre tot. Als ich einmal für Abt Heribert nach Lichfield mußte, habe ich die Gegend gesehen, aber von einem Haus der de Clarys hörte ich nichts.«

»Hugh Beringar wird es wissen«, sagte der Abt zuversichtlich. »Er kennt die Adelshäuser der Grafschaft in- und auswendig. Wir können ihn fragen, wenn er aus Winchester zurückgekehrt ist. Es besteht kein Grund zur Eile. Selbst wenn Haluin seine Buße tun muß, er ist noch nicht dazu in der Lage. Er kann sein Bett noch nicht verlassen.«

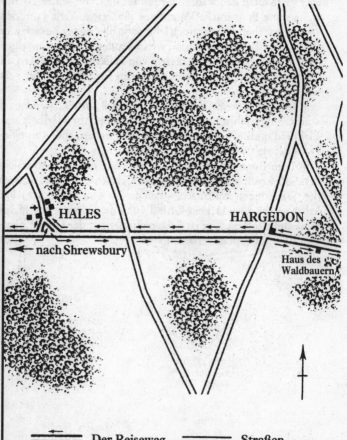

Die Reise von Bruder Ha

HALES

HARGEDON

← nach Shrewsbury

Haus des
Waldbauern

← → Der Reiseweg ═══ Straßen

...luin und Bruder Cadfael

ELFORD

Tame

VIVERS

FAREWELL

CHENET

Wald

0   Meilen   4

3

Hugh kam vier Tage nach Epiphanias mit seiner Eskorte zurück. Der größte Teil des Schnees war inzwischen verschwunden. Der Himmel war grau, die Tage kurz und düster, in manchen Nächten gab es noch Frost, so daß der Schnee nur langsam taute und keine Überschwemmungen verursachte. Nach so schweren Schneefällen wären bei wärmerem Wetter gewaltige Wassermassen den Fluß heruntergekommen, der Severn hätte den Meole-Bach gestaut und die unteren Felder überflutet, auch wenn die Enklave selbst hoch genug lag und geschützt war. In diesem Jahr blieben sie jedoch verschont.

Nachdem Hugh in seinem Haus an der St. Mary's Church die Stiefel abgestreift und den Mantel abgelegt hatte, worauf ihm seine Frau die Pelzschuhe brachte und sein Sohn sich an seinen Schwertgurt klammerte und darauf bestand, daß sein neuer, frisch bemalter Holzritter gebührend bewundert werde, konnte Hugh von einer für die Jahreszeit vergleichsweise angenehmen Reise berichten und erklären, daß sein Bemühen um das Wohlergehen der Grafschaft bei Hofe wohlwollend zur Kenntnis genommen worden war.

»Ich bezweifle allerdings, ob dieser weihnachtliche Waffenstillstand lange halten wird«, sagte er später zu Cadfael, nachdem er den Abt über alle Neuigkeiten aus Winchester unterrichtet hatte. »Den Fehlschlag von Oxford hat er tapfer geschluckt, aber ob Winter oder nicht, er wird auf Rache sinnen und nicht lange stillhalten. Er will Wareham zurückbekommen, aber der Ort ist gut gerüstet und stark bemannt, und Stephen hatte noch nie die Geduld für eine langwierige Belagerung. Vielleicht greift er auch eine Festung weiter im Westen an, um den Krieg in Roberts Land zu tragen. Man kann nicht voraussagen, was er als nächstes versuchen wird. Aber mich oder meine Männer hier im Süden will er nicht einberufen, denn er hat zuviel Angst vor dem Grafen von Chester, um mich lange von meiner Grafschaft fernzuhalten. Gott sei Dank, denn ich bin da einer Meinung mit ihm«, sagte Hugh munter. »Und wie ist es Euch ergangen? Ich habe zu meinem Kummer gehört, daß Euer bester Zeichner gestürzt ist und fast gestorben wäre. Der Vater Abt erzählte es mir. Ich war an jenem Tag wohl erst einige Stunden fort, als es geschah. Ist es wahr, daß er sich rasch erholt?«

»Besser als wir je erwartet hätten«, sagte Cadfael, »und am allerwenigsten er selbst, denn er war schon bereit, seine Seele für den Tod zu erleichtern. Aber er ist aus den Schatten herausgetreten, und in ein oder zwei Tagen wird er sogar sein Bett verlassen können. Seine Füße sind für immer verkrüppelt, die Schieferplatten haben sie zerfetzt. Bruder Luke schneidet ihm schon Krücken zurecht«, berichtete Cadfael. Dann kam er unvermittelt auf sein Anliegen zu sprechen. »Was wißt Ihr über die de Clarys, die das Anwesen in Hales besitzen? Einer von ihnen ging vor fast zwanzig Jahren auf eine Kreuzfahrt. Ich kannte ihn nicht selbst, weil es nach meiner Zeit im Osten war. Lebt er noch?«

»Bertrand de Clary«, erwiderte Hugh sofort und blickte seinen Freund voller Interesse an. »Was ist mit ihm? Er ist lange tot, vor zehn oder mehr Jahren gestorben. Seine Söhne haben sein Erbe angetreten. Ich hatte bisher noch nichts mit ihnen zu tun. Hales ist ihr einziges Anwesen in dieser Grafschaft, ihr Hauptsitz und der größte Teil ihrer Ländereien liegen in Staffordshire. Warum? Was habt Ihr mit de Clary zu tun?«

»Haluin hat mit ihnen zu tun. Er war in ihren Diensten, bevor er die Kutte anlegte. Er glaubt, er müsse ihnen eine alte Schuld zurückzahlen. Es fiel ihm ein, als er die Beichte vor seinem vermeintlichen Tod ablegte. Er glaubt, er habe sich vergangen, und das belastet heute noch sein Gewissen.«

Die Beichte war heilig, und mehr konnte er selbst Hugh nicht erzählen. Doch wenn freiwillig nicht mehr angeboten wurde, würde Hugh auch nicht nachfragen, auch wenn er insgeheim über das spekulierte, was nicht ausgesprochen worden war.

»Er ist entschlossen, sobald er körperlich dazu in der Lage ist, die Reise zu unternehmen und die Schuld zu begleichen. Ich frage mich nun... wenn Bertrands Witwe auch nicht mehr unter den Lebenden ist, dann sollte Haluin sofort davon erfahren, damit er es sich aus dem Kopf schlägt.«

Hugh beäugte seinen Freund interessiert und mit nachsichtigem Lächeln. »Und Ihr wollt dafür sorgen, daß er sich keine Sorgen mehr macht, sondern so bald und so gut wie möglich sein altes Leben wieder aufnimmt. Ich kann Euch leider nicht helfen, Cadfael. Die Witwe ist noch am Leben, sie ist sogar in Hales. Am letzten Michaelstag erst hat sie ihre Steuern bezahlt. Ihr Sohn ist mit einer Frau aus Staffordshire verheiratet, es gibt noch einen jüngeren Sohn, und nach allem, was man hört, ist seine Mutter nicht von der Art, die mit einer anderen Frau unter einem Dach lebt, ohne sich einzumischen. Sie lebt am liebsten in Hales, regiert mit strenger Hand und überläßt ihrem Sohn sein eigenes Gut. Zweifellos kommt dies beiden sehr gelegen. Ich wäre nicht so gut im Bilde«, fügte er erklärend hinzu, »wenn wir nicht auf dem Rückweg von Winchester ein Stück weit mit einigen von de Clarys Männern geritten wären, die nach der Belagerung von Oxford heimkehrten. Den Herrn selbst habe ich nicht gesehen, er wurde noch bei Hofe aufgehalten, als wir aufbrachen. Inzwischen, wenn Stephen ihn fortgelassen hat, wird er aber auf dem Heimweg sein.«

Cadfael nahm diese Neuigkeiten gelassen aber ohne große Freude auf. Also lebte sie noch, die Frau, die versucht hatte, ihrer Tochter mit einer Abtreibung zu helfen, welcher der Tochter aber den Tod gebracht hatte. Nicht die erste und die letzte, die auf diese Weise zu Tode gekommen war. Aber welche Verzweiflung und welche Schuldgefühle mochten die Mutter damals heimgesucht haben, welche bitteren Erinnerungen glühten selbst jetzt noch unter der Asche von achtzehn Jahren? Es wäre besser, sie nicht aufzustören. Andererseits hatte auch Haluin mit seinen Gewissensbissen und seiner nach Erlösung dürstenden Seele seine Rechte. Und schließlich war er damals erst achtzehn Jahre alt gewesen! Die Frau, die ihm die Zuneigung seiner Tochter durch ein Verbot entzogen hatte, war sicherlich doppelt so alt wie er. Sie hätte, dachte Cadfael fast empört, sofort sehen müssen, was sich zwischen den beiden entwickelte, um rechtzeitig die richtigen Schritte zu unternehmen und sie zu trennen.

»Hattet Ihr schon einmal das Gefühl, Hugh, daß es besser sein könnte, selbst eine schlimme Tat ruhen zu lassen, als noch Schlimmeres zu entfesseln?« fragte Cadfael traurig. »Ach! Er hat noch nicht einmal seine Krücken probiert. Wer weiß, was sich in ein paar Wochen alles ändern kann.«

Mitte Januar hoben sie Bruder Haluin aus seinem Bett und setzten ihn neben das Feuer in der Krankenstation in eine Ecke. Er konnte sich nicht wie die anderen frei bewegen, um aus eigener Kraft der Kälte Herr zu werden. Sie behandelten seinen Körper, der vom langen Liegen noch steif war, mit Öl und Massagen, um die Sehnen wieder beweglich zu machen. Um seine Hände und seinen Kopf zu beschäftigen, brachten sie ihm seine Farben und ein wenig Arbeit; er bekam eine einfache Seite zum Ausschmücken, bis seine Finger ihre alte Gewandtheit und Gleichmäßigkeit wiedergewonnen hatten. Seine zermalmten Füße waren geheilt und in den unglücklichen Formen erstarrt. Es kam noch nicht in Frage, ihn etwa versuchen zu lassen, auf ihnen zu stehen, aber Cadfael erlaubte ihm, die Krücken auszuprobieren, die Bruder Luke für ihn gemacht hatte. Zwei Brüder stützten Haluin, während er sich allmählich an ihr Gewicht und ihre Handhabung und an die gepolsterten Stützen in seinen Achselhöhlen gewöhnte. Wenn man keinen seiner Füße dazu bringen konnte, ihn irgendwann wieder zu tragen, dann waren selbst die Krücken nutzlos, aber Cadfael und Edmund stimmten darin überein, daß der rechte Fuß wahrscheinlich einigermaßen wiederhergestellt werden konnte, und selbst der linke mochte später ein wenig Hilfe bieten, wenn man bei der Anfertigung des Schuhwerks für den Invaliden etwas erfinderisch vorging.

Aus diesem Grund rief Cadfael am Ende des Monats den jungen Philip Corviser, den Sohn des Stadtvorstehers, ins Kloster. Sie steckten die Köpfe zusammen und berieten über das Problem. Zu zweit machten sie ein Paar Stiefel, die so unglücklich aussahen wie die Füße, für die sie gedacht waren, die aber darauf zugeschnitten waren, den Behinderten so gut wie möglich zu stützen. Sie bestanden aus dickem Fell und hatten eine Ledersohle, die bis über die Fußgelenke hinaufgezogen war. Gesichert wurden sie mit Lederzungen, die zusätzlich die beschädigten Gliedmaßen stützten und die unverletzten Schienbeine ins Stützwerk einbezogen. Philip war mit seiner Arbeit recht zufrieden, doch er hielt sich zurück, solange die Stiefel nicht anprobiert waren und solange nicht sicher war, ob der Verletzte sie ohne Schmerzen tragen konnte und im Winterwetter warme Füße hatte.

Alles, was man für ihn tat, nahm Bruder Haluin dankbar und demütig an, während er unermüdlich daran arbeitete, Auge und Hand mit seinem Rot, seinem Blau und dem zierlich gemalten Blattgold zu üben. Doch in jeder freien Stunde hob er sich umständlich von seiner Eckbank, stützte sich auf die Krücken und hielt sich zusätzlich an der Wand oder einer Bank fest, wenn sein Gleichgewicht in Gefahr war. Es dauerte eine Zeit, bis die Sehnen in seinen zerstörten Beinen wieder zu Kräften kamen, doch Anfang Februar konnte er endlich den rechten Fuß fest auf den Boden setzen und für kurze Zeit sogar ohne weitere Hilfe allein auf diesem Fuß stehen. Von diesem Zeitpunkt an begann er, ernsthaft die Krücken zu benutzen. Er lernte, mit ihnen umzugehen, er ließ sich, pflichtbewußt und pünktlich, wieder an seinem Platz im Kapitel sehen und saß in jedem Gottesdienst im Chorgestühl. Ende Februar konnte er sogar die Spitze seines linken Stiefels auf den Boden setzen, der ihm half, stabil und sicher auf den Krücken zu stehen, auch wenn dieser Fuß nie wieder sein Gewicht allein würde tragen können.

In einem Punkt hatte er noch Glück gehabt: Seit der erste frühe Schneefall getaut war, blieb das Wetter mild. Gelegentlich gab es etwas Frost, der sich aber nie lange hielt, und die wenigen Schneefälle, die jetzt noch kamen, waren nicht heftig, und der Schnee blieb nicht lange liegen. Als er sich seines Gleichgewichts sicher war und sich an die neue Gangart gewöhnt hatte, konnte er auch draußen auf dem Hof üben. Er lernte schnell und hatte nur Angst vor den Pflastersteinen im Hof, wenn sie mit Reif überzogen waren.

Eines Tages, es war Anfang März, die Tage wurden schon länger, und die erste, zögernde Ahnung des Frühlings lag in der Luft, erhob sich Bruder Haluin im Kapitel, als die wichtigsten Angelegenheiten des Tages geregelt waren, und sprach mit schwacher Stimme aber voller Entschlossenheit eine Bitte aus, die Abt Radulfus und Bruder Cadfael gut verstehen konnten.

»Vater«, sagte er, die dunklen Augen beständig aufs Gesicht des Abtes gerichtet, »Ihr wißt, daß ich, elend und krank, den

Wunsch äußerte, eine gewisse Pilgerschaft zu unternehmen, falls ich durch Gottes Gnade je dazu imstande wäre. Gott war wirklich sehr gnädig zu mir, und wenn Ihr mir die Erlaubnis gebt, möchte ich nun mein Versprechen vor Gott bekräftigen. Ich bitte um Eure Erlaubnis und um die Gebete meiner Brüder, damit ich erfülle, was ich versprochen habe und in Frieden heimkehre.«

Radulfus sah den Bittsteller ungewöhnlich lange schweigend an. Sein Gesicht verriet weder Zustimmung noch Mißbilligung, doch der prüfende Blick ließ Bruder Haluin das Blut in die Wangen schießen.

»Kommt nach dem Kapitel zu mir«, sagte der Abt schließlich. »Ich will von Euch hören, was Ihr beabsichtigt, und dann entscheiden, ob Ihr schon dafür bereit seid.«

Im Sprechzimmer des Abtes wiederholte Haluin seine Bitte mit deutlicheren Worten, denn vor diesen beiden Männern war sein Geist nackt, sie wußten um seinen Kummer. Cadfael dagegen wußte, warum er als stummer Zeuge dazugerufen worden war. Zwei Gründe gab es offensichtlich: Er war der einzige weitere Zeuge für Haluins Beichte und durfte deshalb zu Rate gezogen werden, und er konnte etwas über Haluins körperliche Verfassung sagen und erklären, ob Haluin für diese Reise schon bereit sei. Einen dritten Grund hätte er nicht vermutet, aber er fühlte sich, während er zuhörte, nicht wohl in seiner Haut.

»Ich darf und will Euch nicht zurückhalten«, sagte der Abt, »und Ihr müßt tun, was Eurem Seelenfrieden dient. Ich glaube aber, daß Eure Bitte zu früh kommt. Ihr habt gewiß noch nicht Eure Kraft zurückgewonnen, und so gut es uns auch in den letzten Wochen ging, der Frühling hat noch nicht begonnen. Es kann immer noch ein schlimmer Frost kommen. Bedenkt nur, wie nahe Ihr noch vor kurzer Zeit dem Tode wart. Erspart Euch diese Belastung, bis Ihr besser in der Lage seid, sie zu ertragen.«

»Vater«, widersprach Haluin hitzig, »gerade weil ich dem Tod so nahe war, darf ich nicht zögern. Was ist, wenn der Tod noch einmal die Hand nach mir ausstreckt, bevor ich für meine Sünde Buße getan habe? Ich habe gesehen, wie er im Nu und in Windeseile Hand an einen Mann legen kann, ich bin gewarnt. Ich muß darauf hören. Wenn ich sterbe, während ich die Buße tue, die für mich angemessen ist, dann werde ich mein Ende als passend und richtig empfinden. Aber zu sterben, ohne gebüßt zu haben, ist mir eine schreckliche Aussicht. Ehrwürdiger Vater«, sagte er, und sein Geist flackerte auf wie ein geschürtes Feuer, »ich habe sie wirklich geliebt, ich liebte sie und wollte sie heiraten, und ich hätte sie mein Leben lang geliebt. Und ich habe sie getötet. Ich habe meine Sünden viel zu lange verschwiegen, und nun, da ich sie gebeichtet habe, will ich endlich Wiedergutmachung leisten.«

»Habt Ihr auch an die vielen Meilen gedacht, die Ihr gehen und zurückkehren müßt? Oder wollt Ihr reiten?«

Haluin schüttelte heftig den Kopf. »Vater, ich habe schon in meinem Herzen geschworen, und ich werde den Schwur vor dem Altar wiederholen, daß ich zu Fuß zu dem Ort gehe, an dem sie begraben liegt, und daß ich zu Fuß zurückkehren werde – auf diesen Füßen, mit denen ich auf die Erde kam und die mich zwangen, mich meiner nicht gebeichteten Vergehen zu erinnern. Ich kann gehen, ich habe gelernt zu gehen wie die unschuldigen Lahmen. Warum sollte ich nicht, wenn ich doch eine solche Schuld auf mich genommen habe, auch die Mühen auf mich nehmen? Ich kann es ertragen, Bruder Cadfael weiß es.«

Bruder Cadfael war alles andere als erbaut darüber, als Zeuge hinzugerufen zu werden, und er war nicht glücklich, etwas sagen zu müssen, was das besessene Unternehmen noch fördern konnte. Andererseits war aber auch kein wirklicher Seelenfrieden in Sicht, solange der gequälte Mann nicht für seine Sünden gebüßt hatte.

»Ich weiß, daß er den Willen und den Mut hat«, erklärte er. »Ob er auch die Kraft hat, das ist eine andere Frage. Und ob er das Recht hat, seinen Körper zu zwingen, bis er stirbt, um seine Seele zu läutern, das ist eine Frage, über die ich mir kein Urteil erlauben will.«

Radulfus dachte eine Weile in düsterem Schweigen nach. Er betrachtete den Bittsteller lange und prüfend, und wäre etwas Falsches oder Überhebliches in der Bitte gewesen, dann wäre Haluin unsicher geworden und hätte den Blick gesenkt. Doch Haluins große, aufrichtige Augen hielten dem Blick des Abtes stand.

»Nun, ich muß Euren Wunsch, Buße zu tun, anerkennen, so spät er auch kommt«, sagte der Abt schließlich, »und ich verstehe, daß die jahrelange Verzögerung Eurem Seelenfrieden nicht gedient hat. Geht also und versucht es. Aber ich lasse Euch nicht allein gehen. Jemand muß bei Euch sein, der Euch helfen kann, wenn Ihr strauchelt, und wenn es dazu kommen sollte, dann müßt Ihr ihm erlauben, alles zu tun, was Eurer Sicherheit dient. Wenn Ihr die Reise gut übersteht, braucht er nichts zu tun, was Euren Opfergang irgendwie entwerten könnte, doch wenn Ihr auf dem Weg zu Fall kommt, wird er als mein Abgesandter neben Euch stehen, dem Ihr gehorchen müßt, wie Ihr mir gehorcht.«

»Aber, Ehrwürdiger Vater«, protestierte Haluin voller Sorge, »meine Sünde ist allein meine Sache, und ich habe die heilige Beichte abgelegt. Wie könnte ich einen anderen Mann so nahe an mich heranlassen, ohne meinerseits das Siegel der Verschwiegenheit zu brechen? Es wäre ein Vergehen, das nur Verwunderung und Fragen über meinen Bußgang erzeugen würde.«

»Ihr sollt einen Gefährten bekommen, der sich nicht wundert und der keine Fragen stellt«, erwiderte Abt Radulfus, »da er bereits von Euch selbst eingeweiht wurde. Bruder Cadfael soll mit Euch gehen. Seine Gesellschaft und seine Gebete werden Euch trösten und begleiten. Eure Absichten und die Erinnerungen der Dame werden dadurch nicht getrübt, und außerdem ist er fähig, Euch unterwegs zu versorgen.« An Cadfael gewandt, sagte er dann: »Wollt Ihr diese Aufgabe übernehmen? Ich glaube nicht, daß er schon in der Lage ist, allein zu gehen.«

Was bleibt mir übrig, dachte Cadfael, war aber im Grunde über diese Entwicklung alles andere als traurig. Irgendwo, tief in ihm, war noch ein kleiner Rest des Vagabunden, der vierzig Jahre lang von Wales bis Jerusalem und zurück zur Normandie die Welt durchstreift hatte, bevor er Gefallen an der Gleichmäßigkeit des Klosterlebens gefunden hatte. Da der Ausflug vom Abt nicht nur erlaubt, sondern sogar befohlen worden war, nahm er ihn als willkommene Gelegenheit und nicht als Versuchung, der man entgehen mußte.

»Wenn Ihr es wünscht, Vater, dann werde ich ihn begleiten.«

»Die Reise wird mehrere Tage dauern. Ich denke, Bruder Winfrid kann Bruder Edmund auch allein mit allem versorgen, was dieser für die Kranken braucht?«

»Für ein paar Tage dürften die beiden zurechtkommen«, stimmte Cadfael zu. »Ich habe den Arzneischrank in der Krankenstation erst gestern nachgefüllt, in der Hütte ist noch ein guter Vorrat aller wichtigen Arzneien, die gewöhnlich im Winter gebraucht werden. Sollte etwas Unvorhergesehenes geschehen, könnte auch Bruder Oswin aus St. Giles gerufen werden, um eine Weile auszuhelfen.«

»Gut! Nun Haluin, dann bereitet Euch auf die Reise vor und brecht auf, sobald Ihr bereit seid, meinetwegen schon morgen. Aber Ihr müßt Bruder Cadfael gehorchen, sobald Eure Kräfte schwinden, Ihr müßt ihm zu Willen sein, wie Ihr innerhalb dieser Mauern mir gehorcht.«

»Vater«, erwiderte Haluin inbrünstig, »das will ich tun.«

Am Altar der heiligen Winifred wiederholte Bruder Haluin am Abend nach der Vesper seinen feierlichen Schwur, um sich selbst keinen Ausweg mehr zu lassen. Bleich war sein Gesicht, und er sprach mit einer Inbrunst, die Cadfael, der auf Haluins Wunsch zugegen war, sofort erkennen ließ, daß dieser unerbittliche Büßer in seinem innersten Herzen um die Mühen und Schmerzen wußte, die er sich auferlegte. Leidenschaftlich und mit einer Entschlossenheit, die Cadfael lieber für ein praktischeres und nützlicheres Unternehmen verwendet gesehen hätte, nahm er die Bürde auf sich. Wer hätte etwas von dieser Reise, selbst wenn sie erfolgreich abgeschlossen würde, wer außer dem Büßer selbst, der sich wenigstens teilweise seine Selbstachtung zurückgeben würde? Sicher nicht das arme Mädchen, das keine schlimmere Sünde begangen hatte, als um der Liebe willen zuviel zu wagen und das gewiß schon lange in Gnade in den Himmel aufgenommen war. Nicht die Mutter, die sicher schon vor langer Zeit diesen schrecklichen Traum abgeschüttelt hatte, nur um heute, nach so vielen Jahren, noch einmal mit ihm konfrontiert zu werden. Cadfael war nicht der Ansicht, daß es die wichtigste Aufgabe jedes Menschen in dieser Welt sei, seine eigene Seele zu retten. Es gab genug andere bedürftige Seelen und leidende

Körper, die auf dem Weg in den Himmel unterstützt werden mußten.

Aber Haluins Bedürfnisse waren nicht die seinen. Die bitteren Jahre, die Haluin mit Selbstvorwürfen verbracht hatte, riefen sicherlich nach einem Heilmittel.

»Vor diesen heiligen Reliquien«, sagte Bruder Haluin, die Handfläche an die Tücher gepreßt, die den Schrein verhüllten, »wiederhole ich meinen Schwur: Ich werde nicht ruhen, bis ich zu Fuß zum Grab gegangen bin, in dem Bertrade de Clary liegt, bis ich eine Nachtwache im Gebet für ihre Seele verbracht und bis ich hierher, zum Ort, an dem ich diene, zu Fuß zurückgekehrt bin. Wen ich dabei scheitere, dann soll ich verdammt und ohne Vergebung sterben.«

Sie brachen am Morgen des vierten März gleich nach der Prim auf, wanderten durchs Tor und durch die Vorstadt nach St. Giles und nahmen die Hauptstraße nach Osten. Es war ein bewölkter, windstiller Tag, die Luft war kühl aber nicht mehr winterkalt. Cadfael sah vor seinem inneren Auge den Weg, der vor ihnen lag, und fand ihn nicht allzu schwer. Nachdem sie die Hügel im Westen hinter sich gelassen hatten, würde das Land mit jeder Meile, die sie weiter nach Osten kamen, zu einer grünen Ebene abfallen. Die Straße war trocken, denn es hatte eine Weile nicht mehr geregnet, und die Wolkendecke war hoch und bleich, also drohte auch kein Regen. Die Straße war mit Gras gesäumt, wie es die Hauptstraßen des Königs sind, und dort konnte ein verkrüppelter Mann leicht laufen. Die ersten ein oder zwei Meilen mochten sie ohne Schwierigkeiten bewältigen, aber dann würden die Mühen beginnen. Seinem Urteil blieb es überlassen, wann sie eine Rast einlegen mußten, denn Haluin würde nur die Zähne zusammenbeißen und bis zum Umfallen weiterlaufen. Irgendwo in der Nähe des Wrekin würden sie ein Nachtlager finden, denn unter den Siedlern dort gab es einige Pächter der Abtei, und in jeder Hütte am Weg konnten sie für eine mittägliche Rast ein warmes Plätzchen am Feuer finden. Essen hatten sie genug, denn Cadfael trug einen gefüllten Ranzen.

Hoffnungsfroh am Morgen aufgebrochen, Haluin voller Energie und Begierde, legten sie zunächst ein gutes Tempo vor, um mittags angenehm beim Gemeindepriester von Attingham zu rasten. Am Nachmittag jedoch wurden sie langsamer, und Haluins bebenden Schultern waren die Mühen anzusehen. Die Knochen schmerzten bei jedem Schritt mit den Krücken, und als die Abendkälte kam, wurden seine Finger trotz der wollenen Polster auf den Griffen taub. Cadfael entschied sich anzuhalten, sobald das Tageslicht im windlosen Märzgrau zu verblassen begann, und wandte sich zum Dorf Uppington, um im Landgut ein Lager für die Nacht zu erbitten.

Haluin hatte verständlicherweise die ganze Zeit auf der Straße geschwiegen, denn er brauchte seinen ganzen Atem und seine ganze Entschlossenheit für die Anstrengungen des Laufens. Als sie am Abend gegessen hatten und ruhten, betrachtete er eine Weile Cadfael, der in gelassenem Schweigen neben ihm saß.

»Bruder«, begann er schließlich, »ich bin Euch dankbar, daß Ihr mich auf dieser Reise begleitet. Mit keinem anderen als Euch könnte ich ohne Vorbehalte über diesen alten Kummer sprechen, und bevor wir Shrewsbury erreichen, könnte es für mich bitter notwendig sein, darüber zu reden. Das Schlimmste wißt Ihr bereits, und ich will kein Wort der Entschuldigung sagen. Aber in den achtzehn Jahren habe ich nie mehr ihren Namen laut ausgesprochen, und wenn ich ihn jetzt sage, dann ist er mir wie das Essen einem Verhungernden.«

»Sprecht oder schweigt, wie es Euch gefällt«, gab Cadfael zurück, »und ich werde, wie Ihr es wünscht, hören oder taub sein. Heute nacht aber sollt Ihr Ruhe finden, denn wir haben schon ein Drittel des Weges geschafft. Ich muß Euch aber warnen, nachdem Ihr Euch heute so angestrengt habt, werden morgen Schmerzen kommen, wie Ihr sie noch nicht erlebt habt.«

»Ich bin müde«, räumte Haluin mit einem knappen, seltenen und berührenden Lächeln ein, das so kurz wie süß war. »Dann glaubt Ihr nicht, daß wir Hales morgen schon erreichen werden?«

»Auf keinen Fall! Nein, wir werden bis zu den Augustinern in Wombridge gehen und dort die nächste Nacht verbringen. Ihr habt Euch bisher wacker geschlagen, also laßt Euch nicht durch den einen Tag verdrießen.«

»Wie Ihr meint«, sagte Haluin nachgiebig und legte sich mit

der zutraulichen Einfachheit eines Kindes zum Schlaf, das sich durch seine Gebete geschützt und geborgen weiß.

Der nächste Tag war nicht ganz so erfreulich, denn es fiel ein dünner, sporadischer Regen, der sie manchmal sogar mit Hagelkörnern stach, und aus Nordosten wehte ein kälterer Wind, als ihnen der lange, grüne und zackige Rücken des Wrekin keinen Schutz mehr geben konnte, nachdem die Straße sich nach Norden gewandt hatte. Zwar erreichten sie vor der Dämmerung die Priorei, doch Haluins Lippen waren, als sie eintrafen, fest zusammengepreßt. Die Haut über seinen Wangenknochen war bleiern und vor Anstrengung straff gespannt, und Cadfael war froh, als er ihn in einen warmen Raum bekam, wo er mit eingeölten Händen die Sehnen in Armen und Schultern und die Schenkel bearbeiten konnte, die Haluin den Tag über so brav getragen hatten.

Am frühen Nachmittag des dritten Tages trafen sie in Hales ein.

Das Gutshaus lag ein Stück von Dorf und Kirche entfernt. Es war auf einem Steinfundament aus Holz gebaut und lag von ebenen, gut bewässerten Feldern umgeben zwischen sanften, bewaldeten Hängen. Stall, Scheune und Backhaus innerhalb des Holzzaunes waren gut unterhalten und sauber. Bruder Haluin blieb im offenen Tor stehen und betrachtete gebannt und mit unbewegtem Gesicht den Ort, an dem er einst gedient hatte. Nur seine Augen waren lebendig und verrieten seine Schmerzen.

»Vier Jahre«, sagte er, »diente ich hier als Schreiber. Bertrand de Clary war der Oberherr meines Vaters, und ich wurde schon vor meinem vierzehnten Jahr hergeschickt, um der Herrin aufzuwarten. Kaum zu glauben, daß ich den Herrn selbst nie sah, denn er war schon, bevor ich kam, ins Heilige Land aufgebrochen. Dies ist nur eines seiner Anwesen, das einzige in dieser Gegend. Sein Sohn hatte bereits seine Nachfolge angetreten und sich in Staffordshire niedergelassen. Sie aber fühlte sich immer in Hales am wohlsten, sie überließ ihrem Sohn die Verwaltung und lebte hier, und hierher kam auch ich. Es wäre besser für sie gewesen, wenn ich nie ihr Haus betreten hätte, und besser für Bertrade!«

»Es ist zu spät«. wandte Cadfael milde ein, »um zu richten, was damals begangen wurde. Dieser Tag ist der Tag, an dem Ihr das tun könnt, was Ihr Euch geschworen habt, und dafür ist es nicht zu spät. Ihr werdet vielleicht freier mit ihr reden können, wenn ich draußen warte.«

»Nein«, sagte Haluin. »Kommt mit mir! Ich brauche Euch als Zeugen, ich weiß, daß es recht ist.«

Ein strohblonder Junge kam mit einer Mistgabel in der Hand, die in der kalten Luft leicht dampfte, aus dem Stall. Als er die beiden Benediktiner in ihren schwarzen Kutten am Tor sah, wandte er sich zu ihnen und kam ihnen gemächlich und mit freundlicher Miene entgegen.

»Wenn Ihr Bett und Brot wollt, Brüder, dann kommt nur herein, Eure Kutte ist hier stets willkommen. Im Dachstuhl ist gut schlafen, und in der Küche wird man Euch speisen, wenn Ihr hereinkommen wollt.«

»Ich erinnere mich«, sagte Haluin, die Augen immer noch auf die ferne Vergangenheit gerichtet, »Eure Herrin hält ihr Haus für Reisende stets offen. Aber ich werde heute nacht hier kein Bett brauchen. Wenn aber die Herrin Adelais de Clary mich empfangen will, dann will ich ihr mein Anliegen vortragen. Ein paar Minuten ihrer Zeit, um mehr bitte ich nicht.«

Der Junge zuckte die Achseln, starrte sie mit grauen, undurchdringlichen Sachsenaugen an und winkte sie zur Steintreppe, die zur Halle hinaufführte.

»Geht hinein und fragt die Hausdame Gerta. Sie wird nachfragen, ob die Herrin mit Euch sprechen will.« Er blieb stehen und sah ihnen nach, wie sie den Hof überquerten. Dann wandte er ihnen den Rücken und kehrte zu seiner Arbeit bei den Pferden zurück.

Aus der Küche trat gerade ein Diener in die Halle, als sie die Tür erreichten. Er fragte nach ihrem Begehr und schickte, als er genug erfahren hatte, einen Küchenjungen zur Hausdame, die sogleich aus dem Flur herbeikam, um die beiden Brüder in Empfang zu nehmen. Sie war eine energische, saubere Frau von etwa vierzig Jahren, schlicht gekleidet und nicht sehr hübsch, denn sie hatte Pockennarben. Doch an ihrem Selbstbewußtsein kam kein Zweifel auf. Sie beäugte die Gäste ein wenig hochnäsig, hörte Haluins zaghaft vorgebrachte Bitte ohne aufmunterndes Lächeln an und schien es nicht eilig zu haben, eine Tür zu öffnen, deren einzige Hüterin sie war.

»Aus der Abtei zu Shrewsbury kommt Ihr? Und im Auftrage des Abtes, nehme ich an?«

»Auf einem Gang, den der Abt erlaubte«, sagte Haluin.

»Das ist nicht dasselbe«, sagte Gerta scharf. »Was sonst außer Angelegenheiten der Abtei könnte einen Mönch aus Shrewsbury zu uns führen? Wenn es aber eine persönliche Angelegenheit ist, dann laßt meine Herrin wissen, mit wem sie es zu tun hat.«

»Sagt ihr«, erwiderte Haluin geduldig, während er sich schwer auf die Krücken stützte und den unfreundlichen Blicken der Hausdame auswich, »daß Bruder Haluin, Benediktinermönch aus der Abtei zu Shrewsbury, demütig um die Gunst bittet, von ihr empfangen zu werden.«

Der Name sagte ihr nichts. Offenbar hatte sie vor achtzehn Jahren noch nicht in Adelais de Clarys Diensten gestanden oder zumindest nicht ihr Vertrauen genossen. Eine andere Dame, im Alter der Herrin näher, hatte damals dieses wichtige Amt bekleidet. Leibdiener, die das Vertrauen ihrer Herren genießen und rechtfertigen, tragen eine große Last von Geheimnissen, die sie oft mit in den Tod nehmen. Irgendwo, dachte Cadfael, lauschte jetzt schweigend eine Frau, die erschrocken zusammengefahren war, als der Name fiel, auch wenn sie das von der Zeit gezeichnete und veränderte Gesicht nicht sofort erkannt hatte.

»Ich werde sie fragen«, sagte die Zofe, immer noch mit einem Hauch Herablassung, und ging durch die Halle zu einer mit Leder verhangenen Tür am anderen Ende. Einige Minuten später trat sie wieder heraus, zog den Vorhang zurück und rief, ohne sich die Mühe zu machen, ihnen entgegenzukommen, von der Türe herüber: »Meine Herrin sagt, daß Ihr eintreten dürft.«

Die Kemenate, die sie nun betraten, war klein und düster, denn das dem Wind zugewandte der beiden Fenster war bei diesem Wetter fest verschanzt. Die Wandbehänge waren alt und hatten dunkle Farben. Einen Kamin gab es nicht, nur einen steinernen Ofen in der am besten geschützten Ecke des Raumes, in dem Holzkohle glühte. Eine Frau saß mit einem kleinen Stickrahmen zwischen dem Ofen und dem einzigen Fenster, das

Licht gab. In diesem Gegenlicht erschien sie als große, aufrechte Gestalt in dunklen Kleidern. Der Schein der Holzkohle schimmerte kupfern auf ihrer beschatteten Stirn. Sie hatte die Nadel ins gespannte Tuch gestoßen und die Hände um die Armlehnen des Stuhls geklammert. Die Augen hatte sie auf die Türe gerichtet, durch die Bruder Haluin mühsam mit seinen Krücken schlurfte. Der noch brauchbare Fuß war wund vom Laufen, so daß Haluin bei jedem Schritt zusammenzuckte. Der linke Fuß berührte kaum mit der Spitze den Boden und trug nur wenig zu seinem Gleichgewicht bei. Nachdem er sich so lange auf die Krücken gestützt hatte, waren seine Schultern hochgezogen und der einst gerade Rücken krumm. Nachdem sie seinen Namen gehört hatte, mußte sie einen Gast erwartet haben, der dem lebhaften, hübschen jungen Mann, den sie vor so vielen Jahren hinausgeworfen hatte, etwas ähnlicher sah. Was dachte sie nun, da sie den Krüppel erblickte?

Er hatte kaum den Raum betreten, da erhob sie sich abrupt und stand stocksteif. Über die Köpfe der Gäste hinweg wandte sie sich zuerst an ihre Zofe, die Anstalten machte, den Brüdern in die Kammer zu folgen.

»Laß uns allein!« sagte Adelais de Clary. Und als der Ledervorhang zwischen Kemenate und Halle wieder an Ort und Stelle gefallen war, sagte sie zu Haluin: »Was ist geschehen? Was hat man Euch nur angetan?«

4

Sie war, dachte Cadfael, als sich seine Augen an das Spiel von Licht und Schatten in der Kammer gewöhnt hatten, höchstens zehn Jahre jünger als er, doch sie sah jünger aus. Das dunkle Haar, das zu beiden Seiten des Kopfes in schweren Zöpfen herabhing, zeigte kaum eine Spur von Grau, und die herrischen, feinen Gesichtszüge hatten ihre unerschütterliche Eleganz bewahrt, auch wenn das Fleisch, das die Knochen bedeckte, ein wenig eingefallen und schlaff wirkte. Ihr Körper war eckig und mager geworden, als der Saft der Jugend geschwunden war. Ihre Hände, obwohl immer noch wohlgeformt, wiesen doch einige geschwollene Knöchel und hervortretende Adern auf, und auf Kehle und Handgelenken, wo einst der strahlende Glanz der Jugend gewesen war, lag nun ein stumpfer Schein. Dennoch erkannte man in ihrem ovalen Gesicht, in den breiten Lippen und den großen Augen die Asche einstiger Schönheit. Nein, Asche war es noch nicht, sondern eine stille Glut, die so lebendig und heiß war wie die Kohle in der Kohlenpfanne.

»Kommt näher!« lud sie ihre Gäste ein. Und als Haluin vor ihr stand und das Licht auf sein Gesicht fiel, das kalte und bleiche Licht, das durchs Fenster drang, und der rötliche Schein des Feuers, sagte sie: »Ihr seid es wirklich! Ihr seid so verändert. Wie habt Ihr Euch die Verletzungen zugezogen?«

Ihre Stimme war tief, voll und befehlsgewohnt, und die anfänglichen Anzeichen von Entsetzen und Sorge waren verschwunden. Sie betrachtete ihn weder mitfühlend noch abweisend, sondern mit einer gewissen Gleichgültigkeit, allenfalls mit einer Neugierde, die keine tiefere Ursache hatte.

»Das war ganz allein meine Schuld«, sagte Haluin. »Achtet nicht darauf! Ich habe nur bekommen, was ich verdiente. Ich bin tief gestürzt, aber durch Gottes Gnade lebe ich noch, obwohl ich schon vor längerer Zeit hätte sterben können. Und nachdem ich vor Gott und meinem Beichtvater meine Seele erleichtert hatte, kam ich zu Euch, um auch Euch um Vergebung zu bitten.«

»War das denn wirklich nötig?« sagte sie verwundert. »Nach all den Jahren einen so weiten Weg zu gehen?«

»Doch, es war nötig. Es liegt mir viel daran, von Euch zu hören, daß Ihr mir vergebt, was ich getan habe. Ich habe Euch großen Kummer bereitet, und ich kann keine Ruhe finden, solange meine Taten mein Gewissen drücken.«

»Und so habt Ihr die ganze alte Geschichte erzählt«, sagte Adelais mit einiger Verbitterung, »alles, was geheim und beschämend war, habt Ihr erzählt. Eurem Beichtvater? Und wie vielen anderen noch? Diesem guten Bruder, der Euch begleitet? Dem ganzen Haushalt beim Kapitel? Konntet Ihr es nicht ertragen, als unerkannter Sünder zu leben? Mußtet Ihr aller Welt den Namen meiner Tochter sagen, nachdem sie schon so lange im Grab liegt? Ich wäre lieber als Sünder ins Fegefeuer gegangen!«

»Das wäre ich auch!« rief Haluin verletzt. »Aber nein, so ist es nicht. Bruder Cadfael, der mich begleitet hat, ist außer Abt Radulfus, der meine Beichte hörte, der einzige, der es weiß. Niemand sonst wird es erfahren. Bruder Cadfael habe ich durch meine Tat ebenfalls Unrecht getan, und er hatte das Recht, seine Vergebung zu spenden oder zu verwehren. Die Arznei, die ich Euch gab, stahl ich aus seinem Lager, nachdem ich von ihm gelernt hatte, sie anzuwenden.«

Sie warf Cadfael einen langen, beständigen Blick zu, und ihr Gesicht, das nun erst deutlich zu sehen war, schien aufmerksam und ruhig. »Nun«, sagte sie, wieder in die alte Gleichgültigkeit verfallend, »es ist schon sehr lange her. Wer würde sich heute noch daran erinnern? Und ich liege noch lange nicht im Sterben. Was weiß ich! Eines Tages werde ich selbst einen Priester brauchen, und so will ich Eure Bitte erfüllen. Wenn Ihr es auf diese Weise zu Ende bringen wollt... dann sollt Ihr bekommen, was Ihr erbittet. Ich vergebe Euch. Ich will Euer Leiden nicht noch vergrößern. Kehrt in Frieden zu Eurem Kloster heim. Ich vergebe Euch, wie ich auf Vergebung hoffe.«

Ohne innere Beteiligung sprach sie, der kurz aufgeflammte Zorn war schon lange verschwunden. Es hatte sie keine Mühe gekostet, ihn freizusprechen, sie tat es anscheinend ebenso unbeteiligt und mit ebensowenig Gefühl, als hätte sie einem Bettler ein Stück Brot gegeben. Von einer adeligen Frau ihres Standes konnte man Almosen erbitten, und sie zu geben war ein Akt jener Großzügigkeit, die zu den Pflichten der Adligen gehörte. Doch was sie ohne Mühe gab, war für Haluin eine große, Erleichterung spendende Gnade. Die Spannung wich aus seinen gebeugten Schultern und den steifen Händen. Er neigte demütig vor ihr den Kopf und bedankte sich mit leiser, zögernder Stimme, als wäre er nicht ganz bei sich.

»Mylady, Eure Gnade nimmt eine schwere Last von mir. Ich bin Euch aus ganzem Herzen dankbar.«

»Kehrt zu dem Leben zurück, das Ihr gewählt habt, und zu den Pflichten, die Ihr auf Euch genommen habt«, sagte sie, während sie sich wieder setzte. Das Stickzeug blieb einstweilen noch liegen. »Denkt nicht mehr an das, was vor so langer Zeit geschehen ist. Ihr sagtet, Euer Leben wurde verschont. Nutzt es, so gut Ihr könnt, und ich will das gleiche tun.«

Damit waren sie entlassen, und Haluin akzeptierte es. Er verneigte sich tief, machte vorsichtig auf seinen Krücken kehrt, und Cadfael gab ihm eine Hand, um ihn zu stützen. Sie hatte ihnen keinen Platz angeboten, vielleicht, weil sie durch den überraschenden Besuch zu erschüttert war, doch als die beiden die Türe erreichten, rief sie ihnen hinterher: »Ihr könnt bleiben, wenn Ihr wollt, und Euch in meinem Haus ausruhen und stärken. Meine Diener werden Euch alles geben, was Ihr braucht.«

»Danke«, erwiderte Haluin, »aber wir müssen nun, da meine Pilgerschaft hier abgeschlossen ist, so rasch wie möglich zurückkehren.«

»Dann möge Gott Eure Schritte auf dem Heimweg beflügeln«, sagte Adelais de Clary, während sie mit ruhiger Hand zur Nadel griff.

Die Kirche war nicht weit vom Anwesen entfernt. Zwei Wege kreuzten sich dort, und einige kleine Häuser drängten sich eng an die Mauer des Kirchhofs.

»Die Gruft ist dort drinnen«, sagte Haluin, als sie durch das Tor traten. »Während ich hier war, wurde sie nicht geöffnet, aber Bertrands Vater ist hier begraben, und für Bertrade wurde sie sicherlich geöffnet. Sie starb hier. Es tut mir leid, Cadfael, daß ich auch für Euch die Gastfreundschaft ausschlug, ich hatte nicht rechtzeitig an Euch gedacht. Ich selbst werde ja heute nacht kein Bett brauchen.«

»Ihr habt kein Wort davon zur Herrin gesagt«, warf Cadfael ein.

»Nein. Ich weiß selbst nicht warum. Als ich sie wiedersah, kam mir in den Sinn, daß es nicht recht von mir war, die alten Schmerzen wieder wachzurufen. Schon mein Anblick muß sie geschmerzt haben. Dennoch hat sie mir vergeben. Mir geht es nun besser, und ihr geht es sicher nicht schlechter. Aber Ihr hättet heute nacht bequem schlafen können. Es ist nicht nötig, daß wir beide wachen.«

»Ich bin für eine Nacht auf den Knien besser gerüstet als Ihr«, wandte Cadfael ein. »Und ich bin nicht sicher, ob wir wirklich willkommen gewesen wären. Sie wollte uns loswerden. Nein, es ist gut so, wie es ist. Wahrscheinlich denkt sie, wir seien bereits auf dem Heimweg und hätten ihr Land und ihr Leben verlassen.«

Haluin blieb, die Hand auf dem schweren Eisenring am Verschlag der Kirchentür gelegt, mit dem Gesicht im Schatten einen Augenblick stehen. Die Tür schwang knirschend auf, und er packte seine Krücken, um die beiden weiten, flachen Stufen ins Kirchenschiff hinunterzusteigen. Drinnen war es düster und steinkalt. Cadfael wartete einen Moment auf der Treppe, bis sich seine Augen an das veränderte Licht gewöhnt hatten, doch Haluin machte sich sofort auf zum Altar. In den achtzehn Jahren hatte sich nicht viel verändert, und er hatte nichts vergessen. Selbst die rauhen Kanten der Kacheln auf dem Boden waren ihm noch vertraut. Er wandte sich mit hohl tappenden Krücken zur rechten Seite. Als Cadfael ihm folgte, fand er ihn neben einer steinernen Gruft zwischen zwei Säulen. Das eingravierte Bild auf der Deckplatte zeigte einen Ritter im Kettenpanzer, der ein Bein über das andere geschlagen und eine Hand auf den Schwertgriff gelegt hatte. Ein Kreuzfahrer, wahrscheinlich der Vater von Bertrand, der wie der Sohn im Heiligen Land gewesen war. Dieser hier, überlegte Cadfael, war vielleicht zu meiner Zeit bei der Armee von Robert von der Normandie, als sie Jerusalem einnahmen. Die de Clarys waren offensichtlich stolz auf ihre Kriegszüge im Osten.

Aus der Sakristei kam ein Mann herbei, der sich, als er die unverwechselbaren Benediktinerkutten sah, freundlich an die Ankömmlinge wandte. Er war in mittleren Jahren, in eine dunkelbraune oder schwarze Soutane gekleidet, und näherte sich mit fragendem Blick und einladendem Lächeln. Haluin hörte seine Schritte, so leicht sie auch waren, und drehte sich in Erwartung eines alten Bekannten erfreut um, nur um angesichts des Fremden sofort wieder zurückzufahren.

»Guten Tag, Brüder! Gott sei mit Euch!« sagte der Priester von Hales. »Reisenden mit Eurer Kutte steht mein Haus immer offen, ebenso wie dieses Gotteshaus. Kommt Ihr von weit her?«

»Aus Shrewsbury«, sagte Haluin, der sich mühsam wieder faßte. »Verzeiht mir, Vater, wenn ich so erschrak. Ich hatte erwartet, Vater Wulfnoth zu sehen. Natürlich war das dumm von mir, denn ich war viele Jahre nicht mehr hier, und er war schon grau, als ich ihn damals kannte. Mir als jungem Menschen schien es damals, als würde er ewig bleiben. Jetzt wage ich kaum zu fragen!«

»Vater Wulfnoth hat die ewige Ruhe gefunden«, erwiderte der Priester. »Es muß jetzt sieben Jahre her sein. Vor zehn Jahren kam ich, als er nach einem Schlaganfall bettlägerig wurde. Drei Jahre sorgte ich für ihn, bis er starb. Ich war damals gerade erst zum Priester geweiht worden, und ich lernte viel von Wulfnoth. Sein Geist war klar und offen, auch wenn das Fleisch ihn im Stich gelassen hatte.« Sein gutmütiges, rundes Gesicht zeigte offene Neugierde. »Dann kennt Ihr diese Kirche und das Landgut? Seid Ihr in Hales geboren?«

»Nein, aber ich diente einige Jahre bei der Herrin Adelais auf dem Anwesen. Kirche und Dorf kannte ich gut, bevor ich in Shrewsbury die Kutte anzog.«

Haluin, der bemerkte, wie genau er betrachtet wurde, hielt es für nötig, eine Erklärung für seine Rückkehr zu geben. »Nun«, meinte er, »ich habe allen Grund, dankbar zu sein, weil ich einem Unglück entging, das mich das Leben hätte kosten können, und bei dieser Gelegenheit beschloß ich, mein Gewissen von aller Schuld zu entlasten. Aus diesem Grund stehe ich hier an diesem Grab. In der Familie de Clary gab es eine Dame, die ich verehrte und die viel zu früh starb. Ich möchte eine Nacht an ihrem Grab beten. Es war lange vor Eurer Zeit, es ist jetzt achtzehn Jahre her. Ich werde Euch doch nicht stören, wenn ich die Nacht hier verbringe?«

»Nein, gewiß nicht, Ihr seid willkommen«, sagte der Priester herzlich. »Ich kann Euch eine Kohlenpfanne anzünden, damit Ihr es nicht so kalt habt. Aber Ihr müßt Euch irren, Bruder. Gewiß, es war vor meiner Zeit, aber Vater Wulfnoth erzählte mir viel über die Kirche und das Landgut, denn er hatte sein Leben lang in den Diensten der Herren von Hales gestanden. Sie bezahlten sein Studium und setzten ihn hier als Priester ein. Es gab in dieser Gruft keine Bestattung, seit der alte Herr von Hales starb, dessen Abbild hier in den Stein gemeißelt ist. Das muß jetzt mehr als dreißig Jahre her sein. Heute herrscht sein Enkelsohn. Eine Dame aus der Familie, sagt Ihr? Und jung gestorben?«

»Eine Verwandte«, gab Haluin mit leiser Stimme und erschüttert zurück. Er ließ den Stein nicht aus den Augen, der seit dreißig Jahren nicht bewegt worden war. »Sie ist hier in Hales gestorben, und ich dachte, sie müßte hier beerdigt sein.« Er wollte ihren Namen nicht nennen und nicht mehr als unbedingt nötig über sich selbst und seine Beweggründe verlauten lassen. Cadfael wartete ein wenig abseits und sah schweigend zu.

»Vor achtzehn Jahren erst? Dann kann ich Euch mit Gewißheit sagen, Bruder, daß sie nicht hier ist. Wenn Ihr Vater Wulfnoth kanntet, dann wißt Ihr, daß Ihr Euch auf das verlassen könnt, was er mir sagte. Und ich weiß, daß sein Verstand bis zu seinem letzten Tag klar und scharf war.«

»Ich glaube Euch«, sagte Haluin, der unter der Kälte der Enttäuschung zitterte. »Er hat sich nicht geirrt. Dann ist sie also nicht hier.«

»Aber dieses Landgut ist ja nicht der Hauptsitz der de Clarys«, meinte der Priester freundlich. »Der Hauptsitz ist in Elford in Staffordshire. Der jetzige Herr, Audemar heißt er, ließ seinen Vater dort bestatten, denn die Familie hat dort eine große Gruft. Wenn in den letzten Jahren enge Angehörige gestorben sind, dann dürften sie dort beerdigt sein. Zweifellos wird auch die Dame, von der Ihr gesprochen habt, dort bei ihrer Familie liegen.«

Haluin nahm den Hoffnungsfunken begierig auf. »Ja ... ja, so kann es sein, so muß es sein. Dann werde ich sie finden.«

»Ich zweifle nicht daran«, sagte der Priester. »Aber es ist ein weiter Weg zu Fuß.« Er hatte die Eile gespürt, die auf Vernunft nicht hören wollte, und mühte sich, sie zu dämpfen. »Ihr solltet Euch Pferde beschaffen, wenn Ihr schon diese Reise machen müßt, oder sie wenigstens verschieben, bis das Wetter besser wird. Aber kommt doch zuerst einmal in mein Haus, eßt mit mir und ruht Euch über Nacht aus.«

Dazu war Haluin aber nicht bereit, das erkannte Bruder Cadfael sofort. Und wenn sich das Tageslicht nur noch eine Stunde halten würde, er hatte die Kraft, noch eine Meile zu laufen. Fast schuldbewußt sagte er dem guten Mann seinen Dank und verabschiedete sich. Der Priester sah ihnen verwundert und grübelnd nach, bis sie die Stufen hinaufgestiegen waren und die Tür hinter sich geschlossen hatten.

»Nein!« sagte Cadfael energisch, sobald sie den Kirchhof verlassen hatten und über den Weg zwischen den Häusern des Dorfs zur Hauptstraße gingen. »Das könnt Ihr nicht tun!«

»Ich kann und ich muß!« erwiderte Bruder Haluin nicht weniger entschlossen. »Warum auch nicht?«

»Weil Ihr zuerst einmal nicht wißt, wie weit es bis Elford ist. So weit, wie wir bisher schon gewandert sind, und noch einmal die Hälfte dazu. Und Ihr wißt, wie sehr Ihr Euch jetzt schon geschunden habt. Zweitens erhieltet Ihr die Erlaubnis zur Reise im Glauben, daß sie hier sei, und von hier aus müssen wir zwei zurückkehren. Und das werden wir auch tun. Nein, schüttelt mir nicht den Kopf, Ihr wißt genau, daß der Vater Abt nicht an eine solche Ausweitung gedacht hat und daß er Euch die Erlaubnis dazu nicht gegeben hätte. Dies ist der Punkt, an dem wir umkehren müssen.«

»Wie kann ich umkehren?« Haluins Stimme war ebenso unerbittlich wie vernünftig, sogar gelassen. Ihm selbst war alles klar, und so konnte er Geduld mit anderen Ansichten zeigen. »Wenn ich umkehre, habe ich mein Gelübde gebrochen. Ich habe nicht getan, was zu tun ich geschworen habe, wenn ich so verächtlich und elend zurückkehre. Der Vater Abt würde auch das nicht wünschen, selbst wenn keiner von uns wissen konnte, daß der Bußgang so lang werden würde. Er gab mir die Erlaubnis zu tun, was ich geschworen hatte. Ich sagte, ich würde nicht ruhen, bis ich zu Fuß zu Bertrades Grab gewandert sei, bis ich eine Nacht betend und wachend am Grab verbracht hätte. Das habe ich noch nicht getan.«

»Doch es ist nicht Eure Schuld«, wandte Cadfael mühsam ein.

»Ist das eine Entschuldigung? Es ist ein Urteil für mich, daß ich den doppelten Weg gehen muß. Wenn ich aufgebe, so sagte ich, dann will ich verdammt und ohne Vergebung sterben. Vor den heiligen Reliquien der St. Winifred, die zu uns allen so gut war, habe ich es geschworen. Wie könnte ich umkehren? Ich würde lieber auf der Straße sterben, auf dem Weg zur Erfüllung meines Schwurs, als meinen Glauben und meine Ehre aufgeben und in Schande zurückgehen.«

Wer sprach da nur, fragte Cadfael sich – der pflichtbewußte Mönch oder der Sohn eines guten normannischen Hauses, der Sohn einer Familie, die mindestens so alt war wie die des Königs William, und obendrein noch ohne Beimischung von fremdem Blut. Natürlich war Stolz eine Sünde, die gerade ein Benediktinerbruder nicht begehen sollte, aber so etwas läßt sich nicht so leicht ablegen wie Abzeichen und Adelstitel.

Auch Haluin war seine leichte Überheblichkeit aufgefallen. Er errötete, als er es erkannte, doch er nahm kein Wort zurück. Er blieb abrupt stehen, schwang seine Krücken herum und packte Cadfaels Handgelenk. »Scheltet nicht mit mir! Ich weiß, daß Ihr es könntet, und Euer Gesicht zeigt mir, daß ich es verdient habe, aber verschont mich. Ich kann nicht anders. Oh, Cadfael, ich kenne alle Argumente, die Ihr mir mit Recht entgegenhalten könntet, ich selbst habe an sie gedacht, ich denke immer noch an sie, aber dennoch bin ich gebunden. Gebunden durch Gelübde, die ich nicht brechen kann noch will. Mein Abt mag mich für rebellisch und ungehorsam halten, meine Abtei mag mich hinauswerfen, das muß ich ertragen. Aber zurücknehmen, was ich im Gedenken an Bertrade gelobt habe, das könnte ich nicht verwinden.«

Die Röte, die nun sein bislang so bleiches Gesicht überzog, stand ihm gut, denn sie vertrieb den ausgemergelten, kranken

Eindruck und ließ ihn sogar einige Jahre jünger erscheinen. Schweigend stand er, hielt sich aufrecht und streckte den Rücken zwischen den fest aufgestemmten Krücken. Er war nicht umzustimmen, man mußte es akzeptieren.

»Aber Ihr, Cadfael«, sagte er, indem er das Handgelenk, das er schon hielt, noch fester packte, »Ihr habt keinen solchen Schwur abgelegt, Ihr seid nicht gebunden. Ihr braucht nicht weiterzugehen, Ihr habt alles getan, was von Euch erwartet wurde. Geht jetzt zurück und legt beim Abt ein gutes Wort für mich ein.«

»Mein Sohn«, sagte Cadfael mit einer Mischung aus Mitgefühl und Verzweiflung, »ich bin so fest gebunden wie Ihr, und das wißt Ihr genau. Ich habe den Auftrag, Euch zu begleiten, falls Ihr strauchelt, und Euch zu versorgen, wenn es dazu kommt. Ihr geht aus eigenem Entschluß, ich gehe im Auftrag des Abtes. Wenn Ihr nicht mit mir zurückkommen wollt, dann kann ich nicht allein zurückgehen.«

»Aber Eure Arbeit«, protestierte Haluin erschrocken, aber unnachgiebig. »Die meine kann warten, aber Euch wird man vermissen. Wie wird man so lange ohne Euch zurechtkommen?«

»So gut, wie man eben kann. Es gibt keinen lebenden Menschen, der nicht zu ersetzen wäre«, sagte Cadfael entschlossen, »und das ist gut so, weil die Lebenszeit der Menschen begrenzt ist. Nein, sagt nichts weiter. Wenn Ihr entschlossen seid, dann bin ich es auch. Wohin Ihr geht, werde ich Euch folgen. Da wir nur noch knapp eine Stunde Tageslicht haben und Ihr wohl nicht hier in Hales eine Bleibe suchen wollt, sollten wir allmählich aufbrechen, um unterwegs ein Nachtlager zu finden.«

Als Adelais de Clary am nächsten Morgen aufgestanden war, ging sie wie gewohnt zur Messe. Sie war, was ihre religiösen Pflichten und das Geben von Almosen anging, sehr gewissenhaft und hielt sich an die alten Bräuche des Hauses ihres Mannes. Wenn auch ihre Gaben manchmal ein wenig kalt und unbeteiligt schienen, so kamen sie doch beständig und zuverlässig. Wann immer der Gemeindepriester ein besonderes Anliegen hatte, konnte er sich an sie wenden.

In pflichtbewußter Aufmerksamkeit begleitete er sie nach dem Gottesdienst zum Tor. »Gestern suchten mich zwei Benediktiner auf«, sagte er, während sie den Mantel im frischen Märzwind enger um sich raffte. »Es waren zwei Brüder aus Shrewsbury.«

»Wirklich?« erwiderte Adelais. »Was wollten sie bei Euch?«

»Einer von ihnen war verkrüppelt und ging mit Krücken. Er sagte, er habe einst in Euren Diensten gestanden, bevor er die Kutte anzog. Er erinnerte sich noch an Vater Wulfnoth, und ich dachte, sie hätten Euch ihre Aufwartung gemacht. Waren sie denn nicht bei Euch?«

Darauf antwortete sie nicht, sondern sagte gedehnt und mit einem Blick in die Ferne, als sei sie nur halb bei der Sache: »Ja, richtig, ich hatte einmal einen Schreiber, der ins Kloster von Shrewsbury eintrat. Was hatte er denn bei Euch in der Kirche zu suchen?«

»Er meinte, der Tod habe ihn noch einmal verschont, und er wolle alle alten Sünden begleichen, um für ihn bereit zu sein. Ich fand die beiden am Grab Eures Vaters. Sie waren der irrigen Annahme, dort müsse vor achtzehn Jahren eine Frau aus Eurem Hause bestattet worden sein. Der Lahme wollte an ihrem Grab Nachtwache halten und beten.«

»Ein eigenartiger Irrtum«, erwiderte Adelais mit nachsichtigem Desinteresse. »Ihr habt sie doch sicher aufgeklärt?«

»Ich sagte ihnen, daß sie sich irrten. Natürlich war ich damals noch nicht hier, aber ich wußte von Vater Wulfnoth, daß die Gruft seit vielen Jahren nicht geöffnet worden war, und daß deshalb nicht zutreffen konnte, was der jüngere der Brüder vermutete. Ich erklärte ihm, daß alle Angehörigen Eures Hauses in Elford begraben liegen, wo ja auch der Hauptsitz Eurer Familie ist.«

»Das wäre eine lange, beschwerliche Fußreise für einen Lahmen«, sagte Adelais mitfühlend. »Hoffentlich hatte er nicht die Absicht, in diesem Zustand so weit zu reisen?«

»Ich fürchte doch, Mylady. Sie lehnten es ab, mit mir zu speisen und bei mir zu übernachten, und brachen sofort wieder auf. Er werde sie dort finden, meinte der Jüngere. Ja, ich bin sicher, daß sie sich auf der Hauptstraße nach Osten gewandt haben. Eine lange, beschwerliche Reise, aber er schien fest entschlossen, sie zu unternehmen.«

Sein Verhältnis zur Herrin war entspannt und freundschaftlich, und so konnte er ohne Hemmungen unumwunden fragen: »Wird er in Elford die Adelsfrau finden, die er sucht?«

»Durchaus möglich«, gab Adelais zurück, während sie gleichmäßig und unbeschwert neben ihm schritt. »Achtzehn Jahre, das ist eine lange Zeit, und ich kann nicht in seinen Kopf sehen. Ich war damals jünger, der Haushalt war größer. Es gab einige Cousinen, die keinen Anteil am Erbe bekamen. Mein Gatte wachte wie ein Vater über alle von seinem Blut. So wie ich es in seiner Abwesenheit als seine Regentin tat.«

Sie hatten das Tor des Kirchhofs erreicht und blieben stehen. Es war ein sanfter, grüner und sehr stiller Morgen. Die Wolken hingen schwer und tief.

»Es wird noch einmal Schnee geben«, meinte der Priester, »wenn es nicht als Regen herunterkommt.« Das Thema wechselnd, fuhr er fort: »Achtzehn Jahre! Vielleicht fühlte sich der Mönch damals, als er bei Euch war, zu einer dieser jungen Cousinen hingezogen, wie es bei jungen Menschen eben geschieht, und ihr früher Tod bereitete ihm mehr Kummer, als er sich Euch gegenüber anmerken ließ.«

»So mag es ein«, sagte Adelais abwesend und zog die Kapuze ihres Mantels hoch, um sich vor den winzigen Eisspeeren, die aus der stillen Luft heruntertrieben und sie in die Wange stachen, zu schützen. »Guten Tag, Vater!«

»Ich werde darum beten«, rief der Priester ihr nach, »daß die Pilgerschaft zu ihrem Grab dem lebenden Mann und der toten Frau Trost und Ruhe schenkt.«

»Tut das, Vater«, gab Adelais zurück, ohne sich umzudrehen. »Und sprecht auch ein Gebet für mich und all die Frauen im Haus, daß wir es nicht zu schwer haben, wenn unsere Zeit kommt.«

Cadfael lag wach im Heuschober eines Waldbauern im königlichen Wald zu Chenet und lauschte den gleichmäßigen Atemzügen seines Gefährten, die für einen Schlafenden zu gezwungen und zu gespannt klangen. Es war die zweite Nacht, seit sie Hales verlassen hatten. Die erste Nacht hatten sie etwa eine Meile hinter dem Dörfchen Weston auf dem einsamen Hof eines Kleinbauern und seiner Frau verbracht. Der folgende Tag war lang gewesen, und dieser zweite Unterschlupf am Rande des Waldes war ihnen mit seiner Wärme sehr willkommen. Sie waren schon früh in ihre Betten auf dem Heuboden gekrochen, denn Haluin, der darauf bestanden hatte, so lange wie möglich zu wandern, war völlig erschöpft. Der Schlaf, dachte Cadfael, kam friedlich und willig zu ihm und schenkte einer Seele, die im Wachen besorgt und gequält war, etwas Ruhe. Gott kennt viele Wege, unsere Bürden zu erleichtern. Haluin stand jeden Morgen erfrischt und entschlossen auf.

Es war noch nicht hell, die Dämmerung würde erst in einer Stunde kommen. Dort, wo Haluin lag, war keine Bewegung zu hören, kein Hälmchen raschelte im Heu, aber Cadfael wußte, daß Haluin wach war. Die Stille war ein gutes Zeichen, denn sie bedeutete, daß er schläfrig und entspannt ruhte, während sein Geist frei schweifen konnte.

»Cadfael?« sagte eine leise, vorsichtige Stimme in der Dunkelheit. »Seid Ihr wach?«

»Ja«, gab er ebenso leise zurück.

»Ihr habt mich nie gefragt. Nach dem, was ich tat, meine ich. Und nach *ihr*...«

»Es ist nicht nötig«, erwiderte Cadfael. »Was Ihr mir sagen wollt, das sagt Ihr auch ohne meine Fragen.«

»Ich hatte nie die Freiheit, über sie zu sprechen«, sagte Haluin. »Erst heute habe ich sie, und auch nur zu Euch, der eingeweiht ist.« Er schwieg eine Weile. Die Worte kamen langsam und schmerzhaft wie Blutstropfen, wie zurückhaltende und einsame Menschen eben sprechen. Nach einer Weile fuhr er leise fort: »Sie war nicht so schön wie ihre Mutter. Sie hatte nicht dieses dunkle Strahlen, sie war freundlicher. An ihr war nichts Dunkles oder Geheimnisvolles, sie war offen wie eine Blume im Sonnenschein. Sie hatte keine Angst – damals noch nicht. Sie vertraute jedem, und sie war niemals betrogen worden – damals noch nicht. Nur einmal wurde sie betrogen, und daran starb sie.«

Wieder gab es ein langes Schweigen. Diesmal raschelte es leicht im Heu wie ein Seufzen. Dann fragte er fast schüchtern: »Cadfael, Ihr habt die Hälfte Eures Lebens in der Welt verbracht. Habt Ihr je eine Frau geliebt?«

»Ja«, sagte Cadfael. »Ich habe geliebt.«

»Dann wißt Ihr, wie es mit uns war. Denn wir liebten uns, sie und ich. Es schmerzt am meisten«, sagte Bruder Haluin, während er resigniert und in wehmütiger Verwunderung zurückblickte, »wenn man jung ist. Man kann sich nicht verstecken, man kann keine Schutzwälle hochziehen. Sie jeden Tag zu sehen... und zu wissen, daß sie fühlte wie ich...«

Auch wenn er in all den Jahren versucht hatte, die Erinnerung abzustreifen, wenn er versucht hatte, seine Hände, seinen Geist und seine Seele auf die Pflichten zu konzentrieren, die er übernommen hatte, er hatte nichts vergessen, alles war noch in ihm und brach im Nu hervor wie ein schlafendes Feuer, wenn die Tür geöffnet wird. Wenigstens konnte er sich jetzt Luft machen und mit einem Mann darüber sprechen, der ebenfalls gelitten hatte und sein Mitgefühl ausdrücken konnte. Von Cadfael wurden keine Worte erwartet, es war genug, wenn er schwieg und aufmerksam lauschte.

Haluin schlief, die letzten Worte kaum ausgesprochen, wieder ein und murmelte hin und wieder, von längerem Schweigen unterbrochen, ein fast unhörbares Wort. Es konnte ihr Name sein, Bertrade, es konnte aber auch das Wort ›begraben‹ sein. Egal! Wichtig war nur, daß er es kurz vor dem Einschlafen gesagt hatte, denn nachdem er sich beim Wandern so angestrengt hatte, konnte er sich nun noch eine Weile ungestört und vielleicht bis weit in den Morgen hinein ausruhen. Gut so! Der Tag, um den die Pilgerschaft verlängert wurde, mochte seinem ungeduldigen Geist zusetzen, seinem geschundenen Körper aber würde er sicherlich guttun.

Cadfael erhob sich leise und ließ seinen tief schlafenden Gefährten zurück, der im Heuschober praktisch gefangen war, weil er ohne Hilfe nicht aufstehen und die Leiter herunterklettern konnte. Da die Falltür offenstand, konnte man es unten hören, wenn sich der Schlafende regte, aber nach dem Eindruck, den sein entspannter Körper und das schmale, glatte Gesicht machten, aus dem die Spannungen verschwunden waren, würde er noch eine ganze Weile schlafen.

Cadfael trat in den klaren, frischen Morgen hinaus und schnüffelte in der unbewegten Luft, die nach dem weichenden Winter und dem noch halb im Schlaf liegenden Waldland roch.

Von der kleinen Hütte des Waldbauern aus konnte er zwischen den Bäumen einige Stücke des grauen Weges erkennen. Der Wald war so dicht, daß sich hier kaum Unterholz halten konnte. Auf der Straße zuckelte ein Handwagen dahin, beladen mit im Herbst abgestorbenen Ästen, die als Feuerholz dienen würden. Auffliegende und zwitschernde Vögel, die zwischen den Bäumen und den wehenden Blättern aufgescheucht wurden, begleiteten seinen Weg. Der Waldbauer war schon aufgestanden und ging seinen morgendlichen Arbeiten nach. Die Kuh kam herbeigetrottet, um sich melken zu lassen, der Hund sprang dem Mann schwanzwedelnd hinterdrein. Ein trockener Tag, der Himmel war bedeckt aber hoch, das Licht war gut. Ein schöner Tag zum Wandern. Bis zum Abend konnten sie Chenet erreichen, wo sie im Landgut des Königs übernachten würden. Morgen dann weiter nach Lichfield, und dort mußten sie, nahm Cadfael sich vor, noch einmal eine ausgiebige Rast einlegen, so sehr auch Haluin darauf drängen mochte, die paar Meilen bis Elford sofort in Angriff zu nehmen. Nach einem guten Nachtschlaf in Lichfield wäre Haluin besser für die Nachtwache gerüstet, die er im Gedenken an Bertrade zu halten gelobt hatte. Danach konnten sie sich dann auf den Rückweg machen, auf dem sie, Gott sei Dank, keine Eile mehr haben würden. Dann hatte Haluin keinen Grund mehr, sich bis an die Grenzen seiner Kräfte anzutreiben.

Auf der festgestampften Erde der Straße waren gedämpfte Geräusche zu hören, und zugleich spürte Cadfael das Zittern von Hufen im Boden. Zwei Reiter kamen rasch von Westen heran, die Geräusche waren nicht gleichmäßig, also liefen die Tiere in raschem Trab, ausgeruht nach einer Rast und für den Tag bereit. Reisende, die möglicherweise nach Lichfield wollten, nachdem sie die Nacht im Anwesen von Stretton verbracht hatten, das zwei Meilen die Straße hinunter lag. Cadfael blieb stehen und sah ihnen nach.

Zwei Männer in graubraunen Kleidern und Lederzeug waren es, die leicht im Sattel saßen, im Umgang mit ihren Pferden einander so ähnlich, da sie entweder in der Kindheit gemeinsam oder einer vom anderen das Reiten gelernt hatten. Und wirklich, der eine war doppelt so breit wie der andere und offensichtlich eine Generation älter; auch wenn sie für Cadfael zu weit entfernt und zu rasch vorbei waren, als daß er die Gesichter hätte erkennen können, alles an ihnen verriet, daß sie verwandt waren. Zwei adlige Reiter auf edlen Pferden, beide mit Damensitzen hinter sich. Für die Reise warm eingehüllte Frauen sehen einander sehr ähnlich, und doch starrte Cadfael der ersten aufmerksam nach und behielt sie im Auge, bis Pferde und Reiter auf der Straße verschwunden waren und das leise Trommeln der Hufe in der Ferne verklang.

Er hatte sie immer noch vor Augen, als er zur Strohhütte zurückkehrte. Unruhig forschte er in seiner Erinnerung und glaubte wider aller Vernunft, daß er sie schon einmal gesehen habe, und daß er im Grunde auch genau wußte, bei welcher Gelegenheit.

Ob es die Wahrheit war oder nicht und was man auch folgern mußte, wenn es die Wahrheit war, in diesem Augenblick konnte er nichts weiter tun. Er schob die Gedanken beiseite und trat in die Hütte, um zu lauschen und zu warten, bis Haluin erwachte und ihn brauchte.

Sie ließen die Baumreihen hinter sich und betraten weite Weiden, ein wenig gebleicht und grau in der kalten Luft, aber fruchtbar und gut bestellt, eine kleine reiche Insel in einer Grafschaft, die sich noch nicht ganz von der gewaltsamen Befriedung vor fünfzig Jahren erholt hatte. Vor sich sahen sie die Windungen des Tame, das spitze Dach einer Mühle und die dicht gedrängten Häuser von Elford jenseits des Wassers.

Dank der warmen, offenen Gastfreundschaft der Priester in Lichfield hatten sie eine angenehme Nacht verbracht und Hinweise für den besten Weg nach Elford bekommen. Im ersten Morgengrauen hatten sie die letzten etwa vier Meilen der Bußfahrt in Angriff genommen. Vor ihnen lag nun das Ziel von Haluins Pilgerschaft, fast schon in Reichweite jenseits der friedlich liegenden Felder. Nur eine hölzerne Fußbrücke trennte ihn noch von seiner Absolution. Ein gesegneter Ort, wohlhabend, während so viele andere verarmt waren. Nicht nur eine, sondern gleich zwei Mühlen standen am Wasserlauf, die zweite ein wenig weiter stromauf inmitten satter Wiesen und fruchtbaren Ackerlandes. Ein Ort, der Segen und Seelenfrieden nach Mühen und Schmerzen versprach.

Der helle Faden des Weges führte sie weiter, und schließlich erhoben sich vor ihnen die Häuser des Ortes Elford, umgeben von Bäumen und Büschen, die aus dieser Entfernung noch nackt und dunkel wirkten, noch nicht weit genug im Saft, um die ersten zarten grünen Spitzen zu zeigen. Sie überquerten die Brücke, Haluin mußte auf den unebenen Planken aufpassen, wohin er die Krücken setzte, und betraten den Weg zwischen den Häusern. Ein sauberes Dorf, dessen Männer und Frauen fröhlich und zuversichtlich ihren Tagesgeschäften nachgingen, wachsam gegenüber Fremden, aber freundlich und wohlwollend, als sie die Benediktinerkutten erkannten. Unterwegs wurden sie mehrmals gegrüßt, und Haluin, aufgemuntert und gestärkt angesichts des erfolgreichen Endes seiner Reise, bekam Farbe im Gesicht und erwiderte lebhaft die freundlichen, Erleichterung versprechenden Grüße.

Sie brauchten nicht zu fragen, wo die Kirche zu finden war, denn sie hatten den niedrigen Turm schon gesehen, bevor sie die Brücke überquert hatten. Die Kirche war erst nach dem Einfall der Normannen gebaut worden, massiv und aus grauem Stein mit geräumigem Kirchhof und für alle Fälle von einem stabilen Zaun umgeben, hinter dem ein paar alte, schöne Bäume aufragten. Sie traten durch den Torbogen und standen im vertrauten kühlen und hallenden Halbdunkel, das alle aus Stein gebauten Kirchen an sich haben. Es roch leicht nach Staub und Wachskerzen und stark und beruhigend nach der Heimat, die sie beide für sich gewählt hatten.

Haluin hielt im gekachelten Mittelgang des Kirchenschiffes inne, um sich zu orientieren. Es gab hier keine Kapelle der Jungfrau Maria, in der zwischen den Altären Platz für die Gruft des Stifters war. Die Herren von Elford mußten an der Seite liegen, begraben in den Steinen der Mauern, die sie erbaut hatten. Das rote Auge einer Altarlampe zeigte ihnen, wo die Gruft lag. Es war eine große Steinplatte, in einer Nische vor der rechten Wand. Ein toter de Clary, vielleicht der erste, der mit König William herübergekommen und später belohnt worden war, schlief in Stein gehauen auf der Deckplatte. Haluin wollte hinüber, doch dann hielt er sich zurück, nachdem er einen hallenden Schritt getan hatte. Neben dem Grab kniete eine Frau.

Sie sahen sie nur als Schattenriß, denn der Mantel, den sie trug, war in diesem trüben Licht grau wie der Stein. Da die Kapuze des Mantels zurückgeworfen war, konnten sie sie an der weißen Leinenhaube und am Gazeschleier über dem Haar als Frau erkennen. Sie wollten sich in den Vorraum zurückziehen, um die Frau in Frieden beten zu lassen, doch sie hatte den Aufprall der Krücken auf den Kacheln gehört und wandte sich abrupt zu ihnen um. Mit einer einzigen anmutigen, raschen Bewegung stand sie auf, kam ihnen entgegen und trat ins Licht eines Fensters. Sie erkannten das Stolze, gealterte aber immer noch schöne Antlitz der Adelais de Clary.

5

»Ihr?« rief sie, starrte die Mönche an und blickte erschrocken
von einem zum andern, doch ihre Stimme klang neutral, weder
willkommen heißend noch ablehnend. »Ich hätte nicht damit
gerechnet, Euch so bald schon wiederzusehen. Habt Ihr noch
etwas von mir zu erbitten, Haluin, daß Ihr mir gefolgt seid? Ich
sagte Euch bereits, daß ich Euch verzeihe.«

»Mylady«, sagte Haluin, erschüttert und zitternd, da er seine
frühere Herrin an diesem unerwarteten Ort wiedersah, »wir
sind Euch nicht gefolgt. Ich habe keinen Augenblick daran
gedacht, Euch hier wiederzusehen. Für Eure Vergebung bin ich
dankbar, und ich hatte um keinen Preis die Absicht, Euch
weitere Ungelegenheiten zu bereiten. Ich bin hergekommen,
um ein Gelübde zu erfüllen, das ich ablegte. Ich wollte in Hales
eine Nacht im Gebet verbringen, weil ich glaubte, daß Ihr Eure
Tochter dort beerdigt habt. Doch dann erfuhren wir vom Priester, daß dem nicht so ist. Hier in Elford liegt sie, in der Gruft
ihrer Vorfahren. Deshalb kam auch ich hierher. Alles, was ich
von Euch jetzt noch zu erbitten habe, ist Eure Erlaubnis, in der
kommenden Nacht hier Nachtwache halten zu dürfen, um zu
vollbringen, was ich geschworen habe. Dann werden wir abrei-
sen, und ich werde Euch nicht mehr in Anspruch nehmen.«

»Ich kann nicht leugnen«, gab sie, allerdings in etwas sanfte-
rem Ton, zurück, »daß ich froh sein werde, wenn Ihr wieder
fort seid. Es richtet sich nicht gegen Euch selbst, aber die
Wunde, die Ihr in mir wieder aufgerissen habt, würde ich gern
vergessen, bis sie verheilt ist. Euer Gesicht ist wie ein Gift, das
sie aufreißt und die Blutung wieder beginnen läßt. Glaubt Ihr,
ich hätte ein Pferd genommen und wäre so schnell hergeritten,
wenn Ihr nicht den alten Kummer in meiner Seele wieder
aufgerührt hättet?«

»Ich vertraue darauf, Mylady«, sagte Haluin mit leiser, be-
bender Stimme, »daß Ihr, wie ich es für mich selbst hoffe,
durch diese Buße Eure Wunde von allen Schwären befreit fin-

den werdet. Ich bete darum, daß dieses Mal Eure Heilung angenehm und zu Eurem Besten verlaufen wird.«

»Und für Euch selbst?« fragte sie scharf zurück und wandte sich ein wenig von ihm ab, während sie eine Handbewegung machte, die jeden Widerspruch im Keime erstickte. »Angenehm und zu meinem Besten! Ihr erwartet viel von Gott und noch mehr von mir.« Im schräg aus den Fenstern einfallenden Licht war ihr Gesicht grimmig und traurig zugleich. »Ihr habt gelernt, wie ein richtiger Mönch mit Worten umzugehen«, sagte sie. »Nun, es ist lange her! Eure Stimme war damals unbeschwerter, genau wie Euer Schritt. Eins will ich Euch sagen, Eure Anwesenheit hier kommt mich teuer zu stehen. Aber schlagt nicht meine Gastfreundschaft aus, wenn ich Euch dieses Mal ein Nachtlager und eine Mahlzeit anbiete. Ich habe hier auf dem Anwesen meines Sohnes ein eigenes Haus. Kommt mit mir und ruht bis zur Vesper, wenn Ihr schon in der Nacht auf den Steinen Euer Fleisch peinigen müßt.«

»Dann darf ich hier die Nacht im Gebet verbringen?« fragte Haluin begierig.

»Warum nicht? Habt Ihr nicht gerade von Gott für mich dasselbe wie für Euch erbeten?« sagte sie. »Ich sehe, daß Ihr gebrochen seid. Ich will Euch nicht verdammen. Ja, Ihr sollt Eure nächtliche Buße bekommen, aber zuerst sollt Ihr in meinem Haus etwas essen. Ich schicke meine Burschen, die Euch begleiten können, nachdem Ihr hier Eure Gebete gesprochen habt.«

Sie war schon fast zur Tür hinaus und achtete nicht auf Haluins stockende Dankesworte, ließ ihm nicht die Chance, ihre Gastfreundschaft auszuschlagen. Dann aber blieb sie plötzlich stehen und drehte sich noch einmal zu ihnen um.

»Aber sagt über Euer Tun hier kein Wort«, meinte sie ernst, »zu irgend jemand sonst. Der Name und das Ansehen meiner Tochter sind ohne Makel, also laßt sie in Frieden unter dem Stein hier ruhen. Ich will nicht, daß ein anderer erinnert wird, wie ich erinnert wurde. Es soll zwischen uns beiden und diesem guten Bruder bleiben, der Euch begleitet.«

»Mylady«, sagte Haluin ergeben, »zu niemand wollen wir sprechen außer unter uns dreien, weder jetzt noch zu einer anderen Zeit, weder hier noch an einem anderen Ort.«

»Ihr nehmt mir einen Stein vom Herzen«, erklärte sie, ging hinaus und zog hinter sich leise die Türe zu.

Haluin konnte ohne Stütze, an der er sich festhalten konnte, nicht knien. Cadfael mußte den Arm um ihn legen, während Haluin sich vorsichtig niederließ, um den einzigen noch brauchbaren Fuß zu entlasten. Sie sprachen Seite an Seite ihre Gebete am Altar. Cadfael ließ die Augen geöffnet und betrachtete, als Haluin schon lange kniete, mit einiger Sorge die Falten im Gesicht des jungen Mannes. Er hatte die mühsame Fußreise überstanden, aber er hatte einen hohen Preis dafür bezahlt. Die Nacht auf den Steinen würde kalt werden, eine lange und peinigende Nacht, aber Haluin würde darauf bestehen, sich selbst mit äußerster Härte zu bestrafen. Und danach hatten sie noch den langen Rückweg vor sich. Vielleicht konnte ihn die Herrin überreden, noch eine zweite Nacht zu bleiben, und sei es nur als Zugeständnis und freundliche Geste ihr gegenüber, da beide nun in gewisser Weise mit ihrer gemeinsamen, unglücklichen Vergangenheit abgeschlossen hatten.

Es war durchaus möglich, daß Haluins überraschender Besuch sie auf eine ganz eigene Pilgerschaft geschickt hatte, war sie doch stehenden Fußes herbeigeeilt, um sich mit ihrem Anteil an der alten Tragödie zu konfrontieren. In scharfem Trab war sie an der Hütte des Waldbauern nahe Chenet vorbeigeritten, mit nur einem Mädchen und zwei Burschen im Gefolge, und hatte in Cadfaels Gedächtnis einen Funken entzündet. Es war nicht ausgeschlossen, aber warum hatte sie sich so beeilt? Cadfael sah abermals die beiden doppelt beladenen Pferde, die am frühen Morgen gleichmäßig und zielstrebig vorbeigetrabt waren. In aller Eile, um eine halb vergessene Schuld zu begleichen? Oder um einem anderen zuvorzukommen und für seine Ankunft gewappnet und bereit zu sein? Sie hatte seine Bitte erfüllt und wollte ihn rasch wieder loswerden, aber das war verständlich. Sie hatten ihren Frieden gebrochen und ihr einen alten, fleckigen Spiegel vors schöne Gesicht gehalten.

»Helft mir auf!« sagte Haluin und hob die Arme wie ein Kind, das auf die Füße gehoben werden will. Es war das erste Mal, daß er offen um Hilfe bat. Was ihm zuvor an Hilfe angeboten worden war, hatte er eher demütig und resigniert als dankbar angenommen.

»Ihr habt die ganze Zeit kein Wort gesagt«, meinte er plötzlich verwundert, als sie sich zur Kirchentür wandten.

»Ich brauchte kein Wort zu sprechen«, erwiderte Cadfael. »Aber ich hörte viele Worte, und selbst das Schweigen zwischen den Worten sagte mir etwas.«

Adelais de Clarys Bursche erwartete sie bereits im Vorraum, wie sie versprochen hatte. Er lehnte lässig in der Türe, als hätte er schon eine Weile gewartet, doch er zeigte keine Ungeduld. Seine Erscheinung bestätigte, was Bruder Cadfael sich schon zurechtgelegt hatte, nachdem er die Reiter ein paar Augenblicke durch die Bäume gesehen hatte. Dieser hier, der jüngere der beiden, war ein kräftiger junger Mann von etwa dreißig Jahren, schwer gebaut und mit einem Stiernacken, unverkennbar von normannischer Abstammung. Vielleicht die dritte oder vierte Generation, Nachkomme eines Ahnen, der als Bewaffneter mit dem ersten de Clary herübergekommen war. Der Körperbau seiner Väter war noch zu erkennen, auch wenn die Heiraten mit englischen Frauen das Haar zu einer mittelblonden Farbe verdunkelt und die sonst fast brutalen Knochen der Normannen etwas geglättet hatten. Das Haar trug er nach Art der Normannen kurz geschnitten wie eine Kappe, das kräftige Kinn war glatt rasiert, und er hatte die hellen, strahlenden aber undurchdringlichen Augen der Leute aus dem Norden. Als sie kamen, richtete er sich sofort mit fließenden Bewegungen auf.

»Meine Herrin schickt mich, Euch zu begleiten.«

Seine Stimme war flach, die Worte kamen abgehackt. Er wartete nicht auf ihre Antwort, sondern ging vor ihnen zum Kirchhof hinaus. Dabei legte er ein Tempo vor, das Haluin nicht halten konnte. Am Tor blickte der Bursche zurück und wartete, danach ging er langsamer weiter, obwohl es ihm offensichtlich Mühe bereitete, seinen Schritt zu zügeln. Von sich aus sprach er kein Wort und antwortete auf Fragen oder höfliche Bemerkungen freundlich aber knapp. Ja, Elford war ein schönes Anwesen, gutes Land und ein guter Herr. Audemar, erklärte er leidenschaftslos, wußte das Gut zu regieren. Der Bursche schien eher

Adelais als ihrem Sohn verpflichtet. Ja, sein Vater stand auch in Diensten der Familie, genau wie der Vater seines Vaters. Wenn er neugierig auf die Mönche war, dann zeigte er seine Neugierde nicht. Die hellgrauen, fremdartigen Augen verbargen seine Gedanken, falls er überhaupt einen Gedanken auf sie verschwendete.

Er führte sie über einen mit Gras bewachsenen Weg zum Tor der Einfriedung, die das Haupthaus schützte. Audemar de Clarys Haus stand breit inmitten des Hofes. Der Wohnbereich war über ein steinernes Fundament gebaut, und nach den hohen kleinen Fenstern zu urteilen, gab es über der Kemenate noch mindestens zwei weitere Zimmer. Rundherum waren weitere Wohngebäude errichtet, dazu die Ställe, die Waffenkammer, das Backhaus und das Brauhaus, die Lager und Werkstätten, und überall waren die Aktivitäten eines großen, geschäftigen Haushalts zu sehen.

Vor einem kleinen Holzhaus am Zaun blieb der Bursche stehen.

»Meine Herrin ließ diese Kammer für Euch vorbereiten. Ihr sollt Euch wie zu Hause fühlen, sagte sie, und der Türhüter hat Anweisung, Euch nach Belieben kommen und gehen zu lassen, damit Ihr die Kirche besuchen könnt.«

Ihre Gastfreundschaft war gewissenhaft aber distanziert und unpersönlich. Sie hatte Wasser zum Waschen und bequeme Lager vorbereiten lassen, sie hatte Essen von ihrem eigenen Tisch geschickt und ließ fragen, ob die Mönche sonst noch etwas brauchten oder ob sie etwas vergessen habe, doch sie beehrte sie nicht mit ihrer Gegenwart. Vielleicht reichte ihre Vergebung doch nicht so weit, daß sie den bereuenden Haluin in ihrer Nähe hätte dulden können. Auch warteten ihnen nicht die Diener des Hauses auf, sondern die beiden Burschen, mit denen sie aus Hales hergeritten war. Der ältere der beiden brachte ihnen Fleisch, Brot und Käse und Dünnbier aus der Küche. Cadfael erkannte sofort, in welchem Verhältnis die beiden Männer standen. Dieser hier war sicherlich der Vater des anderen, ein zäher, vierschrötiger Kerl von etwa fünfzig Jahren, wortkarg wie sein Sohn, in den Schultern etwas breiter und mit krummen Beinen, nachdem er bald mehr Jahre auf dem Pferderücken als auf seinen eigenen Füßen verbracht hatte. Er hatte die gleichen kalten, undurchdringlichen Augen wie sein Sohn, die gleichen kühnen und blank rasierten Wangenknochen, doch seine Haut zeigte eine dauerhafte, tiefe Bräune, die, das wußte Cadfael aus eigener Erfahrung, in England nicht entstehen konnte. Sein Herr war Kreuzfahrer gewesen, und dieser Mann hatte ihn sicher ins Heilige Land begleitet: dort unter der grimmigen, heißen Sonne war ihm die Bräune in die Gesichtshaut eingebrannt worden.

Der ältere Bursche kam am Nachmittag noch einmal zu ihnen. Nicht für Haluin, sondern für Cadfael hatte er eine Nachricht. Haluin war auf seiner Matte eingeschlafen, und der Mann, der leise und geschmeidig eintrat wie eine Katze auf der Pirsch, weckte ihn nicht. Cadfael war ihm dafür dankbar. Sie hatten eine lange Nacht ohne Schlaf vor sich. Er winkte dem Burschen, einen Augenblick zu warten, und ging, nachdem er die Türe geschlossen hatte, zu ihm in den Hof hinaus.

»Laßt ihn liegen, er muß später noch wachen.«

»Meine Herrin erzählte uns, wie er die Nacht verbringen will«, sagte der Bursche. »Sie bittet Euch zu sich, wenn Ihr mir folgen wollt. Laß den anderen Bruder ruhen, sagte sie, denn er ist sterbenskrank. Mut hat er, sonst wäre er auf diesen Füßen nicht so weit gekommen. Hier entlang, Bruder!«

Ihr Witwenhaus war in einer Ecke der Einfriedung errichtet worden, geschützt vor den schneidenden Winden, im Grunde klein, aber dennoch groß genug für die gelegentlichen Besuche auf dem Hof ihres Sohnes. Eine schmale Halle, eine Kammer und eine Küche waren dicht vor die Außenwand gebaut. Der Bursche schritt selbstbewußt durch die Halle, als sei er hier der Gebieter, und betrat den Raum seiner Herrin wie ein Sohn oder Bruder, vertrauend und als Vertrauter. Adelais de Clary wurde gut aber ohne Unterwürfigkeit bedient.

»Hier ist Bruder Cadfael aus Shrewsbury, Mylady. Der andere schläft.«

Adelais saß an einem Spinnrocken mit dunkelblauer Wolle und drehte die Spindel mit der linken Hand. Als die Männer eintraten, hörte sie mit ihrer Arbeit auf und klemmte die Spindel sorgfältig unter den Fuß des Spinnrockens ein, damit sich das Garn nicht wieder abwickelte.

»Gut! Das soll er auch. Laß uns jetzt allein, Lothair. Unser Gast findet den Rückweg allein. Ist mein Sohn schon daheim?«

»Noch nicht. Ich werde nach ihm Ausschau halten.«

»Er hat Roscelin und die Hunde mitgenommen«, sagte sie. »Wenn sie alle daheim und versorgt sind, kannst du dich auch zur Ruhe begeben.«

Er nickte nur und ging schweigend und unaufdringlich hinaus. Ihr Wortwechsel hatte eine unerschütterliche Sicherheit verraten, fest gefügt und tragfähig wie Fels. Adelais begann erst zu sprechen, als ihr Diener den Raum verlassen und die Tür geschlossen hatte. Sie betrachtete Cadfael schweigend und aufmerksam und lächelte leicht.

»Ja«, sagte sie, als hätte er gefragt, »er ist mehr als ein alter Diener. Er war all die Jahre in Palästina bei meinem Mann. Mehr als einmal tat er Betrand den nicht kleinen Gefallen, ihm das Leben zu retten. Das ist eine ganz andere Art von Verbundenheit als die zwischen Herr und Diener. Ich habe geerbt, was mein Herr vor mir genießen konnte. Lothair heißt er, sein Sohn heißt Luc, sie stammen aus der gleichen Familie, Ihr habt die Ähnlichkeit ja gesehen.«

»Ich habe sie bemerkt«, sagte Cadfael, »und ich sah sofort, wo Lothair seine Kupferhaut bekommen hat.«

»Wirklich?« Sie musterte ihn jetzt mit stärkerem Interesse, machte sich zum erstenmal die Mühe, ihn wirklich zu betrachten.

»Ich verbrachte vor dem Eintritt ins Kloster selbst einige Jahre im Osten. Wenn er alt genug wird, verblaßt sein Braun wie das meine, aber es dauert sehr lange.«

»Ah! Also wurdet Ihr nicht schon als Kind zu den Mönchen gegeben. Ihr habt mir auch nicht unbedingt nach kindlicher Unschuld ausgesehen«, meinte Adelais.

»Ich trat aus freiem Willen ein«, sagte Cadfael, »als meine Zeit gekommen war.«

»Das tat Haluin auch – er trat aus eigenem Willen ein, selbst wenn ich glaube, daß es nicht die richtige Zeit war.« Sie machte eine unbestimmte Geste und seufzte. »Ich habe nur nach Euch schicken lassen, um zu fragen, ob Ihr alles habt und ob meine Männer sich, wie es sich gehört, um Euch gekümmert haben.«

»Ausgezeichnet haben sie uns versorgt, und wir sind Euch für Eure Freundlichkeit zu Dank verpflichtet.«

»Ich würde gern etwas über Haluin erfahren. Ich habe gesehen, in welch traurigem Zustand er sich befindet. Wird es ihm je wieder besser gehen?«

»Er wird nie wieder laufen können wie früher«, erklärte Cadfael, »aber wenn seine Sehnen mit der Zeit stärker werden, wird er es etwas leichter haben. Er glaubte, er müßte sterben, wir alle glaubten es, aber er überlebte und wird noch viel Gutes im Leben finden, sobald seine Seele ihren Frieden hat.«

»Wird dieser Friede nach der kommenden Nacht beginnen? Ist es das, was er braucht?«

»Ich glaube schon, ich glaube, so ist es.«

»Dann hat er meinen Segen. Und dann werdet Ihr mit ihm nach Shrewsbury zurückkehren? Ich kann Euch für den Rückweg Pferde geben. Lothair kann sie nach Hales holen, wenn wir zurückgekehrt sind.«

»Diese Freundlichkeit wird er sicher zurückweisen«, erklärte Cadfael. »Er hat geschworen, seinen Bußgang zu Fuß zu unternehmen.«

Sie nickte verständnisvoll. »Ich will ihn dennoch fragen. Nun, das war alles, Bruder. Wenn er nicht annimmt, dann kann ich nichts weiter tun. Doch halt, eines kann ich noch tun! Wenn ich heute abend zur Vesper gehe, will ich mit dem Priester sprechen und dafür sorgen, daß niemand seine Nachtwache stört oder ihm Fragen stellt. Ihr wißt ja, keine Menschenseele außer uns, die schon eingeweiht sind, soll etwas erfahren. Sagt es ihm noch einmal. Was nun noch bleibt, geht nur ihn selbst und Gott etwas an.«

Der Herr des Hauses ritt gerade zum Tor herein, als Cadfael zu der Hütte zurückkehrte, in der Haluin schlief. Das Klirren von Geschirr und Hufen und die Stimmen eilten der Kavalkade voraus, ein lebhaftes Geräusch, das die Burschen und Diener aufscheuchte wie einen Bienenschwarm. Sie hielten sich bereit, ihm aufzuwarten, und da kam er auch schon, Audemar de Clary, auf einem großen Braunen hereingeritten. Er war ein großer Mann, in schlichte, dunkle und schmucklose Reitkleider gehüllt.

Er brauchte keine Abzeichen, um seine Autorität zu unterstreichen. Er ritt mit unbedecktem Kopf, die Kapuze seines kurzen Mantels war auf die Schultern zurückgeworfen. Das volle Kraushaar war dunkel wie das seiner Mutter, die kräftigen Gesichtsknochen dagegen, die große Nase, die vorspringenden Wangenknochen und die hohe Stirn hatte er von seinem Kreuzfahrervater.

Er war, dachte Cadfael, bestimmt noch keine vierzig Jahre alt. Die kraftvollen Bewegungen, mit denen er abstieg, die federnden Schritte, die Gesten, mit denen er die Handschuhe abstreifte, all dies verriet seine Jugend. Doch sein beeindruckendes Gesicht, der Eifer, mit dem ihm alle dienten, die Effizienz seiner Regentschaft hier und die prompte, kundige Hilfe, die er erwartete und bekam, all dies ließ ihn älter scheinen, als er an Jahren war. Während der langen Abwesenheit seines Vaters, erinnerte Cadfael sich, war er hier der Herr gewesen. Schon früh, vermutlich vor seinem zwanzigsten Lebensjahr, hatte er diese Aufgabe übernommen, und die de Clarys hatten viele und weit verstreute Landgüter. Er hatte sein Geschäft gut gelernt. Kein Mann, dem man gern im Weg stehen wollte, aber niemand hier schien ihn zu fürchten. Fröhlich näherten sich ihm die Bediensteten und sprachen ihn ohne Furcht an. Sein Zorn, wenn er berechtigt war, mochte beängstigend und sogar gefährlich sein, aber er war zweifellos ein gerechter Mann.

Ein junger Mann, ein Page oder ein Knappe, ritt dicht an seiner Seite. Es war ein siebzehn- oder achtzehnjähriger Bursche mit frischem, von der Luft und der Anstrengung gerötetem Gesicht. Nach ihnen kamen zwei Treiber zu Fuß, die Jagdhunde an der Leine führten. Audemar gab einem Burschen, der herbeigerannt kam, seine Zügel, und stampfte mit den Stiefeln auf, während er dem jungen Mann auch seinen Mantel reichte. Nach wenigen Minuten war alles vorbei, die Pferde wurden über den Hof in die Ställe geführt, die Hunde wurden in ihren Zwingern untergebracht. Der junge Luc kam aus dem Ställen herbei und sprach mit Audemar, anscheinend überbrachte er ihm eine Nachricht von Adelais, denn Audemar blickte sofort zu den Gemächern der Dame, nickte verstehend und ging zu ihrer Türe hinüber. Unterwegs fiel sein Blick auf Cadfael, der diskret zur

Seite getreten war. Einen Moment hielt er inne, als wollte er stehenbleiben und mit Cadfael reden, doch dann überlegte er es sich anders und ging weiter zum Haus seiner Mutter.

Wenn man berücksichtigte, um welche Zeit Cadfael sie, die beiden Burschen und ihr Mädchen im Wald beobachtet hatte, mußte Adelais vor zwei Tagen hier angekommen sein. Sie hatten nicht zwischen Chenet und Elford übernachten müssen, weil sie die Distanz mit ihren Pferden mühelos an einem Tag bewältigen konnten. Deshalb hatte sie wahrscheinlich ihren Sohn schon einmal gesehen und gesprochen. Was sie ihm nun zu sagen hatte, nachdem er von seinem Ausritt zurückgekehrt war, mußte sich auf die Neuigkeiten beziehen, die erst an diesem Tag Elford erreicht hatten. Und was gab es Neues außer den beiden Mönchen aus Shrewsbury, die in der Kirche ihre Nachtwache halten wollten – ein Thema, das sie natürlich sehr diskret mit ihm besprechen mußte. Denn er war hier in Elford gewesen, als seine Schwester in Hales angeblich – auch für ihn? – an einem Fieber starb. Mehr hatte er wahrscheinlich nie darüber erfahren, ein trauriger Tod mit klarer Ursache, der auch junge Menschen treffen konnte. Nein, diese starke, entschlossene Frau hatte ihren Sohn sicher nicht eingeweiht. Eine alte, vertraute und verschwiegene Dienerin vielleicht. Sie hatte gewiß eine solche Dienerin gebraucht und auch gehabt, die heute vermutlich tot war. Aber ihr junger Sohn, nein, niemals.

Und wenn dem so war, dann war es kein Wunder, daß Adelais mit aller Vorsicht und möglichst elegant Haluin Gelegenheit zu seiner Buße gab und danach trachtete, ihn so rasch wie möglich wieder loszuwerden. Sie wollte allen Nachfragen, selbst vom Priester, aus dem Wege gehen und hatte ihnen sogar Pferde angeboten, nur damit sie schnell wieder verschwanden. Und sie hatte die beiden Pilger gebeten, mit niemand über die Vergangenheit zu sprechen und keinesfalls den Namen Bertrades fallenzulassen.

Allmählich, dachte Cadfael, beginne ich zu verstehen. Wo immer wir auftauchen, steht Adelais zwischen uns und allen anderen. Sie beherbergt uns, sie speist uns, sie schickt uns ihre treuesten Diener, die uns aufwarten, nicht etwa Helfer aus dem Haushalt ihres Sohnes. Der Name und das Ansehen meiner

Tochter sind ohne Makel, also laßt sie in Frieden unter dem Stein hier ruhen, hatte sie gesagt. Kein Wunder, daß sie dafür sorgen wollte, daß es auch so blieb, kein Wunder, daß sie in aller Eile nach Elford geritten war, um vor ihnen einzutreffen und bereit zu sein.

Wenn Haluin morgen früh dazu in der Lage ist, werden wir tatsächlich sofort aufbrechen, damit sie ihren Frieden findet. Wir können ein oder zwei Meilen entfernt Rast machen, wenn es nötig wird, aber wir müssen um jeden Preis diese Mauern hier verlassen, und dann kann sie Haluin vergessen und braucht ihn nie wiederzusehen.

Der junge Knappe war zurückgeblieben, als sein Herr zur Türe seiner Mutter hinüberging, Audemars Mantel über die Schultern geworfen, der bloße Kopf flachsblond vor dem dunklen Tuch. Er hatte noch das unschuldige, klare Gesicht der Jugend. In ein oder zwei Jahren würde der schlanke Bursche zu einem kräftigen, wohlgestalteten Mann heranwachsen, doch im Augenblick zeigte er noch die verletzliche Unsicherheit eines Knaben. Er sah Audemar überrascht und verwundert nach, starrte Cadfael mit unverhohlener Neugierde an und wandte sich schließlich langsam zu Audemars Haus um.

Das war also Roscelin, den Adelais erwähnt hatte, dachte Cadfael, während er ihm nachsah. Nach Aussehen und Hautfarbe kein Sohn des Hauses, aber auch kein Diener. Zweifellos der Sohn eines Pächters, zu seinem Herrn geschickt, um im Gebrauch der Waffen unterwiesen zu werden, um die Fertigkeiten und Dinge zu lernen, die man an einem kleinen Adelshof brauchte und um auf die große Welt vorbereitet zu werden. Solche Schüler gab es in jedem großen Anwesen, und so mochte es auch auf dem Gebiet der de Clarys ein oder zwei von dieser Sorte geben.

Schon früh am Abend wurde es kalt, und ein schneidender Wind erhob sich, der feine Eisnadeln mit sich brachte. Die Stunde der Vesper war fast gekommen, und Cadfael floh rasch vor der Kälte ins Haus. Bruder Haluin war bereits erwacht und wartete schweigend und gespannt auf die Stunde seiner Erfüllung.

Adelais hatte offensichtlich alles gründlich vorbereitet. Niemand störte sie in ihrer Abgeschiedenheit, niemand stellte Fragen, niemand begegnete ihnen mit Neugierde. Der junge Bursche Luc brachte ihnen vor der Vesper noch etwas zu essen, und nach dem Gottesdienst blieben sie allein in der Kirche zurück und konnten ihre Nachtwache beginnen. Es war zu bezweifeln, daß sich überhaupt jemand im Haus Gedanken über sie machte, denn man war hier an ganz unterschiedliche Besucher mit ebenso unterschiedlichen Bedürfnissen gewöhnt, und die Andacht zweier zufällig hereingeschneiter Benediktiner war beileibe keine Sensation. Wenn zwei Mönche aus der Abtei von St. Peter und St. Paul auf die Idee kamen, in einer Kirche von St. Peter eine Nacht im Gebet zu verbringen, dann war dies nichts Ungewöhnliches, und jedenfalls ging es niemand etwas an.

Also bekam Haluin seinen Willen und konnte sein Gelübde erfüllen. Er wollte keine weiche Unterlage auf dem Stein haben, er wollte keinen zusätzlichen Mantel, um die Kälte der Nacht abzuwehren, er wollte nichts annehmen, was die Härte seiner Buße gemildert hätte. Cadfael half ihm, sich unmittelbar vor dem Grab auf die Knie niederzulassen. Falls er schwach oder benommen wurde, konnte er sich wenigstens am Stein festhalten und seinen Sturz abfangen. Die Krücken wurden am Fußende des Steins abgelegt. Haluin ließ nicht zu, daß sonst noch irgend etwas für ihn getan wurde. Cadfael kniete sich neben ihn, ein wenig abseits im Schatten, um ihn mit seiner toten Bertrade und einem Gott allein zu lassen, der ihm zweifellos ein wohlwollendes Ohr schenken würde.

Es war eine lange, kalte Nacht. Die Altarlampe war wie ein helles Auge im Dunkel, ein kleines, rotes Feuer, das jedoch keine Wärme spendete. Die Stille schleppte sich Stunde um Stunde dahin, ab und zu durch winzige Geräusche unterbrochen, wenn Haluin schwer atmete oder seine Gebete flüsterte, doch waren diese Bewegungen eher zu spüren als wirklich mit den Ohren zu hören. Aus einer unerschöpflichen Quelle in seinem Innern drang ein unablässiger Strom von Worten hervor, die im Gedenken an seine tote Bertrade gesagt werden wollten. Spannung und Leidenschaft hielten ihn aufrecht und ließen ihn zunächst die Schmerzen vergessen. Schon vor Mitternacht aber wurden die

Schmerzen stärker und hielten ihn in ihrem Bann, bis seine Meditation und sein Opfergang am Morgen im ersten Tageslicht beendet waren.

Als er endlich dem frostigen Morgen die Augen öffnete und mühsam die kalten, verkrampften Hände voneinander löste, waren draußen schon die üblichen frühen Geräusche eines Landgutes zu hören. Haluin starrte benommen in den erwachenden Tag hinaus und kehrte allmählich von einem weit entfernten Ort tief in ihm selbst in die Welt zurück. Er wollte sich bewegen, wollte die Kante des Steins fassen, doch seine Finger waren taub und gefühllos und seine Arme so steif, daß sie ihm beim Aufstehen keine Hilfe waren. Cadfael legte einen Arm um ihn und wollte seinem Bruder helfen, aber Haluin konnte die steifen Knie nicht bewegen und vermochte nicht den besseren Fuß auf den Boden zu stemmen. Wie ein totes Gewicht hing er in Cadfaels Armen. Doch plötzlich waren leichte Schritte zu hören, ein weiterer Arm, jung und kräftig, legte sich von der anderen Seite um den hilflosen Körper, und neben Haluins Schultern tauchte ein heller Schopf auf. Von beiden Seiten gestützt, kam Haluin auf die Beine und wurde aufrecht gehalten, bis das Blut schmerzhaft in seine tauben Beine geströmt war.

»In Gottes Namen, Mann«, sagte der junge Roscelin ungeduldig, »müßt Ihr denn wirklich so hart mit Euch sein, wo Ihr doch schon mehr zu tragen habt als mancher andere?«

Haluin war zu erschrocken und innerlich noch zu entrückt, um zu begreifen, was ihm da gesagt wurde, ganz zu schweigen davon, eine Antwort zu geben. Und auch wenn Cadfael dem jungen Mann innerlich zustimmen mußte, sagte er laut: »Haltet ihn nur gut fest, während ich seine Krücken hole. Gott sei Dank, daß Ihr im rechten Augenblick gekommen seid, aber scheltet ihn nicht, Ihr würdet nur Euren Atem verschwenden. Er hat ein Gelübde abgelegt.«

»Ein närrisches Gelübde!« sagte der Junge mit der Hoffart der Jugend. »Wem ist damit gedient?« Trotz der Mißbilligung hielt er Haluin freundlich fest und warf ihm einen schrägen Blick zu, der zugleich ängstlich und verzweifelt schien.

»Ihm selbst«, gab Cadfael zurück, während er die Krücken in Haluins Achselhöhlen schob und die kalten Hände zu massieren begann, die immer noch nicht zupacken konnten. »Kaum zu glauben, aber Ihr müßt es respektieren. So, jetzt kann er sich auf die Krücken stützen, aber Ihr müßt ihn noch halten. Seid froh über Eure jungen Jahre, Ihr könnt ruhig schlafen, Ihr habt nichts zu bedauern und nichts, wofür Ihr um Vergebung bitten müßtet. Wie kommt es überhaupt, daß Ihr im richtigen Augenblick an Ort und Stelle wart?« fragte er, indem er den jungen Mann interessiert und eingehend musterte. »Wurdet Ihr geschickt?«

Unwahrscheinlich, denn Adelais würde kaum einen so jungen, offenen und unschuldigen Helfer benutzen, um sich ihrer unwillkommenen Gäste möglichst schnell zu entledigen.

»Nein«, sagte Roscelin kurz angebunden, fügte dann aber etwas freundlicher hinzu: »Ich war einfach neugierig.«

»Das ist menschlich und verständlich«, gab Cadfael zu, der sich diese Sünde auch selbst oft zuschulden kommen ließ.

»Heute morgen hatte Audemar für mich nichts weiter zu tun, er unterhält sich mit seinem Verwalter. Sollten wir Euren Mitbruder nicht in Eure Gemächer bringen, wo er es wärmer hat? Aber wie? Wenn wir ihn hinaufbekommen, kann ich ein Pferd besorgen.«

Haluin war inzwischen von seinem entfernten Ort zurückgekehrt. Behandelt, als hätte er keinen eigenen Willen und sei sich seiner Umgebung nicht bewußt, setzte er sich nun instinktiv gegen diese Demütigung zur Wehr. »Nein«, sagte er. »Ich danke Euch, aber ich kann jetzt gehen. Ich will Eure Freundlichkeit nicht weiter in Anspruch nehmen.« Er beugte die Hände, packte die Griffe der Krücken und machte die ersten vorsichtigen Schritte zum Ausgang.

Sie hielten sich dicht an seiner Seite, falls er stürzte. Roscelin ging als erster die flachen Stufen hinauf, um ihm hinaufzuhelfen, Cadfael ging dicht hinter ihm, um ihn aufzufangen, falls er rückwärts fiele. Doch Haluin war von neuer Willenskraft erfüllt, nachdem er sein Vorhaben erfolgreich abgeschlossen hatte, und er schien fest entschlossen, diesen Gang allein zu tun, wie hoch der Preis auch wäre. Außerdem hatten sie keine Eile. Wann immer er wollte, konnte er auf seinen Krücken ausruhen und Atem holen, und genau dies tat er dreimal, bis sie Audemars Hof erreichten, auf dem schon viele Menschen zwischen Bäckerei und Ställen und Brunnen unterwegs waren. Es sprach sehr für die Klugheit und den Charakter des jungen Roscelin, daß er die Pausen, die Haluin einlegte, ohne Kommentar oder Ungeduld hinnahm und erst dann seine Hand zur Hilfe reichte, wenn er darum gebeten wurde. So erreichte Haluin, wie er es gewünscht hatte, auf seinen eigenen, mißgestalteten Füßen die Unterkunft, die man ihnen in Audemars Hof zugewiesen hatte, und konnte sich mit dem Gefühl ins Bett legen, erreicht zu haben, was er erreichen wollte.

Roscelin folgte ihnen, immer noch neugierig, und hatte es nicht eilig, sich seinen sonstigen Pflichten zuzuwenden. »Ist das nun alles?« fragt er, als Haluin seine noch tauben Glieder dankbar auf dem Bett ausstreckte und von Cadfael zugedeckt wurde. »Wohin geht Ihr, wenn Ihr uns verlaßt? Und wann wollt Ihr aufbrechen? Doch nicht etwa heute noch?«

»Wir müssen nach Shrewsbury zurück«, erklärte Cadfael, »aber heute wohl nicht mehr. Es wäre sicher klug, einen Tag auszuruhen.« Haluins müdes, entspanntes Gesicht und der weiche, nach innen gekehrte Blick sagte ihm, daß sein Gefährte bald einschlafen würde, und es würde der ruhigste und verdienteste Schlaf seit seiner Beichte werden.

»Ich sah Euch gestern mit Eurem Herrn Audemar hereinreiten«, fuhr Cadfael fort, während er das junge Gesicht betrachtete. »Die Herrin erwähnte übrigens Euren Namen. Seid Ihr mit den de Clarys verwandt?«

Der Junge schüttelte den Kopf. »Nein. Mein Vater ist Pächter und Vasall, sie sind schon lange gute Freunde, und vor einiger Zeit gab es auch eine eheliche Verbindung. Nein, ich kam auf Befehl meines Vaters in Audemars Dienste.«

»Aber nicht auf eigenen Wunsch«, sagte Cadfael, der den Widerwillen des Jungen spürte.

»Nein! Sogar gegen meinen Wunsch!« sagte Roscelin heftig. Er starrte düster auf die Dielenbretter zwischen seinen Stiefeln.

»Allem Anschein nach ist er aber ein so guter Herr, wie man ihn sich nur wünschen kann«, wandte Cadfael freundlich ein. »Sicher besser als die meisten anderen.«

»Das ist er«, räumte der Junge gerechterweise ein. »Über *ihn* kann ich mich nicht beklagen. Aber ich bin zornig, weil mein Vater mich herschickte, um mich aus dem Haus zu bekommen, und das ist die Wahrheit.«

»Warum nur«, wunderte sich Cadfael, seine Neugierde zeigend, ohne eine direkte Frage zu stellen, »sollte ein Vater auf die Idee kommen, Euch loswerden zu wollen?« Immerhin war der Junge ein sehr ansehnlicher Sohn, aufrecht, gut gebaut, gut erzogen und gewinnend mit seinem schönen Haar und seinem glatten Gesicht. Ein Sohn, den jeder Vater gern vor Freunden hergezeigt hätte. Selbst so düster, wie es jetzt war, wirkte sein Gesicht noch angenehm. Aber es war klar, daß der Junge in seinem Dienst keine Freude fand.

»Er hat seine Gründe«, erwiderte Roscelin traurig. »Gute Gründe, würdet Ihr sogar sagen, das weiß ich. Und ich bin ihm nicht so entfremdet, daß ich ihm den gebührenden Gehorsam verweigern könnte. Also bin ich hier und muß bleiben, bis mein Herr und mein Vater mir erlauben, meinen Abschied zu nehmen. Ich bin nicht so dumm, daß ich nicht wüßte, ich könnte es schlimmer treffen. Also mache ich das Beste daraus, während ich hier bin.«

Anscheinend wandte sich sein Geist nun anderen, ernsteren Dingen zu, denn er schwieg eine Weile und starrte mit gerunzelter Stirn seine gefalteten Hände an. Dann blickte er auf, sah Cadfael offen ins Auge und betrachtete die schwarze Kutte und die Tonsur.

»Bruder«, sagte er plötzlich, »ich habe mir hin und wieder Gedanken über das Leben der Mönche gemacht. Manche Männer nahmen dieses Leben doch auf sich, weil sie das, was ihnen am wichtigsten war, nicht bekommen konnten, weil es ihnen verboten war. Ist das wahr? Kann es ein Leben sein, wenn... wenn das Leben einen Mann verstößt?«

»Ja«, sagte Bruder Haluin, leise aber vernehmlich in seinem Halbschlaf, der schon fast in einen Traum übergegangen war. »Ja, das ist möglich.«

»Ich würde allerdings nicht empfehlen, dieses Leben als zweitbeste Lösung zu wählen«, widersprach Cadfael energisch. Doch genau dies hatte Haluin vor langer Zeit getan, und er sprach, als teilte er eine Offenbarung mit, als hätte sich sein inneres Auge genau in dem Augenblick, in dem es schwer vor Schlaf war, weit geöffnet.

»Die Zeit kann lang werden, der Preis ist manchmal hoch«, fuhr Haluin sanft aber bestimmt fort, »aber am Ende ist es dann mehr als das Zweitbeste.«

Er holte tief Luft, atmete mit einem langen und befreienden Seufzen aus und wandte auf seinem Kissen den Kopf von ihnen ab. Sie waren zweifelnd und verwundert so auf ihn konzentriert, daß sie die leichten, schnellen Schritte draußen überhört hatten. Als nun die Türe weit geöffnet wurde, fuhren sie überrascht herum. Lothair kam mit einem Korb Essen und einem Krug Dünnbier für die Gäste. Als er Roscelin gemütlich auf Cadfaels Bett und anscheinend auf gutem Fuße mit den Brüdern vorfand, spannte sich das wettergegerbte Gesicht des Burschen sichtlich, fast unheildrohend, und einen Moment war in seinen hellen Augen ein Funke zu sehen.

»Was tut Ihr hier?« fragte er mit der Direktheit eines Ebenbürtigen und der sicheren Autorität des Älteren. »Master Roger sucht nach Euch, und mein Herr braucht Euch sofort nach dem Frühstück. Geht am besten sofort, und zwar schnell.«

Man konnte nicht behaupten, daß Roscelin über diese Neuigkeit besonders beunruhigt gewesen wäre oder Einwände gegen die Art und Weise erhob, auf die sie vorgetragen wurden. Die Selbstsicherheit des Mannes schien ihn eher zu amüsieren. Er stand dennoch sofort auf, sagte Lebewohl, nickte und ging gehorsam aber ohne Hast an seine Pflichten. Lothair stand mit zusammengekniffenen Augen in der Tür und sah ihm nach. Erst als der Junge die Treppe vor dem Haupthaus erreicht hatte, kam er mit seiner Last ganz herein.

Unser Wachhund, dachte Cadfael, hat Befehl, alle abzuweisen, die uns zu nahe kommen, aber mit dem jungen Roscelin hatte er wohl nicht gerechnet. Welchen Grund, grübelte er, mochte es dafür geben, daß er gerade diese Begegnung so empörend fand? Denn dies war der erste Funke, den ich aus seinem Stahl geschlagen sah.

6

Adelais erwies ihren Gästen nach der Messe die Gunst eines persönlichen Besuchs und erkundigte sich mitfühlend nach ihrer Gesundheit und ihrem Wohlbefinden. Gut möglich, überlegte Cadfael, daß Lothair das ebenso unschuldige wie unerwünschte Eindringen des jungen Roscelin in eine Sphäre gemeldet hatte, die sie eindeutig als ihre private verstanden wissen wollte. Sie erschien, ihr Gebetbuch in der Hand, allein in der Türe ihrer kleinen Kammer, nachdem sie ihr Mädchen schon ins Witwenhaus vorausgeschickt hatte. Haluin war schon wach und machte Anstalten, sich zur Begrüßung artig von seiner Matratze zu erheben. Er wollte nach seinen Krücken langen, doch sie unterbrach ihn mit einem raschen Winken.

»Bleibt nur liegen! Zwischen uns sind keine Förmlichkeiten nötig. Wie geht es Euch jetzt – da Ihr Euren Schwur erfüllt habt? Ich hoffe doch, Ihr habt die ersehnte Gnade gefunden und könnt in Frieden in Euer Kloster zurückkehren. Ich wünsche Euch diese Gnade – und eine leichte Reise und sichere Ankunft.«

Und vor allem, dachte Cadfael, einen unverzüglichen Aufbruch. Man kann es ihr nicht verdenken, das will ich ja auch, und Haluin empfindet wohl ähnlich. Sauber und ordentlich hatte er seine Reise beendet, kein weiterer Schaden war angerichtet worden, man hat sich gegenseitig verziehen und sich ausgesprochen, und nun wird man schweigen.

»Ihr habt die Nacht nicht geruht«, sagte sie, »und Ihr habt einen langen Rückweg bis nach Shrewsbury vor Euch. Meine Küche wird Euch Wegzehrung für die ersten paar Etappen mitgeben. Aber ich glaube, Ihr solltet auch Pferde nehmen. Bruder Cadfael habe ich es bereits gesagt. Wir können hier einige Pferde erübrigen, und ich kann einen Burschen aus Hales schikken und sie holen lassen, wenn ich zurück bin. Ihr solltet nicht versuchen, den ganzen Rückweg zu Fuß zu gehen.«

»Für das Angebot und Eure Freundlichkeit sind wir Euch dankbar«, erwiderte Haluin hastig und protestierend. »Aber die

Pferde kann ich nicht annehmen. Ich schwor, zu Fuß zu gehen und zurückzukehren, und ich muß halten, was ich gelobte. Es ist auch eine Frage des Glaubens daran, daß ich hernach für Gott und die Menschen doch nicht zu verkrüppelt und nutzlos bin und nichts mehr geben könnte. Ihr wollt doch nicht, daß ich beschämt und wortbrüchig heimkehre.«

Sie schüttelte angesichts seines Starrsinns resigniert den Kopf. »Euer Gefährte hier warnte mich bereits, daß Ihr auf diese Weise antworten würdet, aber ich hoffte, Ihr wärt vernünftigen Einwänden zugänglich. Sicherlich habt Ihr auch gelobt, so bald wie möglich zu Euren Pflichten in der Abtei zurückzukehren. Hat das kein Gewicht? Wenn Ihr darauf besteht, zu Fuß zu gehen, könnt Ihr frühestens morgen aufbrechen, nachdem Ihr die Nacht auf den harten Steinen verbracht habt.«

Für Haluin klang dies zweifellos wie echte Anteilnahme und eine Einladung zu bleiben, bis er erholt war. Cadfael hörte jedoch den leisen Unterton der Entlassung.

»Ich habe nie geglaubt, daß es leicht wäre zu tun, was ich geschworen habe. Das sollte es auch nicht sein. Der Sinn, wenn es überhaupt einen hat, ist es, die Mühen zu ertragen und zu büßen. Und das kann und will ich tun. Ihr habt recht, ich bin es meinem Abt und den Brüdern schuldig, so bald wie möglich zu meinen Pflichten zurückzukehren, und deshalb müssen wir heute schon aufbrechen. Wenn es noch einige Stunden Tageslicht gibt, dann dürfen wir sie nicht verschwenden.«

Um ihr Gerechtigkeit widerfahren zu lassen, muß man einräumen, daß sie angesichts einer so raschen Erfüllung eines Wunsches, den sie nicht einmal offen vorgetragen hatte, erschrocken zurückfuhr. Sie drängte ihn, wenn auch ohne Wärme, sich noch etwas Ruhe zu gönnen, gab sich schließlich aber dem störrischen Haluin geschlagen. Die Dinge waren verlaufen, wie sie es gewünscht hatte, und nun konnte sie sich im letzten Augenblick einen Anflug von Mitleid und Bedauern erlauben.

»Dann soll es sein, wie Ihr es haben wollt«, sagte sie. »Also gut. Luc wird Euch Essen und Trinken bringen, bevor Ihr geht, und Euren Ranzen füllen. Ich scheide in gutem Willen von Euch, und für heute und alle Zeit wünsche ich Euch alles Gute.«

Als sie fort war, blieb Haluin eine Weile schweigend sitzen. Er schauderte ein wenig, als ihm bewußt wurde, wie endgültig dieser Abschied gewesen war. So hatte er es sich erhofft, und dennoch war er erschüttert.

»Ich habe es Euch unnötig schwer gemacht«, sagte er traurig. »Ihr müßt so müde sein wie ich, und ich habe für uns beide entschieden, daß wir jetzt gleich ohne Schlaf aufbrechen. Sie wollte uns loswerden, und ich für meinen Teil wünsche von Herzen, so schnell wie möglich zu gehen. Je eher die Bande zertrennt werden, desto besser für uns alle.«

»Es war recht so«, erwiderte Cadfael. »Wir brauchen ja nicht weit zu gehen, wenn wir erst hier heraus sind, denn Ihr seid nicht in der Verfassung, weit zu wandern. Aber mehr als herauskommen ist für den Augenblick auch nicht nötig.«

Am Nachmittag traten sie durch Audemar de Clarys Tore hinaus unter einen Himmel, der schwer von grauen Wolken war, und wandten sich auf dem Weg, der durch Elford führte, nach Westen. Ein kalter, beißender Wind blies ihnen in die Gesichter. Es war vorbei. Von nun an kamen sie mit jedem Schritt der Normalität und Sicherheit näher, dem Stundenplan des mönchischen Lebens und dem gesegneten Tagesablauf von Arbeit, Andacht und Gebet.

Auf der Hauptstraße drehte Cadfael sich einmal um und sah die beiden Burschen im Tor stehen, die den scheidenden Gästen nachblickten. Zwei kräftige, stämmige Gestalten waren es, schweigsam und nicht voneinander zu unterscheiden, die mit ihren hellen, harten Normannenaugen den Störenfrieden nachsahen. Sie wollten sichergehen, dachte Cadfael, daß die Unruhe, die wir ihrer Herrin bereitet haben, mit uns zieht und kein Schatten zurückbleibt.

Sie sahen sich nicht noch einmal um. Es kam jetzt darauf an, mindestens eine trennende Meile zwischen sich und das Witwenhaus von Elford zu bringen. Danach konnten sie sich beizeiten nach einem Nachtlager umsehen, denn trotz seiner Entschlossenheit war klar, daß der ausgemergelte und vor Erschöpfung graue Haluin nicht weit laufen konnte, ohne einen Zusammenbruch zu riskieren. Sein Gesicht war zusammengekniffen, er ging gleichmäßig aber schwer auf seinen Krücken, die Augen waren geweitet und lagen dunkel in tiefen Höhlen. Es war zu bezweifeln, daß er den Frieden genoß, den er an Bertrades Grab hätte finden sollen, aber vielleicht war es auch nicht Bertrade, die ihn heimsuchte.

»Ich werde sie nie wiedersehen«, sagte Haluin eher zu Gott, zu sich selbst und zur aufziehenden Dämmerung als zu Cadfael. Es war schwer zu erkennen, ob es Erleichterung oder das Bedauern war, doch noch etwas unbeendet zurückzulassen.

Der erste Schnee des unberechenbaren Märzwetters platzte mit einemmal aus dem niedrigen Himmel, als sie noch etwa zwei Meilen von Elford entfernt waren. Eine Spur Frost lag noch in der Luft und es würde kein starker oder ausgedehnter Schneefall werden, doch während er andauerte, kamen die Flocken dick und blendend herunter, stachen ihnen in die Gesichter und ließen den Weg vor ihren Augen verschwimmen. Die vorzeitige Dämmerung senkte sich fast auf einen Schlag, und eine trübe Dunkelheit entstand, in der wirbelnde Wolken weißer Flocken um sie tanzten und die wenigen Landmarken verschleierten, die es auf diesem offenen, dem Wind ausgelieferten und baumlosen Wegstück gab.

Haluin begann zu stolpern, denn der Wind wehte ihm die Schneeflocken in die Augen, doch er hatte keine Hand frei und konnte nicht die Falten seiner Kapuze vor dem Gesicht zusammenraffen, um sich zu schützen. Zweimal setzte er die Krücke neben den ausgetretenen Weg und wäre beinahe gestürzt. Cadfael blieb stehen und hielt sich dicht vor ihm, den Rücken in den Wind gekehrt, damit sein Gefährte Atem schöpfen konnte und einige Augenblicke geschützt war, während er überlegte, wo sie waren und an welche Punkte in der Landschaft er sich noch von der Herreise erinnern konnte. Jedes Gebäude, so bescheiden es auch sei, wäre ihnen willkommen gewesen, bis der Schneefall vorbei war. Irgendwo in der Nähe, überlegte er, mußte ein Seitenweg nach Norden abzweigen und zu einer Gruppe kleiner Häuser führen, in deren Nähe er den langen Zaun eines Anwesens gesehen hatte. Dort war der einzige Schutz, den sie auf diesem Abschnitt der Straße finden konnten.

Seine Erinnerung trog ihn nicht. Er ging vorsichtig voran,

Haluin dicht hinter sich, und erreichte schließlich einen kleinen Hain aus Büschen und niedrigen Bäumen, die ihm in dieser kaum von Bäumen bestandenen Ebene gut im Gedächtnis geblieben waren. Ein Stück hinter dem Gebüsch zweigte tatsächlich der Weg ab. Durch den wirbelnden Schnee konnte er hin und wieder sogar eine flackernde Fackel erkennen, die ihm den kürzesten Weg zu den Gebäuden wies. Wenn der Hausherr späten Reisenden mit einem Leuchtturm half, konnten sie mit einer warmen Begrüßung rechnen.

Sie brauchten länger, als Cadfael vermutet hatte, um den Weiler zu erreichen, denn Haluin humpelte schwer und kam nur noch langsam voran. Cadfael blieb immer wieder stehen, um ihn nicht zurückzulassen. Hier und dort erhoben sich links und rechts einsame Bäume aus dem wirbelnden Weiß, die ebenso schnell wieder verschluckt wurden. Die Schneeflocken waren größer und feuchter geworden, ein Anzeichen, daß der Frost nachließ. Dieser Schnee würde nicht einmal bis zum Morgen liegenbleiben. Die Wolken über ihnen wurden vom aufkommenden Wind aufgebrochen und zerfetzt, hier und dort lugten sogar schon Sterne hervor.

Die Fackel war, hinter dem Zaun des Anwesens verborgen, nicht mehr zu sehen. Nun erhob sich vor ihnen ein massiver, hölzerner Torpfosten aus der Dunkelheit. Links von ihm erstreckte sich der hohe Zaun, rechts war das offene Tor, und plötzlich konnten sie auch die Fackel wieder sehen. Jenseits eines großen Hofes steckte sie in einem Wandhalter unter der Traufe und beleuchtete die Treppe, die zur Tür der Halle hinaufführte. Rings um den Zaun standen die üblichen Gebäude der Dienstboten. Cadfael kündigte ihre Ankunft mit einem kurzen Ruf an, und sofort kam ein Mann aus einer Stalltür durch den Schnee herbeigestapft, der im Gehen andere zu sich rief. Über der Treppe öffnete sich die Tür der Halle und gab den Blick auf ein willkommenes Kaminfeuer frei.

Cadfael führte Haluin am Arm durch das offene Tor, und ein zweiter bereitwilliger Arm faßte ihn von der anderen Seite um die Hüfte und hob ihn beinahe mit Gewalt in den schützenden Hof. Eine laute Stimme war durch den Schnee zu vernehmen: »Brüder, Ihr habt Euch eine schlimme Nacht für Eure Reise ausgesucht. Aber kommt nur, Eure Sorgen sind vorbei. Euch steht unser Tor stets offen.«

Inzwischen strömten noch andere herbei, um die späten Reisenden ins Haus zu geleiten. Ein junger Bursche kam, einen Sack als Kapuze über Kopf und Schultern gezogen, aus dem Gewölbe herauf, ein bärtiger und besser gekleideter älterer Mann kam halb die Treppe herunter, um sie zu begrüßen. Haluin wurde die Treppen zur Halle mehr hinaufgehoben, als daß er selbst lief, und unterdessen eilte der Herr des Hauses aus seiner Kammer herbei, um die unerwarteten Gäste zu begrüßen.

Es war ein schöner Mann mit langen Gliedern und wenig Fleisch auf den Knochen. Sein kurzer, sauber getrimmter Bart hatte die Farbe von Weizenstroh, und auf dem Kopf trug er eine dicke Haarkappe von derselben Farbe. Ende der Dreißig mußte er sein, dachte Cadfael, während er das offene, rötliche Gesicht musterte, in dem die blauen Sachsenaugen hell, offen und etwas besorgt funkelten.

»Kommt herein, Brüder! Daß Ihr uns gefunden habt! Hier, bringt ihn hierher, nahe ans Feuer.« Er hatte nicht nur die Benediktinerkutten sofort gesehen, in deren Falten sich Schneeflocken gesammelt hatten, sondern auch die verkrüppelten Füße und das vor Erschöpfung graue Gesicht des jüngeren Besuchers. Als der Schnee nun abgeschüttelt wurde, flogen die Flocken zischend ins gleichmäßig brennende Herdfeuer in der Mitte der Halle. »Edgytha, lasse in der hinteren Kammer Betten bereiten und sage Edwin, er soll noch etwas Wein erwärmen.«

Seine Stimme war laut, tröstlich und warm. Ohne Eile schickte er seine Diener hierhin und dorthin, damit die Gäste bedient wurden, und sorgte selbst dafür, daß Haluin auf einer Bank an der Wand zu sitzen kam, wo die Wärme des Feuers ihn erreichen konnte.

»Euer junger Bruder ist in traurigem Zustand«, sagte der Gastgeber etwas abseits zu Cadfael. »Und daß er so weit von daheim reisen muß. Hier gibt es keine anderen Eures Ordens, abgesehen von den Schwestern in Farewell, wo der Bischof unlängst ein Kloster gründete. Aus welchem Haus kommt Ihr?«

»Aus Shrewsbury«, erklärte Cadfael, während er Haluins Krücken an die Bank lehnte, damit dieser sie erreichen konnte, wenn er sie brauchte. Haluin hatte sich mit geschlossenen Augen zurückgelehnt, und seine grauen Wangen bekamen in der behaglichen Wärme allmählich wieder Farbe.

»Von so weit her? Konnte der Abt nicht einen gesunden Mann auf diesen Botengang schicken, wenn er schon in einer anderen Grafschaft etwas zu erledigen hatte?«

»Haluin ging aus eigenem Antrieb«, sagte Cadfael. »Kein anderer außer ihm hätte es tun können. Nun ist es aber getan, und wir sind auf dem Heimweg, den wir in kleinen Etappen hinter uns bringen wollen. Immer dank der Hilfe gastfreundlicher Menschen wie Euch. Darf ich fragen, wo wir hier sind? Wir kennen uns hier nicht aus.«

»Mein Name ist Cenred Vivers. Ich nahm den Namen nach dem Landgut an. Euer Bruder da heißt Haluin, sagt Ihr? Und wie ist Euer Name?«

»Mein Name ist Cadfael. Als Waliser geboren und an der Grenze mit einem Fuß auf jeder Seite aufgewachsen. Ich bin jetzt seit mehr als zwanzig Jahren Bruder in Shrewsbury. Meine Aufgabe auf dieser Reise ist es einfach, Haluin Gesellschaft zu leisten und dafür zu sorgen, daß er sicher dorthin kam, wo er hinwollte, und ebenso sicher wieder zurück.«

»Keine leichte Aufgabe«, erklärte Cenred mit leiser Stimme, während er traurig Haluins verformten Fuß betrachtete, »bei seinem Zustand. Aber wenn Euer Werk getan ist und Ihr nun auf dem Heimweg seid, dann werdet Ihr es gewiß schaffen. Wie hat er sich diese Verletzungen zugezogen?«

»Er stürzte vom Dach. Wir mußten mitten im Winter vor Weihnachten das Dach flicken, und die Schieferplatten, die ihm hinterherfielen, schnitten seine Füße in Fetzen. Wir sind froh, daß er es überlebt hat.«

Sie sprachen leise und ein wenig abseits über ihn, doch er lag zurückgelehnt und entspannt, als wäre er eingeschlafen. Die Augen hatte er geschlossen, die langen dunklen Wimpern warfen kleine Schatten auf seine eingefallenen Wangen. Die Halle hatte sich mittlerweile wieder geleert, die Aktivitäten hatten sich in andere Räume verlagert, denn die Diener waren mit Kissen und Decken und mit dem Essen für die Gäste in der Küche beschäftigt.

»Sie lassen sich Zeit mit dem Wein«, bemerkte Cenred. »Ihr braucht beide etwas Warmes zu trinken. Wenn Ihr mich entschuldigen wollt, Bruder, will ich nachsehen und dafür sorgen, daß man sich in der Küche etwas beeilt.«

Damit ging er hinaus, und im Luftzug, als er vorüberging, begannen Haluins geschlossene Lider zu beben. Einen Moment später schlug er die Augen auf und sah sich langsam und benommen um. Er betrachtete die warme, halbdunkle Halle mit der hohen Decke, das Glühen des Feuers, die schweren Vorhänge, die zwei Alkoven vom allgemein zugänglichen Bereich abtrennten, und die halb geöffnete Tür der Kammer, aus der Cenred getreten war. Drinnen war der bleiche, gleichmäßige Schein einer Kerze zu sehen.

»Habe ich geträumt?« wunderte Haluin sich mit großen Augen. »Wie sind wir hergekommen? Wo sind wir hier?«

»Keine Sorge«, sagte Cadfael, »gekommen seid Ihr auf Euren beiden Füßen, nur ein hilfreicher Arm hat Euch die Treppen des Hauses hinaufgeholfen. Vivers heißt das Anwesen, und der Herr heißt Cenred. Wir sind in gute Hände geraten.«

Haluin holte tief Luft. »Ich bin doch nicht so stark, wie ich glaube«, sagte er traurig.

»Das spielt keine Rolle, Ihr könnt jetzt ruhen. Wir haben Elford verlassen.«

Sie sprachen mit gedämpfter Stimme, ein wenig eingeschüchtert von der tiefen Stille, die trotz der Geschäftigkeit im Haus hier vorherrschte. Als beide zu sprechen aufhörten, schien die Stille fast erwartungsvoll. Bald darauf trat eine Frau in die Tür der halb geöffneten Kammer und öffnete sie ganz, bis das Kerzenlicht bleich und golden hindurchfiel. Einen Moment war sie als Schattenriß vor dem weichen Licht zu sehen, eine schlanke, aufrechte Gestalt, reif und würdevoll in ihren Bewegungen, sicher die Herrin des Hauses und Cenreds Frau. Mit zwei, drei leichten, raschen Schritten trat sie mitten in die Halle, und das Licht einer Kerze vertrieb die Schatten aus ihrem Gesicht, gab ihm Konturen und schälte aus dem Halbdunkel eine ganz andere Person heraus. Alles hatte sich verändert. Keine anmutige Schloßherrin von über dreißig Jahren war es, sondern ein rundliches Mädchen mit frischem Gesicht, höchstens siebzehn oder achtzehn Jahre alt, mit einer hohen Stirn, weiß und glatt wie Perlmutt, über zwei weit aufgerissenen Augen.

Haluin gab ein seltsames, weiches Geräusch von sich, halb Keuchen und halb Seufzen, packte seine Krücken und hob sich auf die Füße, um die plötzlich hell erleuchtete Erscheinung anzustarren. Das Mädchen, das sich unerwartet Fremden gegenübersah, zog sich, den Blick unverwandt auf die Gäste gerichtet, ein wenig zurück. Einen Moment verharrte sie stumm und reglos, dann fuhr sie herum und verschwand in der Kammer, die Türe fast verstohlen hinter sich zuziehend.

Jegliche Kraft wich aus Haluins Händen. Sie baumelten schlaff herab, die Krücken glitten aus und fielen aus seinen Achselhöhlen. Er ging langsam zu Boden, sackte in sich zusammen und blieb bewußtlos auf dem Binsenteppich liegen.

Sie trugen ihn ins Bett, das man ihm in einer stillen Kammer, ein Stück von der Halle entfernt, bereitet hatte, und legten den immer noch tief Bewußtlosen zur Ruhe.

»Es ist die Erschöpfung«, beruhigte Cadfael den besorgten Cenred. »Ich wußte, daß er sich zu hart antrieb, aber damit ist es nun vorbei. Von nun an können wir uns Zeit lassen. Er soll die Nacht über schlafen, und morgen wird es ihm besser gehen. Seht doch, er kommt zu sich. Er öffnet die Augen.«

Haluin regte sich, die Augenlider zitterten, bevor sie sich hoben und die dunklen, wach blickenden Augen freigaben. Er sah den Kreis besorgter Gesichter an, war sich seiner Umgebung bewußt und wußte noch, was ihm geschehen war, bevor man ihn ins Bett getragen hatte. Die ersten Worte, die er sprach, waren eine schwache Entschuldigung, weil er ihnen solche Mühen gemacht habe, und ein Dank für die Sorge.

»Meine Schuld!« sagte er. »Es war überheblich, mich zu übernehmen. Aber jetzt ist alles gut. Alles ist gut.«

Da er jetzt vor allem zur Ruhe kommen mußte, ließ man sie allein, damit sie sich in ihrer kleinen Kammer bequem einrichten konnten. Der bärtige Verwalter brachte ihnen heißen, gewürzten Wein und schickte ihnen die alte Frau Edgytha herein, die ihnen Wasser für Hände und Füße und eine Lampe brachte und fragte, ob sie sonst noch etwas benötigten.

Sie war eine große, drahtige und bewegliche Frau von etwa sechzig Jahren mit dem freien Gebaren und jener Aura von Autorität, die alle Diener umgab, die viele Jahre das Vertrauen ihres Herrn oder ihrer Herrin genießen durften und die sich dank dieses Vertrauens gewisse Privilegien erworben hatten. Die jüngeren Dienerinnen behandelten sie mit Hochachtung. Sie fürchteten sie nicht, doch Edgythas sauberes schwarzes Kleid mit der gestärkten weißen Haube und die Schlüssel, die an ihrer Hüfte baumelten, unterstrichen ihre Stellung.

Spät am Abend kam sie noch einmal in Begleitung einer rundlichen, freundlichen Dame, die höflich und mit leiser Stimme sprach und sich erkundigte, ob die verehrten Brüder alles hätten, was sie für die Nacht brauchten, und ob sich der Bruder, der bewußtlos geworden war, inzwischen von seiner Schwäche erholt habe. Cenreds Frau war eine hübsche, rosige Frau mit braunen Haaren und Augen, ganz anders als das große, schlanke und zierliche Mädchen, das aus der Kemenate getreten und angesichts der unerwarteten Fremden geflohen war.

»Haben der Herr Cenred und seine Frau eigentlich Kinder?« fragte Cadfael, als ihre Gastgeberin wieder gegangen war.

Edgytha war wortkarg und wachte eifersüchtig über ihre Familie und alles, was ihr gehörte; sie hielt im Grunde sogar eine solche Frage schon für verdächtig. Doch nach kurzem Zögern antwortete sie höflich: »Sie haben einen erwachsenen Sohn.« Dann, ganz gegen ihre Art, befriedigte sie die unerwünschte Neugierde des Gastes und fuhr fort: »Er ist nicht hier, er dient beim Oberherrn meines Herrn Cenred.«

Sie sprach mit einem eigenartigen, reservierten Unterton, es klang sogar fast nach Mißbilligung, auch wenn sie es niemals zugegeben hätte. Cadfael wäre beinahe von seinem wichtigsten Anliegen abgelenkt worden, doch nun fragte er vorsichtig weiter:

»Keine Tochter? Ein junges Mädchen sah einen Augenblick in die Halle herein, als wir warteten. Demnach ist sie keine Tochter des Hauses?«

Sie warf ihm einen langen, gleichmütigen und forschenden Blick zu, hob die Augenbrauen und preßte die Lippen zusammen, da sie ein solches Interesse an einem jungen Mädchen, zumal von einem Mönch, nur mißbilligen konnte. Doch die Gäste des Hauses mußten mit makelloser Höflichkeit behandelt werden, auch wenn sie sie nicht verdienten.

»Das war die Schwester des Herrn Cenred«, erklärte sie. »Der alte Herr Edric, sein Vater, heiratete in hohem Alter noch einmal. Sie ist Cenred eher eine Tochter als eine Schwester, wegen des großen Altersunterschieds. Ich glaube nicht, daß Ihr sie noch einmal sehen werdet. Sie wünscht sicherlich nicht, die Ruhe von Männern mit Eurer Kutte zu stören. Sie wurde gut erzogen«, schloß Edgytha mit sichtlichem Stolz auf die Erfolge ihrer eigenen Erziehung. Zugleich war es eine unverhohlene Warnung, daß die schwarzgewandeten Mönchen, die der Zufall ins Haus geweht hatte, in Gegenwart der Jungfrau die Augen zu senken hatten.

»Wenn Ihr sie erzogen habt«, erwiderte Cadfael liebenswürdig, »dann macht Sie Euch zweifellos alle Ehre. Wart Ihr auch für Cenreds Jungen verantwortlich?«

»Meine Herrin hätte nicht im Traum daran gedacht, ihr Kind einer anderen anzuvertrauen.« Die alte Frau taute auf und wurde lebhafter, als sie an die Kinder dachte, die sie großgezogen hatte. »Niemand hätte besser für die Kinder sorgen können«, sagte sie, »und ich liebe sie wie meine eigenen.«

Als sie fort war, blieb Haluin eine Weile schweigend liegen, doch seine Augen waren offen und klar, sein Gesicht schien wachsam und gespannt.

»Ist da wirklich ein Mädchen hereingekommen?« sagte er schließlich und runzelte die Stirn, während er versuchte, die Situation zu erinnern, die bisher nur verschwommen und unscharf vor seinem inneren Auge stand. »Seit ich hier liege, versuche ich mich zu erinnern, warum ich so auffuhr. Ich weiß noch, wie die Krücken unter mir wegrutschten, aber viel mehr leider nicht. Als ich in die Wärme kam, wurde mir schwindlig.«

»Ja«, sagte Cadfael, »es kam ein Mädchen herein. Anscheinend Cenreds Halbschwester, aber etwa zwanzig Jahre jünger. Wenn Ihr glaubt, Ihr hättet sie geträumt – nein, es war kein Traum. Sie kam aus der Kemenate in die Halle, sie hatte nicht mit uns gerechnet, vielleicht machten wir ihr auch keinen angenehmen Eindruck, denn sie zog sich hastig wieder zurück und schloß die Tür. Könnt Ihr Euch erinnern?«

Nein, er konnte sich nicht erinnern, nur an einige Fetzen, die heraufkamen wie nach einem Traum und sofort wieder verschwanden. Er runzelte die Stirn und schüttelte den Kopf, als wollte er damit die Müdigkeit aus den Augen vertreiben. »Nein... ich habe keine klare Erinnerung. Ich weiß noch, wie die Türe geöffnet wurde, und ich nehme Euch beim Wort, daß sie hereinkam... aber ich kann mich an nichts erinnern, kein Gesicht... vielleicht morgen.«

»Wir werden sie nicht mehr sehen«, erwiderte Cadfael, »wenn ihr ergebener Drache in dieser Hinsicht etwas zu sagen hat. Ich glaube, Edgytha hat keine sehr hohe Meinung von Mönchen. Nun, seid Ihr für den Schlaf bereit? Soll ich die Lampe löschen?«

Haluin hatte keine klare Erinnerung an die Tochter des Hauses, kein Bild war ihm nach dem kurzen Anblick geblieben, nur ein dunkler Umriß im Kerzenschein. Doch Cadfael hatte ein sehr klares Bild vor seinem inneren Auge, wie sie im rötlichen Schein der Fackel vor ihnen stand. Es war ein Bild, das noch klarer wurde, als die Lampe gelöscht war und er neben seinem schlafenden Gefährten in der Dunkelheit lag. Und über die Erinnerung hinaus hatte er das starke, beunruhigende Gefühl, daß dieses Bild eine besondere Bedeutung hatte, auch wenn er es im Augenblick noch nicht ganz zu fassen vermochte. Es war ihm im Augenblick noch ein Geheimnis. In der Dunkelheit grübelnd, rief er sich ihr Gesicht vor Augen, ihre Bewegungen, als sie ins Licht getreten war, doch er fand nichts, was ihm hätte etwas sagen können, keine Ähnlichkeit mit einer Frau, die er bisher gesehen hatte, abgesehen davon, daß alle Frauen Schwestern sind. Dennoch blieb das unbestimmte Gefühl, sie sei ihm vertraut und nicht völlig unbekannt.

Ein groß gewachsenes Mädchen, oder vielleicht doch nicht so groß, sondern eher gertenschlank und deshalb größer wirkend, das im Begriff war, zur Frau zu werden. Sie hielt sich aufrecht und anmutig, zeigte aber noch das Zögern, die Verletzlichkeit und Impulsivität eines Kindes, eines Lammes oder Rehkitzes, das bei jedem Geräusch und jeder Bewegung erschrak. Denn erschrocken war sie davongesprungen, hatte aber dennoch die

Tür leise geschlossen, um nicht ihrerseits die Gäste aufzuschrekken. Ihr Gesicht – wirklich schön war sie eigentlich nicht, auch wenn Jugend und Unschuld und Anmut immer schön anzusehen sind. Ein ovales Gesicht hatte sie gehabt, von der breiten Stirn und den weit auseinanderliegenden Augen nach unten, zum runden Kinn hin zulaufend. Ihr Kopf war unbedeckt gewesen, das braune Haar hinter dem Kopf zu einem Zopf geflochten, was die hohe weiße Stirn und die großen Augen unter den ebenmäßigen dunklen Augenbrauen und den dunklen Wimpern nur noch deutlicher hervortreten ließ. Die Augen schienen die Hälfte des Gesichts auszumachen. Es war kein reines Braun, dachte Cadfael, denn obwohl dunkel, waren ihre Augen klar und tief und leuchtend erschienen. Haselnußbraun mit einer Spur Grün, so klar und tief, daß man glaubte, man könnte hineintauchen und ertrinken. Offene und verletzliche Augen ohne Angst. Ein junges, wildes Tier im Wald, das noch nie gejagt oder verletzt worden war, mochte diesen Ausdruck in den Augen haben. Auch an die klaren, feinen Linien ihrer Wangenknochen erinnerte Cadfael sich, elegant und zugleich kräftig und nach den Augen ihr wichtigstes Merkmal.

Was an diesem Gesicht, das er so deutlich vor sich sah, sollte ihn beunruhigen und verfolgen wie die flüchtige Erinnerung an eine Frau, die er einst gekannt hatte? Nach und nach erinnerte er sich an alle Frauen, an alle Gefährtinnen seines langen, unruhigen Lebens, und grübelte, ob die Gesichtszüge oder Gesten einer dieser Frauen eine Saite zum Schwingen brachten und ihm etwas verrieten. Doch es paßte nichts zusammen, kein Echo kam. Cenreds Schwester blieb einzigartig und abseits, und vielleicht verfolgte sie ihn nur, weil sie so plötzlich erschienen und wieder verschwunden war. Vermutlich würde er sie nie wiedersehen.

Dennoch war das letzte Bild, das er bewußt sah, bevor er einschlief, ihr erschrockenes Gesicht.

Am Morgen hatte die Luft ihre frostige Schärfe verloren; der größte Teil des Neuschnees war über Nacht getaut und verschwunden. Nur hier und dort, am Fuße der Mauern und an den Stämmen der Bäume, waren noch einige vereinzelte Spuren zu sehen. Cadfael blickte von der Hallentür hinaus und wünschte fast, der Schnee hätte sich gehalten und Haluin daran gehindert, sich sofort wieder auf den Weg zu machen. Doch es stellte sich heraus, daß er sich nicht zu sorgen brauchte, denn sobald die Menschen im Haus aufgestanden waren und mit ihren Alltagsverrichtungen begannen, kam Cenreds Verwalter zu ihnen und bat sie, nach dem Frühstück in die Kammer seines Herrn zu kommen, weil dieser etwas von ihnen erbitten wolle.

Cenred war allein, als sie sein Zimmer betraten. Haluins Krücken hallten hohl auf den Dielenbrettern. Der Raum wurde von zwei tiefen, schmalen Fenstern, in die gepolsterte Sitze eingepaßt waren, erhellt. Möbliert war er mit schönen Sitzbänken an einer Wand, einem geschnitzten Tisch und einem königlichen Stuhl, den der Hausherr benutzte. Emma, die Herrin, führte ihren Haushalt offenbar sehr gut, denn die Wandbehänge und Polster waren fein bestickt, und der Webrahmen in der Ecke, auf dem ein halb fertiggestelltes Tuch mit schönen Farben zu sehen war, bewies, daß alles aus eigener Fertigung stammte.

»Ich hoffe, Ihr habt gut geschlafen, Brüder«, sagte Cenred, indem er sich erhob und sie begrüßte. »Habt Ihr Euch von Eurer Schwäche gestern abend gut erholt? Wenn es etwas in meinem Haus gibt, das Euch nicht angeboten wurde, dann fragt nur danach. Benutzt mein Haus wie Euer eigenes. Und ich hoffe, Ihr werdet bereit sein, noch ein oder zwei Tage zu bleiben, bevor Ihr wieder aufbrecht.«

Cadfael teilte diese Hoffnung mit ihm, aber er befürchtete, der manchmal allzu gewissenhafte Haluin könnte Einwände erheben. Er hatte jedoch noch nicht einmal den Mund geöffnet, als Cenred schon fortfuhr:

»Denn ich habe eine Bitte an Euch... ist einer von Euch ein geweihter Priester?«

7

»Ja«, sagte Haluin nach kurzem, überraschtem Schweigen. »Ich bin Priester. Ich absolvierte, als ich ins Kloster kam, die Studien für die niederen Weihen und wurde, als ich dreißig war, zum Priester geweiht. Wer jung in den Orden kommt und bereits lesen kann, wird zu diesem Weg ermuntert. Was kann ich denn als Priester für Euch tun?«

»Ihr sollt eine Ehe schließen«, erklärte Cenred.

Diesmal währte das Schweigen noch länger, und etwas beunruhigt und nachdenklich betrachteten sie ihn. Denn wenn in diesem Haus eine Heirat bevorstand, dann hätte man sich doch sicherlich schon um einen Priester bemüht, der die Umstände und die Beteiligten kannte, und brauchte nicht auf einen Benediktiner zurückzugreifen, den der Schnee hierher verschlagen hatte. Cenred bemerkte Haluins zweifelnden Gesichtsausdruck.

»Ich weiß, was Ihr denkt – daß es die Sache meines eigenen Gemeindepriesters sei. Doch hier in Vivers gibt es keine Kirche. Ich habe zwar die Absicht, eines Tages eine Kirche zu stiften und bauen zu lassen, aber im Augenblick sogar ist die nächstgelegene Gemeindekirche ohne Priester, weil der Bischof, der das Recht zur Ernennung hat, noch keinen Nachfolger benannt hat. Ich wollte eigentlich einen Vetter holen lassen, der in einem Orden lebt, aber wenn Ihr bereit seid, können wir ihm die Winterreise ersparen. Ich kann Euch versichern, daß nichts Anrüchiges dabei ist, und es gibt gute Gründe, die Eheschließung mit einiger Eile zu vollziehen. Setzt Euch zu mir, dann will ich Euch alles berichten, was Ihr wissen müßt, und dann sollt Ihr selbst urteilen.«

Mit der Heftigkeit und den großzügigen Gesten, die seinem Wesen zu entsprechen schienen, kam er ihnen entgegen und stützte Haluin am Unterarm, während dieser sich auf die gepolsterte Bank vor der holzvertäfelten Wand setzte. Cadfael ließ sich neben seinem Freund nieder und war es zufrieden, zuzusehen und zu lauschen, da er kein Priester war. Er mußte keine

Entscheidung treffen, und die Verzögerung kam ihm um Haluins willen gerade recht.

»Auf seine alten Tage«, erklärte Cenred, indem er unmittelbar zur Sache kam, »heiratete mein Vater ein zweites Mal, eine dreißig Jahre jüngere Frau. Ich war bereits selbst verheiratet und mein erster Sohn war ein Jahr alt, als meine Schwester Helisende zur Welt kam. Die beiden Kinder, Mädchen und Junge, wuchsen zusammen in meinem Haus auf wie Bruder und Schwester, so nahe standen sie einander. Und wir Älteren nahmen es für selbstverständlich und waren froh, daß die beiden einander hatten. Die Schuld trifft vor allem mich. Ich bemerkte es nicht, als sie plötzlich mehr als Spielgefährten waren. Ich hätte nicht gedacht, daß sich kindliche Freundschaft und Zuneigung nach so vielen Jahren noch in etwas Gefährliches verwandeln könnte. Aber ich konnte den Tatsachen nicht ausweichen, Brüder, sobald ich sie gesehen hatte und gezwungen wurde, sie zu sehen. Man ließ die beiden viel zu lange und viel zu liebevoll allein miteinander spielen. Sie entwickelten direkt unter meiner Nase eine ungehörige Zuneigung, und ich war mit Blindheit geschlagen, bis es fast zu spät war. Sie lieben einander auf eine Art und in einem Maße, das für so nahe Verwandte unmöglich ist. Gott sei Dank haben sie nicht im Fleische gesündigt, noch nicht. Ich hoffe, ich bin rechtzeitig erwacht. Gott weiß, was für die beiden am besten ist, ich will sie glücklich sehen, aber welches Glück kann es in einer Liebe geben, die eine Abscheulichkeit ist? Besser, sie auseinanderzureißen und darauf zu vertrauen, daß die Zeit die Wunden heilt. Ich habe meinen Sohn zu meinem Oberherrn gegeben, wo er im Gebrauch der Waffen unterwiesen wird. Wir sind befreundet, und er kennt den Grund und die Notwendigkeit. So traurig er auch über seine Verbannung ist, mein Sohn hat gelobt, erst zurückzukehren, wenn ich ihm die Erlaubnis gebe. Habe ich damit recht getan?«

»Ich glaube«, erwiderte Haluin, »etwas anderes hättet Ihr nicht tun können. Aber es ist eine Schande, wenn es so lange unentdeckt blieb.«

»So ist es. Wenn zwei kleine Kinder wie Bruder und Schwester aufwuchsen, kommen sie ohne das geringste Gefühl eines

Verzichts gewöhnlich nicht auf die Idee, sie könnten einander heiraten. Ich habe mich oft gefragt, wieviel mehr als ich Edgytha bemerkte. Sie war immer großzügig mit den Kindern. Aber nie, niemals sagte sie ein Wort zu mir oder meiner Frau, und ob wir uns richtig verhalten haben oder nicht, wir können nicht zurück.«

»Sagt mir«, warf Cadfael ein, der sich zum erstenmal einmischte, »heißt Euer Sohn vielleicht Roscelin?«

Cenred starrte Cadfael erschrocken an. »So ist es. Aber woher wißt Ihr das?«

»Und Euer Oberherr ist Audemar de Clary. Sir, wir kamen direkt aus Elford hierher, wir haben mit Eurem Sohn dort gesprochen, und er hat Bruder Haluin gestützt, als dieser Hilfe brauchte.«

»Ihr habt mit ihm gesprochen? Was hatte mein Sohn dort in Elford nur zu sagen? Und was hatte er über mich zu sagen?« Er war wachsam und bereit, bittere Klagen und Vorwürfe zu hören und den Kummer zu schlucken, wenn er mußte.

»Sehr wenig und gewiß nichts, was Ihr nicht ruhigen Gewissens selbst hättet anhören können. Kein Wort jedenfalls über Eure Schwester. Er erwähnte, er habe das Haus auf den Wunsch seines Vaters verlassen, dem er seinen Gehorsam nicht verweigern konnte. Wir hatten, es war ohnehin ein Zufall, nur wenige Minuten, um uns zu unterhalten. Aber ich sah nichts, auf das Ihr nicht stolz sein könntet. Bedenkt, er ist kaum drei Meilen entfernt, gegen seinen Willen, und hält sein Wort. Eines gibt es vielleicht noch, das Ihr als Vater erfahren solltet«, fügte Cadfael hinzu, der den Vater auf die Probe stellen wollte. »Er fragte uns sehr ernst, ob unser Orden einem Mann ein sinnvolles Leben bieten könne, wenn ihm das Leben, nach dem er sich am meisten sehnte, verwehrt bliebe.«

»Nein!« rief Cenred protestierend. »Nicht das! Nicht um alles in der Welt soll er die Waffen und das Ansehen aus der Hand geben und sich im Kloster verbergen. Dafür ist er nicht geschaffen! Ein so vielversprechender Junge! Bruder, das spricht für meine Bitte. Man darf nicht aufschieben, was getan werden muß. Sobald es aber geschehen ist, wird er es akzeptieren. Solange der Verlust nicht endgültig ist, wird er hoffen und sich nach dem

Unmöglichen sehnen. Deshalb will ich sie verheiraten, damit sie das Haus verläßt, bevor Roscelin zurückkommt.«

»Ich kann Eure Gründe sehr gut verstehen«, meinte Haluin, während er die Augen in den tiefen Höhlen weit öffnete, »aber was Ihr sagtet, ist kein rechter Grund für eine Heirat, wenn die Frau nicht bereit ist. So schwer Euer Los auch ist, Ihr könnt nicht den einen opfern, um den anderen zu retten.«

»Ihr mißversteht mich«, sagte Cenred ruhig. »Ich liebe meine jüngere Schwester, ich habe ganz offen mit ihr gesprochen. Sie weiß genau, welche Ungeheuerlichkeit ihnen beiden drohte, und sie weiß, daß eine solche Liebe unmöglich ist. Sie will, daß dieser schreckliche Knoten durchtrennt wird, genau wie ich. Sie will Roscelin als stolzen, ehrbaren Mann sehen, weil sie ihn liebt, und lieber, als ihm diese Chance zu nehmen, will sie in die Ehe mit einem anderen Mann fliehen. Ich habe sie nicht gezwungen, und auch die Wahl des Mannes geschah nicht willkürlich. Jean de Perronet ist ein wohlhabender, gut erzogener junger Mann aus gutem Hause. Er wird heute hier eintreffen, und dann könnt Ihr ihn selbst kennenlernen. Helisende kennt ihn bereits, und sie mag ihn, auch wenn sie ihn noch nicht lieben kann. Das mag mit der Zeit kommen, denn er ist ihr sehr ergeben. Sie hat in diese Heirat eingewilligt. Und de Perronet hat einen unschätzbaren Vorteil auf seiner Seite«, fügte er grimmig hinzu. »Sein Sitz ist weit entfernt. Er wird sie nach Buckingham mitnehmen, weit außerhalb Roscelins Reichweite. Aus dem Auge, aus dem Sinn, das will ich nicht gerade sagen, aber auch ein vertrautes Gesicht verblaßt im Laufe der Jahre, und auch eine tiefe Wunde kann heilen.«

Seine tiefe Unruhe und seine Sorgen machten ihn beredt. Ein guter Mann, der sich für das Wohl aller Menschen in seinem Haus einsetzte. Er hatte nicht wie Cadfael bemerkt, daß Haluins schmales Gesicht allmählich immer bleicher geworden war. Haluin preßte die Lippen schmerzlich zusammen und rang die Hände im Schoß seiner Kutte, bis die Knochen weiß durch die Haut schienen. Die Worte, die Cenred eher zufällig gewählt hatte, öffneten genau die alte Wunde, die zu heilen er einen so weiten Weg gegangen war. Die Linien eines vertrauten Gesichts, in achtzehn Jahren sicherlich etwas verblaßt, wurden nun für ihn wieder lebendig. Wunden, die noch schwären, können erst heilen, wenn sie ganz aufgebrochen und gereinigt sind, und wenn es sein muß, durch Feuer.

»Und Ihr sollt nicht fürchten«, fuhr Cenred fort, »wie ich es auch nicht fürchte, daß sie bei de Perronet nicht verehrt und geachtet würde. Vor zwei Jahren schon hielt er um ihre Hand an, und auch wenn sie weder ihn noch einen anderen Freier haben wollte, er hat gewartet.«

»Eure Frau ist einverstanden?« fragte Cadfael.

»Wir haben zu dritt darüber gesprochen. Und wir waren einer Meinung. Wollt Ihr es tun? Ich empfand es fast als Segen für unsere Absichten«, sagte Cenred einfach, »daß am Abend, bevor der Bräutigam eintrifft, ein Priester ungerufen zu mir kommt. Bleibt noch bis morgen, Bruder – Vater! – und verheiratet sie.«

Haluin löste langsam seine verkrampften Hände und holte Luft wie ein Mann, der große Schmerzen hat. Mit leiser Stimme sagte er: »Ich will bleiben, und ich will sie verheiraten.«

»Ich hoffe, das war richtig«, sagte Haluin, als sie wieder in ihrer Kammer waren. Aber anscheinend wollte er nicht in seiner Entscheidung bestätigt werden, sondern hielt sie sich nur als Verantwortung vor Augen, die er weder teilen noch abgeben konnte. »Ich weiß nur zu gut«, sagte er, »um die Übel, die zu große Nähe mit sich bringen kann, und dieser Fall ist noch verzweifelter, als meiner es je war. Cadfael, ich höre Stimmen, die ich schon vor langer Zeit verklungen glaubte. Es muß einen Sinn haben, nichts geschieht ohne Sinn. Vielleicht bin ich nur gestürzt, um zu sehen, wie tief ich schon gefallen war? Damit ich gezwungen bin, mich mit neuer Kraft zu erheben? Wie, wenn ich als Krüppel wiedergeboren wurde, um diese Reise in Körper und Geist zu unternehmen, vor der ich mich fürchtete, als ich noch stark und gesund war? Wie, wenn Gott mir die Gedanken an diese Pilgerschaft eingab, um einer anderen Seele zu Hilfe zu kommen? Wurden wir an diesen Ort geführt?«

»Eher getrieben«, meinte Cadfael trocken, als er sich an den blendenden Schnee und den kleinen Funken der Fackel im Dunkel erinnerte.

»Es ist wahr, am Abend bevor der Bräutigam kommt, in

diesem Haus einzutreffen, das ist mehr als ein Zufall. Ich kann nichts tun, als mich diesem Fingerzeig zu fügen«, sagte Haluin, »und zu hoffen, daß er mich in die richtige Richtung führt. Diese zweiten Ehen in hohem Alter, Cadfael, sie bringen allen Beteiligten nur Kummer. Wie können zwei Kinder, die in der Halle auf dem Boden zusammen spielen, wissen, daß sie Tante und Neffe und einander verboten sind? Eine Schande, wenn Liebe sinnlos vergeudet wird.«

»Ich bin nicht sicher«, sagte Cadfael, »ob Liebe überhaupt sinnlos vergeudet werden kann. Nun, wenigstens könnt Ihr jetzt noch ein oder zwei Tage ruhen, und das wird nicht schaden. Dies kommt auf jeden Fall sehr gelegen.«

Es war offensichtlich auch das Beste, was Haluin mit diesem Halt aus dem Heimweg beginnen konnte, denn er hatte sich bis an die Grenzen seiner Kräfte angetrieben. Cadfael ließ ihn in Frieden schlafen und ging hinaus, um sich noch bei Tageslicht auf dem Gut von Vivers umzusehen. Es war ein wolkiger Tag mit wechselnden Winden. Kein Frost lag mehr in der Luft. Ab und zu regnete es ein wenig, aber die Schauer dauerten nicht lange.

Er ging quer durch die Einfriedung bis zum Tor, um das Haus in seiner vollen Größe zu sehen. Im steilen Dach über der Kemenate waren Fenster zu sehen, wahrscheinlich lagen dort noch zwei stille Kammern. Haluin und er waren bequemerweise unten untergebracht. Zweifellos wurde in diesem Augenblick eine der oberen Kammern für den erwarteten Bräutigam vorbereitet. Die Alltagsgeschäfte, soweit er sie im Hof beobachten konnte, schienen ohne Hast oder Verwirrung abzulaufen. Hier war alles gut geordnet.

Hinter dem Pfahlzaun erstreckte sich die leicht gewellte Landschaft. Cadfael sah Felder und Büsche und kaum mit Bäumen bestandenes Hochland, die Weiden noch gebleicht und getrocknet vom Winter, und an den schwarzen Ästen waren hier und dort schon die ersten Knoten der neuen Frühlingstriebe zu sehen. In Senken und an geschützten Orten lagen noch Reste von Schnee, doch ein Sonnenstrahl brach bereits durch die niedrige Wolkendecke, und bis Mittag wären alle Überbleibsel der letzten Schneefälle verschwunden.

Cadfael sah sich als nächstes in den Ställen und im Hundezwinger um und fand auch diese von Dienern, die den interessierten Besucher bereitwillig und stolz herumführten, gut versorgt. In einem abgetrennten Stall des Hundezwingers lag eine Hündin mit sechs Welpen, die höchstens fünf Wochen alt waren. Er konnte nicht widerstehen, ins Halbdunkel zu treten und ein Junges aufzuheben, und die Hündin zeigte sich freundlich und schien erfreut über die Bewunderung, die er ihren Nachkommen zollte. Der warme kleine Körper in seiner Hand roch wie frisches Brot. Er wollte sich gerade bücken und den Welpen zu seinen Geschwistern zurücklegen, als er hinter sich eine klare, kühle Stimme hörte:

»Seid Ihr der Priester, der mich verheiraten wird?«

Und da stand sie in der Tür, abermals ein Schattenriß vor dem Licht, so gefaßt und so selbstsicher, daß man sie ohne weiteres für eine reife, stattliche Frau von dreißig Jahren hätte halten können, wenn auch die frische, muntere Stimme ihr wirkliches Alter verriet. Helisende Vivers war es, noch nicht herausgeputzt, um ihren Bräutigam zu empfangen, sondern wie eine Hausfrau in dunkelblaue Wolle gekleidet und mit einem dampfenden Eimer mit Fleisch und Getreide für die Hunde in der Hand.

»Seid Ihr der Priester, der mich verheiraten soll?«

»Nein«, erwiderte Cadfael, während er sich langsam von den wimmelnden Welpen und der lockenden Hündin abwandte. »Bruder Haluin wird Euch trauen. Ich habe mich nie um die Weihen bemüht, das wäre nichts für mich.«

»Der Lahme ist es also«, sagte sie mit distanziertem Mitgefühl. »Es tut mir leid, daß er es so schwer hat. Ich hoffe, man hat ihn hier in unserem Haus bequem untergebracht. Wißt Ihr von meiner Heirat? Wißt Ihr, daß Jean heute kommen soll?«

»Euer Bruder hat es uns erzählt«, sagte Cadfael, während er das ovale Gesicht beobachtete, das sich allmählich aus den Schatten herausschälte und mit jeder klagenden, traurigen Linie ihre Jugend verriet. »Aber es gibt Dinge, die er uns nicht sagen konnte«, fuhr er fort, während er sie unverwandt beobachtete, »außer vom Hörensagen. Nur Ihr selbst könnt uns sagen, ob diese Verbindung Eure Zustimmung findet, die aus freiem Willen gegeben wurde, oder nicht.«

Ihr kurzes Schweigen ließ nicht etwa auf Zweifel in der Sache selbst schließen, sondern zeigte nur, daß sie den Mann, der die Frage gestellt hatte, einer eingehenden Prüfung unterzog. Ihre großen, aufrichtig blickenden Augen schienen in Cadfael einzudringen und zeigten keine Angst, als Cadfael in sie eindrang. Wenn sie ihn als feindlich oder als einen betrachtet hätte, der zu ihrem Unglück beitrug, dann wäre die Begegnung höflich beendet worden, ohne auf die in diesem Falle aufdringliche Neugierde einzugehen. Doch sie blieb.

»Soweit wir, wenn wir erwachsen sind, überhaupt etwas freiwillig tun können«, sagte sie, »dann muß ich sagen, ja, ich tue es freiwillig. Es gibt Regeln, an die man sich halten muß. Es gibt andere in der Welt, die uns gegenüber Rechte und Bedürfnisse haben, und wir sind alle gebunden. Ihr könnt Bruder Haluin ausrichten – Vater Haluin muß ich ihn ja nennen –, daß er sich meinetwegen nicht zu sorgen braucht. Ich weiß, was ich tue. Niemand zwingt mich.«

»Das will ich ihm sagen«, erwiderte Cadfael. »Aber ich glaube, Ihr tut es für einen anderen und nicht für Euch selbst.«

»Dann sagt ihm, daß ich mich freiwillig entschloß, es für andere zu tun.«

»Und was ist mit Jean de Perronet?« fragte Cadfael.

Einen Moment bebten ihre festen, vollen Lippen. Das einzige, was ihre Entschlossenheit und ihre Fassung störte, war das Wissen, daß sie gegenüber dem Mann, der ihr Ehemann werden sollte, nicht ganz offen war. Cenred hatte dem jungen Mann sicher nicht gesagt, daß er nur eine traurige Erinnerung an das bekam, was sein Herz begehrte. Auch sie selbst konnte es ihm nicht sagen, es war ein Geheimnis der Familie. Die einzige Hoffnung für das unglückliche Paar war, daß die Liebe mit der Zeit kommen würde, eine Art von Liebe vielleicht, die besser war als die in vielen anderen Ehen, aber dennoch weit von der Erfüllung entfernt.

»Ich will versuchen«, sagte sie gleichmütig, »ihm alles zu geben, was er will und erwartet. Er verdient es, und er soll das Beste bekommen, was ich zu geben vermag.«

Sinnlos, ihr zu sagen, daß es womöglich dennoch nicht reichte, denn sie wußte es schon und fühlte sich mit der Täuschung, die sie nicht vermeiden konnten, nicht wohl. Vielleicht hatte das, was hier im Hundezwinger gesprochen worden war, bereits einen Abgrund des Zweifels aufgerissen, den sie schon beinahe verschlossen hatte. Besser, er ließ sie in Frieden, wenn es keine Möglichkeit gab, die Bürde zu erleichtern, die sie auf sich nehmen wollte.

»Nun, ich bete darum, daß Ihr in allem, was Ihr tut, gesegnet werdet!« sagte Cadfael und machte ihr Platz. Die Hündin hatte sich von ihren Welpen befreit und stieß mit der Schnauze ans Gitter, während sie hungrig und erwartungsvoll mit dem buschigen Schwanz wedelte. Geburten, Heiraten, Todesfälle und Feiern, all dies kann die Alltagsgeschäfte nicht stören. Als er sich in der Türe noch einmal umdrehte, hatte Helisende sich gebückt, um den Napf der Hündin zu füllen. Der schwere braune Zopf pendelte über den kleinen Hunden. Sie blickte nicht auf, doch er hatte das Gefühl, daß sie sich seiner Gegenwart voll bewußt war und angespannt blieb, bis er sich umdrehte und sich leise entfernte.

»Ihr werdet Euer Pflegekind vermissen«, sagte Cadfael, als Edgytha ihnen mittags Essen und Trinken servierte. »Oder geht Ihr mit ihr in den Süden, wenn sie verheiratet ist?«

Die alte Frau zögerte, denn sie war von Natur aus schweigsam, doch andererseits mußte sie unbedingt ihr Herz ausschütten, weil sie ihr Pflegekind verlieren sollte. Unter den steifen Falten ihrer Haube bebten ihre verwitterten Wangen.

»Was sollte ich in meinem Alter noch an einem fremden Ort tun? Ich bin zu alt, ich kann nicht mehr viel ausrichten und werde hier bleiben. Hier kenne ich mich wenigstens aus, und alle anderen kennen mich. Welche Achtung würde ich in einem fremden Haus genießen? Aber sie wird gehen, das weiß ich! Sie wird gehen, sie muß gehen. Und der junge Mann wäre keine schlechte Partie – wenn mein Lamm nicht einen anderen im Auge und im Herzen hätte.«

»Und einen, der unerreichbar ist«, erinnerte Haluin sie sanft, doch sein Gesicht war bleich, und als sie sich umdrehte und ihn einen Moment schweigend ansah, schlug er die Augen nieder und wandte den Kopf ab.

Ihre Augen hatten das bleiche, ausgewaschene Blau von verblühten Glockenblumen. Einst von Wimpern beschattet, die jetzt ausgedünnt und schütter waren, mochten sie früher eher die Farbe von Immergrün gehabt haben. »Dann hat mein Herr es Euch erzählt«, sagte sei. »Alle sagen das, und wenn es keine Hilfe gibt, dann könnte es ihr noch schlechter gehen. Ich weiß es! Ich kam vor vielen Jahren her, um ihrer Mutter aufzuwarten, und auch damals war es keine Liebesheirat, wo sie doch so jung war und er fast dreimal so alt wie sie. Sie brauchte unbedingt jemand aus ihrer Heimat, die arme Lady, den sie kannte und dem sie trauen konnte. Wenigstens verheiraten sie mein Mädchen mit einem jungen Mann.«

Cadfael stellte nun endlich die Frage, die ihn schon eine Weile beschäftigt hatte und über die niemand ein Wort verloren hatte: »Ist Helisendes Mutter denn tot?«

»Nein, tot ist sie nicht. Aber sie ging vor etwa acht Jahren in die Klause von Polesworth, nachdem der alte Herr gestorben war. Sie gehört Eurem Orden an, sie ist Benediktinerin. Sie neigte schon immer in diese Richtung, und als ihr Mann starb, kam sie ins Gerede, wie es bei Witwen so geschieht, und man drängte sie, wieder zu heiraten. Aber sie verließ lieber diese Welt. Auch eine Flucht«, bemerkte Edgytha und kniff grimmig die Lippen zusammen.

»Und ließ die Tochter mutterlos zurück?« warf Haluin vorwurfsvoller ein, als er beabsichtigt hatte.

»Sie ließ die Tochter gut behütet zurück! Sie ließ sie bei Frau Emma und bei mir!« Edgytha schmollte einen Moment und löschte das kurz aufflammende Feuer, indem sie die Augen niederschlug. »Drei Mütter hatte das Kind, und alle waren ihm zugetan. Meine Herrin Emma war nicht streng mit den Kindern. Sie war sogar zu nachgiebig, die beiden bekamen immer ihren Willen. Aber meine Herrin neigte zur Einsamkeit und zur Melancholie, und als eine neue Heirat anstand, willigte sie nicht ein, sondern nahm lieber den Schleier.«

»Hat Helisende nicht auch einmal über diese Möglichkeit nachgedacht?« fragte Cadfael.

»Um Himmels willen, nein! So ist mein Mädchen nicht. Für die, denen es liegt, mag es ein Segen sein, aber die, die hineingedrängt werden, müssen die Hölle auf Erden ertragen. Verzeiht mir, Brüder! Ihr wißt um Eure eigenen Berufungen und zweifellos legtet Ihr aus den allerbesten Gründen die Kutte an, aber Helisende ... nein, das würde ich ihr wirklich nicht wünschen. Da ist dieser Perronet noch besser, auch wenn er der Zweitbeste ist.« Sie hatte begonnen, die Teller und das Geschirr einzusammeln, nachdem sie gegessen hatten, und nahm den Krug, um ihre Becher nachzufüllen. »Wie ich hörte, wart Ihr auch in Elford und habt Roscelin dort gesehen.«

»Ja«, bestätigte Cadfael, »wir haben erst gestern Elford verlassen. Wie es der Zufall wollte, konnten wir sogar kurz mit dem jungen Mann sprechen, aber wir erfuhren erst heute morgen, daß er hier aus Vivers stammt.«

»Wie hat er ausgesehen?« fragte sie sehnsüchtig. »Geht es ihm gut? Oder war er niedergeschlagen? Ich habe ihn seit einem Monat oder länger nicht mehr gesehen, und ich weiß, wie schlimm er es aufnahm, daß er fortgeschickt wurde wie ein Diener, der sich etwas hat zuschulden kommen lassen, wo er doch keinen Fehler begangen hat oder sich dessen jedenfalls nicht bewußt war. Ein guter Junge, wirklich! Was hat er Euch gesagt?«

»Nun, er war jedenfalls bei bester Gesundheit«, berichtete Cadfael vorsichtig, »und guter Dinge, wenn man seine Lage bedenkt. Er beklagte sich über seine Verbannung und schien unzufrieden. Natürlich verriet er nichts über die Umstände, da wir Fremde waren und ihn nicht kannten, und ich glaube, er hätte auch sonst zu niemand etwas gesagt, der nichts mit der Sache zu tun hat. Er meinte, er habe sein Wort gegeben, dem Befehl seines Vaters zu folgen und die Erlaubnis abzuwarten, ehe er wieder heimkommt.«

»Aber er weiß nicht«, sagte sie in einer Mischung aus Wut und Hilflosigkeit, »was hier geplant wird. Oh, er wird die Erlaubnis bekommen, nach Hause zurückzukehren, sobald Helisende das Haus verlassen hat und weit im Süden auf dem Weg zum Anwesen ihres jungen Mannes ist. Was wird das für eine Heimkehr für den armen Jungen! Eine Schande, ihn so zu hintergehen!«

»Sie glauben, es sei das Beste für ihn«, meinte Haluin bleich und bewegt. »Auch in seinem Sinne. Es fällt allen nicht leicht. Wenn sie einen Fehler begehen, indem sie diese Eheschließung vor ihm geheimhalten, dann wird man ihnen sicher verzeihen.«

»Es gibt welche«, meinte Edgytha düster, »denen wird nie verziehen.« Sie nahm ihr Holztablett, und die Schlüssel an ihrem Gürtel klimperten leise, als sie zur Tür ging. »Ich wünschte, man hätte aufrichtig sein können. Ich wünschte, man hätte es ihm gesagt. Ob er sie haben konnte oder nicht, er hat das Recht, es zu erfahren und seinen Segen zu geben oder nicht. Wie kam es, daß Ihr mit ihm zu tun hattet und nur die Hälfte seines Namens hörtet?«

»Die Herrin dort erwähnte seinen Namen«, sagte Cadfael, »als de Clary von einem Ausritt heimkam. Der junge Mann begleitete ihn. Roscelin, so nannte sie ihn. Erst später sprachen wir mit ihm selbst. Er sah, daß mein Freund hier nach einer Nacht auf den Knien noch steif war und kam herbei, um ihn zu stützen.«

»So ist er!« sagte sie voller Wärme. »Jedem hilft er, der in Not ist. Die Herrin, sagt Ihr? Audemars Frau?«

»Nein, wir wollten auch nicht zu ihm selbst, und seine Frau haben wir nie gesehen. Nein, es war seine Mutter, Adelais de Clary.«

Das Geschirr klapperte einen Augenblick auf Edgythas Tablett. Vorsichtig balancierte sie es auf einer Hand, während sie die Türe öffnete. »Sie ist dort? In Elford?«

»Ja. Oder sie war es noch, als wir gestern aufbrachen, und bei dem Schneefall, der kurz darauf begann, wird sie immer noch dort sein.«

»Sie kommt nur selten her«, meinte Edgytha achselzuckend. »Man sagt, sie und die Frau seines Sohnes stehen nicht auf gutem Fuße. Das ist aber auch nicht ungewöhnlich, und so bleiben sie einander fern.« Sie stieß mit dem Ellbogen gewandt die Türe auf und bugsierte das große Tablett hindurch. »Hört Ihr die Pferde draußen? Das wird sicher Jean de Perronet mit seinen Begleitern sein.«

Nichts Heimliches oder Verstohlenes war an Jean de Perronets Eintreffen, allerdings auch nichts Zeremonielles. Er kam mit einem Leibdiener und zwei Burschen hereingeritten. Zwei Pferde ohne Reiter wurden für die Braut und ihre Dienerin mitgeführt, dazu Packpferde für ihr Gepäck. Praktisch und sinnvoll schien alles, und de Perronet selbst wirkte sehr offen, ohne übertriebenen Prunk in Kleidung und Verhalten. Cadfael musterte anerkennend die Pferde und das Zaumzeug. Der junge Mann wußte, wo er sein Geld ausgeben und wo er sparen mußte.

Haluin und Cadfael waren zusammen hinausgegangen, um den Gästen beim Absteigen und Abladen zuzusehen. Die Nachmittagsluft klarte auf, in der Nacht würde es Frost geben, aber droben am Himmel zogen vereinzelte Wolken, die vielleicht sogar noch ein wenig Schnee bringen mochten. Die Reisenden waren sicher froh, aus dem kalten Wind heraus und unter ein gutes Dach zu kommen.

De Perronet stieg vor der Tür der Halle von seinem scheckigen Braunen ab, und Cenred kam ihm auf der Treppe entgegen, um ihn zu empfangen und zu umarmen. Bei der Hand führte er ihn zur Tür hinauf, wo die Hausherrin Emma ihn ebenso warm begrüßte. Helisende, bemerkte Cadfael, ließ sich nicht blicken. Beim Abendessen am Tisch des Hauses mußte sie erscheinen, aber zu diesem Zeitpunkt schien es angemessen, die Aufnahme des Gastes ihrem Bruder und dessen Frau zu überlassen, die ohnehin über sie wachten und die Eheschließung angeregt hatten. Gastgeber, Gastgeberin und Gast verschwanden in der großen Halle. Cenreds Diener und de Perronets Burschen luden das Gepäck ab und brachten die Pferde unter. Sie gingen ihren Aufgaben so kundig nach, daß der Hof nach wenigen Minuten wieder verlassen war.

Das war also der Bräutigam! Cadfael überdachte, was er gesehen hatte. Bisher konnte er nichts Falsches daran finden, außer der Tatsache, daß er, wie Edgytha gesagt hatte, der Zweitbeste war. Ein junger Mann von fünfundzwanzig oder sechsundzwanzig Jahren, bereits an seine Autorität und an die Verantwortung für sein Verhalten gewöhnt und durchaus fähig, mit beidem umzugehen. Seine Männer, die ihn begleitet hatten, schienen mit ihm auf gutem Fuße zu stehen. Er kannte sein Geschäft wie sie das ihre, und zwischen ihnen herrschte eine Atmosphäre von gegenseitiger Achtung. Außerdem war er ein gutaussehender junger Mann, groß und gut gebaut, mit offenem, freundlichem Gesicht, und nach dem ersten Blick zu urteilen, war er am Vorabend seiner Heirat in bester Laune. Cenred hatte das Beste für seine junge Schwester getan, und dieses Beste war in der Tat nicht übel. Eine Schande, daß sie nicht bekommen konnte, was ihr Herz begehrte.

»Aber was sonst hätten sie tun können?« sagte Haluin und verriet mit wenigen Worten seine eigene tiefe Abscheu und seine Zweifel.

8

Am Spätnachmittag schickte Cenred seinen Verwalter zu den Benediktinerbrüdern und ließ fragen, ob sie das Abendessen gemeinsam mit allen anderen in der Halle einnehmen wollten, oder ob Vater Haluin die Ruhe seiner eigenen Kammer vorzöge und lieber dort bedient werden wolle. Haluin, der in ein dunkles, tiefes Grübeln verfallen war, wäre lieber für sich geblieben, aber er hielt es für unhöflich, sich länger zurückzuhalten, und mühte sich, sein besorgtes Schweigen zu brechen und sich der Tischgesellschaft anzuschließen. Sie hatten ihm, da er der Priester war, der die Trauung vornehmen würde, einen Platz in der Nähe des Brautpaares gegeben. Cadfael, der ein wenig abseits saß, hatte alle im Blick. Weiter unten am Tisch waren alle anderen Angehörigen des Haushalts, ihrem Rang entsprechend, im Fackelschein versammelt.

Nach Haluins ernstem Gesicht zu urteilen, schien es das erste Mal zu sein, daß er aufgerufen war, Gottes Werk zu tun. Natürlich wurden die jüngeren Brüder mehr denn je ermutigt, auf die Priesterweihen hinzuarbeiten, aber sie waren Priester ohne Gemeinde, die in ihrem langen Leben vermutlich nie eine Taufe vornehmen, eine Ehe schließen oder die letzte Ölung geben würden, sie würden nie andere weihen, damit diese dem gleichen geschützten Weg folgen konnten. Es ist eine schreckliche Verantwortung, dachte Cadfael, der nie die Weihen angestrebt hatte, wenn Gott seine Gnade in die Hände eines Menschen legt, der dann im Leben anderer Menschen eine so wichtige Rolle spielen muß. Durch die Taufe kann er ihnen die Erlösung versprechen, durch die Trauung kann er sie auf ewig verbinden, und bei ihrem Tod hält er den Schlüssel zum Fegefeuer in seinen Händen. Wenn ich mich eingemischt habe, dachte er ergeben – und Gott weiß, wie oft ich es getan habe, wenn es notwendig war und kein besserer zur Stelle war –, dann habe ich mich wenigstens als Sünder wie alle anderen eingemischt, ich bin auf der gleichen Straße gewandert und war kein Statthalter des

Himmels, der sich verbeugt, um aufzusteigen. Haluin ist nun mit dieser Verantwortung belastet, und es ist kein Wunder, daß er sich fürchtet.

Er blickte die lange Reihe der Gesichter an, zwischen denen Haluin kaum zu erkennen war, da sich die Profile gegenseitig überlagerten. Nur kurz waren sie zu sehen, wenn eine Bewegung durch die Tafel ging, nur hin und wieder wurden sie vom trügerischen Schein der Fackeln erfaßt. Cadfael sah Cenreds breites, offenes Gesicht, ein wenig angespannt unter der Belastung, aber immer noch freundlich, seine Frau, die der Tafel mit unerschütterlicher Liebenswürdigkeit und etwas ängstlichem Lächeln vorsaß, de Perronet in glücklicher Unschuld, breit strahlend, weil er Helisende an seiner Seite hatte und sie schon beinahe als die Seine betrachten konnte. Das Mädchen selbst, bleich und still, entschlossen und anmutig neben ihm, bemühte sich nach Kräften, auf seine fröhliche Stimmung einzugehen, da er an ihrem Kummer keine Schuld trug und sie anerkennen mußte, daß er etwas Besseres verdiente. Wie er sie so beisammen sah, hatte Cadfael keinen Zweifel, daß er ihr verfallen war, und wenn sie nicht so strahlte wie er, dann nahm er dies vielleicht als ganz normalen Beginn aller Ehen und war willens und bereit, Geduld zu üben, bis die Knospe blühte.

Es war das erste Mal, daß Haluin das Mädchen sah, seit er in der Halle erschrocken aufgefahren und zusammengebrochen war, nachdem er vom stechenden Wind und dem blendenden Schnee ohnehin schon halb benommen gewesen war. Diese stille junge Frau, vom Fackelschein vergoldet, mochte eine Fremde sein, die er noch nie gesehen hatte. Er sah sie zweifelnd und verwirrt an, als ihr Profil einen Augenblick erkennbar war, gedrückt von der Verantwortung, die neu und schwer zu tragen war.

Es war schon spät, als die Frauen sich von der Tafel zurückzogen und die Männer, die allerdings auch nicht mehr lange in der Halle bleiben wollten, beim Wein sitzen ließen. Haluin sah sich um und suchte Cadfaels Blick, und sie kamen wortlos überein, daß es auch für sie an der Zeit war, Gast und Gastgeber allein zu lassen. Haluin langte schon nach seinen Krücken und bereitete sich auf die Anstrengung des Aufstehens vor, als Emma mit besorgtem Gesicht und einer jungen Dienerin auf den Fersen aus der Kemenate geeilt kam.

»Cenred, etwas Seltsames ist geschehen! Edgytha ist ausgegangen und nicht zurückgekehrt, und jetzt beginnt es wieder zu schneien. Wohin soll sie so spät noch gegangen sein? Ich ließ nach ihr schicken, damit sie mir beim Zubettgehen aufwartete wie immer, aber sie ist nirgends zu finden, und nun sagt mir Madlyn hier, daß sie schon vor Stunden, als die Dämmerung kam, hinausgegangen sei.«

Cenred hatte Mühe, seine Gedanken von seinen Gastgeberpflichten zu lösen und sich um ein vermeintlich geringfügiges häusliches Problem zu kümmern, das eher Sache der Frauen als die seine war.

»Nun Edgytha kann doch hinausgehen, wenn sie es will«, meinte er freundlich. »Sie wird zurückkommen, wenn sie es für richtig hält. Sie ist eine freie Frau, sie weiß, was sie will; und wir können einmal darauf vertrauen, daß sie ihren Pflichten nachkommt. Wenn sie einmal nicht da ist, wenn sie gerufen wird, dann ist das doch nicht schlimm. Warum machst du dir dann Sorgen?«

»Aber sie hat es noch nie getan, ohne etwas zu sagen! Noch nie! Und jetzt schneit es wieder, und sie ist schon seit Stunden fort, wenn Madlyn hier die Wahrheit sagt. Wenn ihr nun etwas zugestoßen ist? So lange würde sie aus eigenem Willen bestimmt nicht ausbleiben. Und du weißt, wie ich sie schätze. Ich will um keinen Preis, daß ihr etwas zustößt.«

»Das will ich auch nicht«, meinte Cenred warm, »das wünsche ich keinem meiner Leute. Wenn sie verschwunden ist, dann müssen wir sie suchen. Aber wir brauchen uns nicht zu sorgen, ehe wir nicht sicher wissen, daß ein Unglück geschehen ist. Mädchen, sprich, was weißt du über die Angelegenheit? Du sagst, sie sei schon vor Stunden ausgegangen?«

»Sir, das tat sie!« Madlyn kam bereitwillig herbei. Ihre großen Augen verrieten, daß sie die Aufregung als keineswegs unwillkommene Abwechslung empfand. »Es war, nachdem wir alles vorbereitet hatten. Ich kam gerade aus der Milchkammer und sah sie aus der Küche kommen. Sie hatte ihren Mantel angezogen, und ich sagte zu ihr, daß wir an diesem Abend viel zu tun hätten und sie vermissen würden, und sie meinte, sie wäre zurück, wenn man sie brauchte. Es wurde da gerade erst dunkel, und ich wußte ja nicht, daß sie so lange ausbleiben wollte.«

»Hast du sie nicht gefragt, wohin sie wollte?«

»Das habe ich«, sagte das Mädchen, »aber sie sagt ja nie etwas über ihre eigenen Angelegenheiten, und ich hätte mir denken können, daß sie, wenn überhaupt, nur eine mürrische Antwort geben würde. Sie meinte, sie wollte eine Katze holen«, sagte Madlyn verwundert und unschuldig, »und zu den Tauben setzen.«

Auch wenn es ihr nichts sagte, für Cenred und seine Frau, die den Ausspruch sicher nicht zum ersten Mal hörten, hatte es eine Bedeutung. Emma blickte erschrocken ihren Mann an, der sofort aufgesprungen war. Den Blick, den sie wechselten, konnte Cadfael lesen, als hätte er ihre Worte in seinen Ohren gehört. Er hatte genug Hinweise bekommen, um zu verstehen, was hier vor sich ging. Edgytha hatte beide aufgezogen und gehegt, sie hatte sie wie ihre eigenen Kinder geliebt und unter der Trennung gelitten, was auch immer Kirche und Blutsbande sagten, und diese Trauung hätte die Trennung endgültig gemacht. Sie wollte Hilfe holen, um im letzten Augenblick noch zu verhindern, was sie bedauerte. Sie wollte Roscelin sagen, was hinter seinem Rücken geschah. Sie war nach Elford gegangen.

Kein Wort wurde hier, vor Jean de Perronet, laut gesprochen. Der junge Mann stand jetzt neben Cenred, blickte verwirrt und mitfühlend von einem Gesicht zum anderen und wunderte sich über das häusliche Problem, das nicht das seine war. Eine alte Dienerin verschwand am Abend, die Nacht kam, und der Schnee fiel. Also mußte man suchen. Er machte unschuldig einen Vorschlag und füllte ein Schweigen, das ihn durchaus hätte mißtrauisch machen können.

»Sollten wir sie nicht suchen, wenn sie schon so lange fort ist? Des Nachts sind die Straßen nicht immer sicher, und eine Frau, die sich allein hinauswagt…«

Die Ablenkung kam wie ein Segen. Cenred griff den Gedanken dankbar auf. »Das werden wir. Ich will einen Trupp auf dem wahrscheinlichsten Weg ausschicken. Vielleicht wurde sie nur vom Schnee aufgehalten, nachdem sie im Dorf einen Besuch gemacht hat. Aber macht Euch deshalb keine Sorgen, Jean. Ich wünsche nicht, daß Euer Aufenthalt hier irgendwie gestört wird. Überlaßt die Sache meinen Männern, wir haben genug zur Verfügung. Und ich kann Euch versichern, daß sie nicht weit entfernt ist. Wir werden sie bald finden und wohlbehalten wieder nach Hause bringen.«

»Ich würde Euch gern begleiten«, bot de Perronet an.

»Nein, nein, das kann ich nicht zulassen. Laßt hier nur alles geschehen wie geplant, nichts soll den feierlichen Anlaß stören. Benutzt mein Haus wie das Eure und schlaft ruhigen Gewissens, denn morgen wird die kleine Aufregung schon vorbei und vergessen sein.«

Es war nicht schwer, den hilfsbereiten Gast von seinem großzügigen Angebot abzubringen, das er möglicherweise ohnehin nur als höfliche Geste vorgebracht hatte. Was im Haus eines Mannes geschieht, geht nur ihn selbst etwas an und sollte ihm deshalb auch selbst überlassen bleiben. Es ist höflich, Hilfe anzubieten, aber klug, im richtigen Augenblick nachzugeben. Cenred wußte ganz genau, wohin Edgytha gegangen war, und es gab keinen Zweifel, auf welcher Straße man nach ihr suchen mußte. Allerdings mußte man sich allmählich wirklich Sorgen machen, denn in vier Stunden konnte sie selbst im Schnee Elford erreichen und zurückkehren. Cenred erhob sich vom Tisch und befahl seinen Männern, sich an der Tür der Halle zu versammeln. Freundlich wünschte er de Perronet eine gute Nacht, und de Perronet faßte dies als Entlassung aus der häuslichen Konferenz auf. Dann gab er denen seiner Diener, die sich auf die Suche begeben sollten – es waren sechs junge und kräftige Männer und sein Verwalter –, klare Anweisungen mit auf den Weg.

»Was sollen wir nun tun?« fragte Bruder Haluin halblaut, der mit Cadfael etwas abseits stand.

»Ihr«, sagte Cadfael, »müßt ins Bett, wie es jeder vernünftige Mann jetzt tun würde, und Ihr sollt schlafen, wenn Ihr könnt. Und ein oder zwei Gebete können auch nicht schaden. Ich werde sie begleiten.«

»Auf dem kürzesten Weg nach Elford«, sagte Haluin schwer.

»Um eine Katze zu finden, die zwischen die Tauben gesetzt wird. Natürlich, wohin sonst? Aber Ihr bleibt hier. Wenn schon etwas gesagt werden muß, dann gibt es nichts, was Ihr tun oder sagen könntet, das ich nicht auch sagen könnte.«

Die Tür der Halle stand offen, und die Gruppe stapfte gerade die Treppe in den Hof hinunter. Zwei Männer trugen Fackeln. Cadfael, der als letzter folgte, blickte in die frostig glitzernde Nacht hinaus. Der Boden war dünn mit kleinen, nadelscharfen Flocken bedeckt, die aus dem fast klaren Himmel herabrieselten. Die blinkenden Sterne zeigten, daß es für einen schweren Schneefall zu kalt war. Er blickte zur Tür zurück und sah die Frauen unbehaglich in der hinteren Ecke zusammenstehen. Aller Augen folgten den aufbrechenden Männern. Die Mädchen drängten sich dicht aneinander, Emma zupfte mit besorgtem Gesicht nervös an ihren dicken Fingern.

Helisende hielt sich etwas abseits. Sie war die einzige, die sich nicht an ihre Leute klammerte, um Trost zu finden. Sie stand ein Stück hinter einer Fackel, und ihr Gesicht war ohne tiefe Schatten voll beleuchtet. Alles, was Emma ihrem Mann erzählt hatte, alles, was Madlyn berichtet hatte, wußte inzwischen sicherlich auch Helisende. Sie wußte, wohin Edgytha gegangen war und was sie dort wollte. Sie starrte mit großen Augen in eine Zukunft, die sie nicht mehr voraussagen konnte. Die Aufregungen dieser Nacht mochten schließlich zu Verwirrung, zu Entsetzen und vielleicht sogar einer Katastrophe führen. Sie war für ihr Opfer bereit gewesen, doch sie war völlig unvorbereitet auf das, was jetzt geschah. Ihr Gesicht schien gleichmütig und gefaßt, aber sie hatte ihre Ruhe und Sicherheit verloren. Aus Entschlossenheit war Hilflosigkeit geworden, und ihre Resignation verwandelte sich in Verzweiflung. Sie hatte ein umkämpftes Gebiet erreicht, auf dem sie sich hatte behaupten wollen, welchen Preis sie auch dafür zahlen mußte. Doch nun war dieser Grund erschüttert, die Erde teilte sich unter ihren Füßen, und sie hatte keine Gewalt mehr über ihr eigenes Schicksal. All ihr Edelmut war am Ende doch umsonst gewesen. Entwaffnet und verletzlich stand sie im Licht, und dieses letzte Bild von ihr nahm Cadfael in die Dunkelheit und den Frost mit.

Cenred zog seinen Mantel zum Schutz vor dem Wind eng um sich und schlug vom Tor des Anwesens aus einen Weg ein, den Cadfael nicht kannte. Mit Haluin war er von der fernen Hauptstraße aus gekommen und hatte sich geradewegs dem kleinen Funken der Fackel genähert. Dieser Weg aber führte in eine andere Richtung und verband sich kurz vor Elford wieder mit der Hauptstraße, so daß sie mindestens eine halbe Meile abkürzen konnten.

Es war nicht völlig dunkel. Ein wenig Licht spendeten die Sterne, und auch von der dünnen Schneedecke ging ein leichter Schimmer aus, so daß sie in einer Reihe nebeneinander, zu beiden Seiten des Weges auseinandergezogen, schnell ausschreiten konnten. Das Land war hier offen, zuerst waren überhaupt keine Bäume zu sehen, dann kam ein dünner Streifen von Waldland und Büschen. Sie hörten nichts außer ihren eigenen Schritten, ihrem Atem und dem leisen Heulen des Windes in den Büschen. Zweimal ließ Cenred sie anhalten und gebot Ruhe. Laut rief er in die Nacht hinaus, bekam aber keine Antwort.

Einer, der diesen Weg kannte, dachte Cadfael, brauchte kaum mehr als zwei Meilen bis Elford zu laufen. Edgytha hätte schon lange wieder in Vivers sein müssen, und nach allem, was sie Madlyn gesagt hatte, hatte sie tatsächlich beabsichtigt, rechtzeitig zurückzukehren, um nach dem Abendessen ihrer Herrin zur Verfügung zu stehen. Ausgeschlossen war, daß sie in einer so klaren Nacht und bei diesem kaum wahrnehmbaren Schneefall von einem ihr bekannten Weg abgekommen war. Allmählich wurde Cadfael klar, daß sie auf ihrem Gang oder auf dem Rückweg auf irgendeine Weise aufgehalten worden war. Nicht das Wüten der Natur oder irgendein Zufall war es gewesen, sondern eine menschliche Hand. In einer Nacht wie dieser waren die Gesetzlosen, falls es in diesem offenen Land überhaupt welche gab, sicher nicht unterwegs, um Reisenden aufzulauern, denn es gab keine Reisenden, die der Mühe wert gewesen wären. Nein, wenn jemand Edgytha von ihrem Ziel abgehalten hatte, dann war es in voller Absicht geschehen. Natürlich gab es noch eine andere Möglichkeit. Wenn sie Roscelin wohlbehalten mit ihren Neuigkeiten erreicht hatte, mochte er sie überzeugt haben, nicht zurückzukehren, sondern in Elford zu übernachten und ihm den Rest zu überlassen. Cadfael glaubte aber selbst nicht ganz an diese Möglichkeit. Roscelin wäre schon empört in die Halle von Vivers gestürmt, ehe Edgytha überhaupt vermißt worden wäre.

Cadfael wanderte nun neben Cenred, der auf dem Weg in der Mitte der Reihe ging und die Männer antrieb. Ein dunkler, schräger Blick, und Cenred hatte ihn erkannt und grüßte ihn ohne große Überraschung. »Es war nicht nötig, Bruder«, sagte Cenred nur. »Wir sind genug.«

»Einer mehr kann nicht schaden«, gab Cadfael zurück.

Einen Schaden würde Cadfael sicher nicht anrichten, aber wahrscheinlich war er auch nicht besonders willkommen. Cenred wäre es lieber gewesen, wenn er diese Angelegenheit unter den Angehörigen des Hauses selbst hätte regeln können. Andererseits schien er durch die Gegenwart eines Benediktiners in seiner Suchgruppe auch nicht besonders beunruhigt. Er hatte die Absicht, Edgytha zu finden, am besten, bevor sie Elford erreichte, und wenn das nicht gelang, dann wollte er wenigstens das Unglück verhüten, das sie möglicherweise in Gang gebracht hatte. Vielleicht rechnete er damit, seinen Sohn irgendwo unterwegs zu treffen, der eilig herbeikam, um die Trauung zu verhindern, die ihm seine letzten vergeblichen Hoffnungen nehmen würde. Aber sie waren schon mehr als eine Meile gelaufen, und die Nacht war leer wie zuvor.

Sie zogen nun auf buschigem, unebenem Gras durch ein schütteres Wäldchen. Der Schnee war zu leicht, um die Blätter zu Boden zu drücken, und sie wären am kleinen Hügel neben dem Weg vorbeigelaufen, wäre da nicht die weiße Spitze auf einem Untergrund gewesen, der dunkler war als das gebleichte Braun des gefrorenen Grasbodens. Cenred war schon vorbei, doch als Cadfael innehielt und zu Boden starrte, blieb er sofort stehen.

»Schnell, bringt die Fackel her!«

Das gelbe Licht enthüllte vor ihren Augen die Umrisse eines Menschen, der flach und mit den Füßen zum Weg auf dem Boden lag, überzogen von einer Kruste aus Schnee. Cadfael bückte sich und zog den gefrorenen Schleier vom nach oben gewandten Gesicht. Die Augen waren offen, das Gesicht war erschrocken und erstaunt und wohl auch ängstlich verkrampft. Die Haube war während des Sturzes vom grauen Haar gerutscht. Die Frau lag auf dem Rücken, ein wenig zur rechten Seite gedreht. Die Arme hatte sie hochgeworfen, als wollte sie einen Schlag abwehren. Der schwarze Mantel war dunkel unter der weißen Spitze zu sehen. Auf der Brust hatte ein Fleck den Schleier verunstaltet, wo ihr Blut, ein kleiner Strom nur, die herabfallenden Schneeflocken aufgetaut hatte. Aus ihrer Stellung konnte man nicht schließen, ob sie auf dem Hinweg oder auf dem Rückweg gewesen war, doch Cadfael hatte den Eindruck, daß sie im letzten Augenblick gehört hatte, wie jemand hinter ihr einherschlich. Sie hatte sich umgedreht und die Arme gehoben, um sich zu schützen. Der Dolch, den der Angreifer ihr von hinten zwischen die Rippen schieben wollte, hatte statt dessen ihre Brust getroffen. Sie war tot und kalt. Der Frost vereitelte jede Mutmaßung über den Zeitpunkt ihres Todes.

»Um Gottes willen!« flüsterte Cenred. »Daran habe ich im Traum nicht gedacht. Was sie auch im Sinn hatte, warum mußte dies geschehen?«

»Wölfe jagen auch bei Frost«, sagte sein Aufseher schwer. »Auch wenn hier wahrlich nicht viel für sie zu holen ist. Aber seht nur, nichts wurde gestohlen, nicht einmal ihr Mantel. Herrenlose Männer hätten sie beraubt.«

Cenred schüttelte den Kopf. »Hier gibt es keine Gesetzlosen, das kann ich beschwören. Nein, das hier ist etwas anderes. Ich frage mich nur, ich frage mich, in welche Richtung sie ging, als sie erschlagen wurde!«

»Wenn wir sie umdrehen, finden wir es vielleicht heraus«, warf Cadfael ein. »Was nun? Wir können nichts weiter für sie tun. Wer immer das Messer für die Schandtat benutzte, er brauchte keinen zweiten Stich. Fußabdrücke werden wir auf diesem harten Boden selbst dort kaum finden, wo kein Schnee liegt.«

»Wir müssen sie nach Hause tragen«, sagte Cenred düster. »Es wird ein schwerer Schlag für meine Frau und meine Schwester sein. Sie hielten große Stücke auf die alte Frau. Sie war ihnen immer treu ergeben und vertrauenswürdig, all die Jahre, seit meine junge Schwiegermutter sie ins Haus brachte. Diese Tat muß geahndet werden! Wir werden einen Mann schicken und in Erfahrung bringen, ob sie Elford überhaupt erreichte und was man dort über sie weiß, und ob man etwas von Räubern auf diesem Weg gehört hat, die vielleicht aus einer anderen Gegend kommen. Aber das ist schwer zu glauben. Audemar achtet gut auf seine Ländereien.«

»Sollen wir jemand schicken und eine Trage holen, Mylord?« fragte der Verwalter. »Sie ist nicht schwer, wir könnten sie auch in ihrem Mantel tragen.«

»Nein, den Weg können wir uns sparen. Aber Ihr, Edred, Ihr nehmt Jehan mit Euch und geht nach Elford. Findet heraus, was man dort über sie weiß, fragt, ob jemand sie gesehen und gesprochen hat. Nein, nehmt zwei Männer mit Euch. Ich will Euch auf der Straße nicht gefährden, falls hier wirklich herrenlose Männer unterwegs sind.«

Der Verwalter nahm den Auftrag zur Kenntnis und nahm eine Fackel, die ihm den Rest des Weges leuchten sollte. Der harzige Funke wurde immer kleiner, als sie gen Elford gingen, und verschwand schließlich in der Nacht. Die Männer, die zurückgeblieben waren, wandten sich zur Leiche und hoben sie zur Seite, um den Mantel zu befreien und unter ihr auszubreiten. Als die Tote angehoben wurde, war eine Frage eindeutig beantwortet.

»Unter ihr liegt Schnee«, sagte Cadfael. Die kleine Gestalt war dunkel und feucht, wo durch die Körperwärme der Schnee getaut war. Wo aber die Säume und Falten ihrer Kleider nur leicht auf dem Boden gelegen hatten, war ein zackiger Rand von Schnee geblieben. »Sie stürzte nach Beginn des Schneefalls. Sie war auf dem Heimweg.«

Leicht und schlaff fühlte sie sich an. Die Kälte ihres Körpers war Frost, nicht Leichenstarre. Sie wickelten sie eng in ihren Mantel ein und sicherten sie mit zwei oder drei Gürteln und Cadfaels Cingulum, um Griffe zu bekommen. So trugen sie sie die Meile bis Vivers zurück.

Die Menschen im Haus waren noch wach und aufgeregt, sie konnten nicht schlafen, ehe sie nicht wußten, was geschehen war. Eines der Mädchen sah den kleinen Trauerzug zum Tor hereinkommen und rannte klagend zu Emma. Als sie Edgythas

Körper in die Halle hinauftrugen, waren alle Mädchen wieder wie ein Vogelschwarm versammelt und drängten sich zum Trost eng aneinander. Emma übernahm mit größerer Entschlossenheit, als man sie dieser sanften, zurückhaltenden Person zugetraut hätte, das Kommando. Sie scheuchte die Mädchen mit einer Grobheit, die ihnen die Tränen austrieb, ans Werk. In einer der kleinen Kammern sollte ein Tisch in eine Bahre umgewandelt werden, die Gliedmaßen der Toten mußten ausgebreitet werden, Wasser mußte erwärmt werden, man brauchte duftende und saubere Leintücher aus den Kisten in der Halle, um die Tote zu bedecken. Die Bestattungszeremonien dienen ebenso den Lebenden wie den Toten, denn mit ihnen sind Hände und Köpfe beschäftigt, und in ihnen findet man den Ausgleich für die Dinge, die zu Lebzeiten des Verstorbenen unterlassen oder in übler Absicht getan wurden. Kurz darauf hatte sich das Gemurmel halblauter Stimmen in der Totenkammer von Entsetzen und Empörung in einen sanften, fast harmonischen Trauergesang verwandelt.

Emma kam in die Halle heraus, wo sich die Männer am Feuer die ausgekühlten Füße wärmten und ihre tauben Hände rieben.

»Cenred, wie ist so etwas nur möglich? Wer sollte so etwas tun?«

Niemand wollte ihr antworten, aber sie hatte auch keine Antwort erwartet.

»Wo habt ihr sie gefunden?«

Darauf antwortete ihr Mann, während er sich müde die gefurchte Stirn rieb. »Ungefähr auf halbem Wege nach Elford auf der Nebenstraße. Sie lag neben dem Weg. Und sie konnte dort noch nicht lange gelegen haben, denn unter ihr war Schnee. Sie war auf dem Rückweg, als jemand sie niederschlug.«

»Dann glaubst du«, sagte Emma leise, »daß sie in Elford war?«

»Wo sonst, wenn wir sie auf diesem Weg fanden? Ich habe Edred nach Elford geschickt, um zu fragen, ob sie dort eintraf und wer mit ihr sprach. Die Männer müßten in etwa einer Stunde zurück sein, aber der Herr weiß, welche Neuigkeiten sie zu berichten haben.«

Vorsichtig wichen sie beide der entscheidenden Frage aus und ließen Roscelins Namen ebenso unerwähnt wie den Grund für Edgythas Gang in dieser Winternacht. Natürlich wußten inzwischen alle Dienstboten und Knechte in den Ställen Bescheid, und der ganze Haushalt von Vivers hatte sich unbehaglich versammelt. Hausdiener sammelten sich in ängstlichen Gruppen in den Ecken der Halle, andere kamen herbei, lugten über ihre Schultern und waren nicht imstande, sich ihren normalen Aufgaben zu widmen oder Ruhe zu finden, solange niemand sie auseinandertrieb. Nur wenige, wenn überhaupt einer, war in das Geheimnis um Roscelins ungesetzliche Liebe eingeweiht, aber viele machten sich ihre Gedanken, da Helisende so eilig die Ehe schließen wollte. Vorsicht war angebracht, wenn man vor so vielen Ohren sprach.

Und nun kam, um alles noch komplizierter zu machen, Jean de Perronet aus seiner Kammer herunter, wo er sich aus Höflichkeit, jedoch ohne Schlaf zu finden, niedergelegt hatte. Er trug immer noch seine Reisekleidung. Auch Bruder Haluin kam besorgt und schweigend herbei. Alle, die unter dem Dach von Vivers lebten, zog es allmählich und fast verstohlen in die Halle.

Nein, nicht alle. Cadfael sah sich in der Versammlung um und vermißte ein Gesicht. Alle waren versammelt, nur Helisende war nicht da.

De Perronet hatte anscheinend gründlich nachgedacht, seit er sich dem Wunsch des Gastgebers gefügt und auf die Teilnahme an der Suche verzichtet hatte. Gefaßt und ernst trat er in die Halle, gab nicht zu erkennen, was in seinem Kopf vorging. Er ließ sich Zeit, den stummen, traurigen Kreis anzusehen und warf schließlich einen langen, festen Blick zu Cenred, der die dampfenden Stiefel über das Herdfeuer hielt und mit gesenktem Kopf in die Glut starrte.

»Ich habe den Eindruck«, sagte de Perronet vorsichtig, »daß die Suche nicht gut ausging. Habt Ihr Eure Dienerin nicht gefunden?«

»Doch, wir haben sie gefunden«, erwiderte Cenred.

»Geschlagen? Etwa tot? Ihr wollt mir doch nicht sagen, daß sie tot ist?«

»Das ist sie, und nicht wegen der Kälte. Erstochen wurde

sie«, sagte Cenred offen heraus, »und am Wegesrand liegengelassen. Und kein Zeichen einer anderen Menschenseele haben wir auf dem Weg entdeckt, auch wenn es noch nicht lange her ist. Kurz nachdem der Schneefall begann, muß es geschehen sein.«

»Achtzehn Jahre war sie bei uns«, erklärte Emma, während sie elend die Hände rang. »Die arme Seele, die arme Seele. Daß sie so enden muß – niedergeschlagen von einem Vagabunden, um in der Kälte zu sterben. Nicht um alles in der Welt hätte ich ihr so einen Tod gewünscht.«

»Es tut mir leid«, sagte de Perronet, »daß so etwas in einem solchen Augenblick geschehen muß. Ob es eine Verbindung zwischen dem Grund für meine Anwesenheit hier und dem Tod dieser Frau gibt?«

»Nein!« riefen Mann und Frau gleichzeitig, die den Gedanken lieber vor sich selbst zurückwiesen, als den Gast anzulügen und zu täuschen. »Nein«, sagte Cenred leiser, »ich bete, daß es keine Verbindung gibt, ich vertraue darauf. Es ist ein unglückliches Ereignis, aber dennoch ein Zufall.«

»Solche unglücklichen Zufälle gibt es«, räumte de Perronet ein, offensichtlich nicht ganz überzeugt. »Nicht einmal Feier und Eheschließungen werden von ihnen verschont. Wollt Ihr die Trauung lieber aufschieben?«

»Nein, warum? Es ist unser Kummer, nicht der Eure. Aber es handelt sich hier um einen Mord, also muß ich nach dem Sheriff schicken und den Mörder jagen lassen. Soweit ich weiß, hat sie hier keine lebenden Verwandten, und es ist an uns, sie zu bestatten. Wir werden tun, was nötig ist. Aber das muß auf Euch keinen Schatten werfen.«

»Ich fürchte, auf Helisende ist schon ein Schatten gefallen«, sagte de Perronet. »Ich glaube, die Frau war ihre Amme und ihr sehr teuer.«

»Um so rascher solltet ihr sie von hier fortführen, damit sie in ihrem neuen Heim ein neues Leben beginnen kann.« Zum erstenmal, seit er hereingekommen war, sah er sich nach Helisende um und erschrak, als er sie nicht unter den Frauen entdeckte, schien andererseits aber erleichtert, daß sie nicht durch ihre Anwesenheit eine ohnehin schon komplizierte Angelegenheit noch schwieriger machte. Wenn sie tatsächlich eingeschlafen war, um so besser, dann sollte sie schlafen und erst am Morgen die schlimmen Neuigkeiten hören.

Die Dienerinnen huschten durch das Zimmer und brachten Edgytha in einen ansehnlichen Zustand. Weiter konnten sie nichts tun, und allmählich wurden die unruhigen Mädchen, die nur noch stumm und ängstlich in Gruppen beisammen standen, zur Bedrückung. Cenred überlegte, wie er sie am besten loswerden konnte.

»Emma, schick die Frauen ins Bett. Es gibt hier nichts mehr zu tun, sie brauchen nicht zu warten. Und ihr Burschen, ihr geht jetzt auch zu Bett. Es ist alles getan, was getan werden konnte, solange Edred nicht aus Elford zurück ist. Es ist nicht nötig, daß das ganze Haus auf ihn wartet.« Zu de Perronet sagte er: »Ich habe ihn mit zwei anderen Männern zu meinem Oberherrn geschickt, um diesen vom Todesfall in Kenntnis zu setzen. Dies hier ist sein Gebiet, und ein Mord ist ebenso seine Angelegenheit wie die meine. Kommt, Jean, mit Eurer Erlaubnis werden wir uns in die Kammer zurückziehen und die Halle den Schläfern überlassen.«

Zweifellos, überlegte Cadfael, während er Cenreds trauriges Gesicht betrachtete, wäre er glücklicher, wenn de Perronet sich von sich aus zurückzöge und abseits hielte, aber dazu ist es jetzt zu spät. Und so sehr er sich auch um die Wahrheit hinter dem herumredet, was sein Verwalter aus Elford an Neuigkeiten mitbringen wird, allein der Name des Ortes hat nun eine Bedeutung gewonnen, der man nicht mehr entgehen kann. Cenred ist kein Mensch, der Täuschungen liebt oder der inbrünstig und geschickt lügen könnte.

Die Frauen folgten den Befehlen sofort und zogen sich, immer noch ängstlich flüsternd, in ihre Quartiere zurück. Die Diener löschten die Fackeln und ließen nur noch zwei am großen Tor brennen, um den Eingang zu beleuchten. Dann versorgten und dämpften sie das Feuer, damit es die Nacht über leise weiterbrennen konnte. De Perronet folgte seinem Gastgeber zur Tür der Kemenate. Cenred blieb vor der Tür stehen, drehte sich um und winkte Cadfael herein.

»Bruder, Ihr wart Zeuge, Ihr könnt bezeugen, wie wir sie fanden. Ihr habt uns gezeigt, daß der Schnee schon vor ihrem

Tod zu fallen begonnen hatte. Wollt Ihr mit uns warten und hören, was mein Verwalter zu berichten hat?«

Kein Wort wurde darüber verloren, ob Bruder Haluin diese Einladung auch auf sich beziehen sollte. Als er aber Cadfaels eher abratendem als aufforderndem Blick begegnete, beschloß er, ihn einfach zu ignorieren. Genug war schon geschehen, um seine Gedanken in Gang zu bringen, und die bevorstehende Heirat schien zumindest indirekt mit dem Todesfall zusammenzuhängen. Er mußte wissen, was hinter dieser nächtlichen Wanderung steckte und sein Wort zurückziehen, falls es triftige Gründe gab. Er schürzte die Lippen und folgte der Gesellschaft in die Kemenate; die Krücken pochten schwer auf den Binsenteppich und hallten dumpf, als sie auf die Dielenbretter trafen. Er setzte sich, ein unaufdringlicher Zuhörer, in der dunkelsten Ecke auf eine Bank.

Cenred ließ sich müde am Tisch nieder, stemmte die Ellbogen auf die Platte und stützte den Kopf mit seinen kräftigen Händen.

»Sind Eure Männer zu Fuß gegangen?« fragte de Perronet.

»Ja.«

»Dann müssen wir möglicherweise lange warten, bis sie zurückkehren. Habt Ihr noch andere Gruppen auf anderen Straßen ausgeschickt?«

»Nein«, sagte Cenred einfach und ließ sich nicht zu einer Erklärung oder Entschuldigung bewegen. Vor kaum einer Viertelstunde, dachte Cadfael, wäre er noch ausgewichen oder hätte die Frage unbeantwortet gelassen. Jetzt geht es nicht mehr um Diskretion. Ein Mord bringt viele andere, nicht weniger schmerzliche Dinge ans Licht, auch dann schon, wenn der Mord selbst noch nicht aufgeklärt ist.

De Perronet hielt den Mund und verkniff sich jede weitere Frage. Schweigend warteten sie. Die Nacht hatte eine gedämpfte Stille über das Anwesen von Vivers gebracht, unheildrohend und bedrückend. Es war zu bezweifeln, daß irgend jemand in der Halle schlief, aber wenn sich jemand regte, dann verstohlen, und wenn jemand sprach, dann flüsternd.

Dennoch mußten sie nicht so lange warten, wie de Perronet prophezeit hatte. Das Schweigen wurde abrupt durch trommelnde Hufschläge eines galoppierenden Pferdes unterbrochen.

Eine wütende junge Stimme rief nach Bediensteten, Burschen rannten aufgeregt umher, und hastig regten sich alle wachenden Menschen in der Halle. Füße stolperten blind durch die Dunkelheit und raschelten in den Binsen, Feuerstein und Stahl wurden zu kurz und zu hastig geschlagen, um den Zunder zu entzünden. Die erste Fackel wurde ins gedämpfte Feuer gedrückt und in aller Eile an andere Fackeln gehalten, die mit ihr entzündet werden sollten. Bevor die Männer aus der Kemenate in die Halle hinauslaufen konnten, pochte es schon an der Außentür, und eine wütende Stimme verlangte Einlaß.

Zwei oder drei rannten, die Tür zu öffnen, denn sie hatten die Stimme erkannt. Sie wurden zurückgeworfen, als die schwere Türe gegen die Wand flog, und in das helle Kerzenlicht trat Roscelin mit unbedecktem Kopf und nach dem schnellen Ritt zerzaustem blondem Haar. Seine blauen Augen blitzen, die Kälte der Nacht wehte mit ihm herein, die Fackeln spuckten und qualmten. Cenred stürmte aus der Kemenate, wurde aber auf der Schwelle vom grimmigen Blick seines Sohnes aufgehalten.

»Was erzählt Edred mir da?« verlangte Roscelin zu wissen. »Was habt Ihr hinter meinem Rücken getan?«

9

In diesem Fall, das wußte Cenred ganz genau, vermochte seine väterliche Autorität nichts auszurichten. Ein Familientyrann war er ohnehin nicht, und so mußte er sich anstrengen, um die verlorene Initiative zurückzugewinnen.

»Was tust du hier?« verlangte er streng zu wissen. »Habe ich nach dir geschickt? Hat dein Herr dich entlassen? Hat einer von uns dich von deiner Pflicht entbunden?«

»Nein«, sagte Roscelin funkelnd. »Ich habe keine Erlaubnis bekommen und nicht um Erlaubnis gebeten. Und was die Verpflichtung angeht, so habt Ihr mich selbst aus ihr entlassen, als Ihr mich hintergehen wolltet. Nicht ich habe das Vertrauen gebrochen. Und was meine Pflichten bei Audemar angeht, so werde ich zu ihm zurückkehren, wenn ich muß, und seine Schelte ertragen, aber erst wenn Ihr mir offen erklärt, was Ihr im dunkeln hinter meinem Rücken vorhattet. Ich habe Euch gehorcht, ich mußte Euch recht geben, ich habe mich gefügt. Wart Ihr mir nicht zum Ausgleich auch etwas schuldig? Und wenn es nur Ehrlichkeit war?«

Jeder andere Vater hätte ihn für diese Frechheit verprügelt, aber Cenred stand diese Möglichkeit nicht offen. Emma zupfte ängstlich an seinem Ärmel, denn sie machte sich um beide Männer Sorgen. De Perronet, wachsam und mit scharfem Blick, baute sich neben ihm auf, beäugte den wütenden Jungen, der sie alle zur Rede stellte, und mußte sich mit dem Gedanken anfreunden, daß seine Pläne in Gefahr waren. Was sonst hätte diesen Jungen mitten in der Nacht ins Haus führen können? Und allem Anschein nach war er auf kürzestem Wege gekommen, was des Nachts nicht ungefährlich war, denn sonst hätte er nicht so schnell an Ort und Stelle sein können. Nichts, was in dieser Nacht geschah, war Zufall. Die Heirat der Helisende Vivers hatte diesen Knoten von Mord und Suche und Verfolgung geknüpft, und niemand wußte, was noch herauskommen würde.

»Ich habe nichts getan«, meinte Cenred, »dessen ich mich

schämen müßte, und nichts, was ich dir gegenüber rechtfertigen müßte. Da du wußtest, was dir bevorstand, und dich einverstanden erklärt hast, kannst du dich jetzt nicht beklagen. Ich bin Herr in meinem Hause, ich habe meiner Familie gegenüber Rechte und Pflichten. Ich werde ihnen zum Wohle aller nachkommen, wie ich es für richtig halte.«

»Ohne die Höflichkeit zu haben, mir ein Wort zu sagen!« fauchte Roscelin, der brannte wie ein geschürtes Feuer. »Nein, von Edred mußte ich es erfahren, nachdem der Schaden bereits angerichtet war, nachdem es einen Todesfall gab, der auch Euch hätte angerechnet werden können. War das zum Wohle aller? Oder wollt Ihr mir etwa sagen, daß Edgytha durch die Hand eines Fremden aus ganz anderen Gründen zu Tode kam? Das ist Unheil genug, und es könnte noch schlimmer kommen. Wessen Pläne veranlaßten sie, in der Nacht hinauszugehen? Wollt Ihr mir sagen, daß sie aus ganz anderen Gründen unterwegs war? Edred sagte, sie sei auf dem Weg nach Elford gewesen, als jemand sie niederstach. Ich bin hier, um Schlimmeres zu verhüten.«

»Euer Sohn spielt, wie ich vermute«, schaltete de Perronet sich laut und mit kalter Stimme ein, »auf die geplante Eheschließung zwischen mir und Helisende an. In diesem Fall habe ich wohl auch ein Wort zu sagen.«

Roscelin fuhr herum und starrte mit aufgerissenen blauen Augen den Gast an. Erst jetzt betrachtete er ihn, und er hielt den Blick des Gastes lang und schweigend. Sie waren einander nicht fremd, erinnerte Cadfael sich. Die beiden Familien waren einander bekannt, vielleicht sogar entfernte Verwandte, und vor zwei Jahren hatte de Perronet förmlich um Helisendes Hand angehalten. In Roscelins Blick war keine persönliche Feindschaft zu entdecken, nur eine verblüffte und ohnmächtige Wut auf die Umstände und nicht auf den Freier, dessen Rivale er nicht sein konnte und durfte.

»*Ihr* seid der Bräutigam?« fragte er direkt.

»Das bin ich, und ich will meinen Anspruch aufrechterhalten. Was habt Ihr dagegen vorzubringen?«

Feindseligkeit oder nicht, sie hatten das Gefieder gesträubt wie kampfbereite Hähne, aber Cenred legte nun beschwichtigend eine Hand auf de Perronets Arm und sah seinen Sohn finster an.

»Wartet, wartet! Es ist jetzt zu weit gekommen, um unausgesprochen zu bleiben. Willst du mir sagen, Junge, daß es Edred war, der dir von dieser Heirat und von Edgythas Tod berichtete?«

»Wer sonst?« gab Roscelin zurück. »Er kam mit seinen Neuigkeiten hereingeschnauft und weckte das ganze Haus, Audemar und alle anderen. Ich weiß nicht, ob er wollte, daß auch ich es hörte, als er alles erzählte, aber ich hörte es und bin sofort gekommen, um selbst zu sehen, was Ihr mir nicht verraten habt. Und wir werden schon sehen, ob wirklich dem Wohl aller genüge getan wird.«

»Dann hast du Edgytha nicht gesehen? Sie war nicht bei dir?«

»Wie konnte sie, wenn sie eine Meile oder weiter von Elford entfernt tot am Wegesrand lag?« erwiderte Roscelin ungeduldig.

»Sie ist erst nach dem Schneefall gestorben. Sie war einige Stunden fort, lange genug, um Elford zu erreichen und schon auf dem Rückweg zu sein. *Irgendwo* ist sie aber gewesen, und von irgendwo kehrte sie zurück. Wo sonst könnte sie gewesen sein?«

»Dann meint Ihr, sie war wirklich in Elford?« erwiderte Roscelin langsam. »Ich habe nur erfahren, daß sie tot ist und dachte, es sei auf dem Hinweg geschehen. Auf dem Weg zu mir! Dachtet Ihr daran? Daß sie mich warnen wollte, was hier in meiner Abwesenheit geschah?«

Cenreds Schweigen und Emmas unglückliches Gesicht waren Antwort genug.

»Nein«, sagte er langsam, »ich habe sie nicht gesehen. Soweit ich weiß, auch sonst niemand in Audemars Haus. Wenn sie überhaupt dort war, dann weiß ich nicht, wen sie aufgesucht hat. Sicherlich nicht mich.«

»So hätte es sein können«, sagte Cenred.

»Aber so war es nicht. Sie kam nicht. Dennoch«, fuhr Roscelin erbarmungslos fort, »hier bin ich, wie sie es wollte, nachdem ich es aus einem anderen Mund erfuhr. Gott weiß, wie mich Edgythas Tod bekümmert, aber was können wir nun tun, außer sie in aller Ehre zu bestatten und danach hoffentlich ihren Mörder zu finden und auch ihn zu begraben? Aber es ist nicht zu spät, um zu überdenken, was hier morgen geschehen soll, es ist nicht zu spät, die Pläne zu ändern.«

»Ich wundere mich«, sagte Cenred barsch, »daß du mir nicht gleich den Mord zur Last legst.«

Roscelin, der auf eine so ungeheuerliche Idee nicht gekommen war, riß schockiert den Mund auf, und seine Hände baumelten plötzlich wie bei einem Kind schlaff herab. Völlig verblüfft stammelte er eine wütende, kaum zu verstehende Antwort, unterbrach sich aber und wandte sich wieder an de Perronet.

»Aber Ihr – *Ihr* hattet allen Grund, sie aufzuhalten, wenn Ihr wußtet, daß sie unterwegs war, um mich zu warnen. *Ihr* hattet allen Grund, sie zum Schweigen zu bringen, damit sich keine Stimme gegen Eure Heirat erhebt. Doch nun erhebe ich meine. Wart Ihr es, der sie unterwegs umbrachte?«

»Das ist doch Dummheit«, sagte de Perronet voller Abscheu. »Jeder hier weiß, daß ich den ganzen Abend über ständig anwesend war.«

»Mag sein, aber Ihr habt Männer, die für Euch arbeiten.«

»Das Haus Eures Vaters kann für alle bürgen, die mit mir kamen. Außerdem habt Ihr bereits erfahren, daß die Frau nicht auf dem Hinweg, sondern auf dem Rückweg getötet wurde. Welchen Sinn hätte die Tat für mich noch gehabt? Und nun muß ich Euch fragen, Vater und Sohn gleichermaßen«, fuhr er scharf fort, »welches Interesse dieser Junge an der Heirat seiner Verwandten hat, daß er es wagt, die Rechte ihres Bruders und ihres zukünftigen Mannes in Frage zu stellen?«

Nun, dachte Cadfael, nun kommt alles heraus, auch wenn es niemand offen sagen wird. Denn de Perronet war klug genug, um die ganz besondere und verbotene Leidenschaft zu erfassen, die den unglücklichen Jungen trieb. Jetzt hängt es von Roscelin ab, ob die Sache anständig bereinigt werden kann oder nicht. Das erfordert natürlich viel von diesem aufgebrachten jungen Mann, der sich betrogen fühlt. Jetzt werden wir sehen, aus welchem Holz er ist.

Roscelin war erbleicht, kalkweiß war sein Gesicht, und die zarten Wangen- und Kieferknochen traten im Fackelschein deutlich hervor. Bevor Cenred Luft holen und sich Geltung verschaffen konnte, begann sein Sohn zu sprechen.

»Mein Interesse ist das eines Verwandten, der mit ihr sein Leben lang wie ein Bruder zusammenlebte und über alles in der Welt wünscht, daß Helisende glücklich wird. Das Recht meines Vaters stelle ich nicht in Frage, und ich zweifle nicht daran daß er die gleichen Wünsche hat wie ich. Aber wenn ich von einer Ehe höre, die in meiner Abwesenheit in aller Eile geplant und durchgeführt wird, wie kann ich da ruhig bleiben? Ich will nicht danebenstehen und zusehen, wie sie in eine Ehe gedrängt wird, die sie vielleicht selbst nicht will. Ich kann nicht zulassen, daß sie gezwungen oder überredet wird.«

»Das ist nicht der Fall«, wandte Cenred hitzig ein. »Sie wurde nicht gezwungen, sie stimmte aus freiem Willen zu.«

»Und warum wolltet Ihr es mir verschweigen? Bis alles geschehen war? Wie kann ich das glauben, wenn Euer Verhalten etwas anderes sagt?« Er fuhr, sein bleiches Gesicht mühsam unter Kontrolle haltend, zu de Perronet herum. »Sir, gegen Euch habe ich keine Einwände. Ich wußte nicht einmal, wer ihr Ehemann werden sollte. Aber Ihr müßt einsehen, daß sich Mißtrauen regt, wenn etwas nicht in Offenheit geschieht.«

»Jetzt ist es offengelegt«, meinte de Perronet knapp. »Was hindert Euch, es von Helisende selbst zu hören? Wird Euch das zufriedenstellen?«

Roscelin verzog gequält das Gesicht und wehrte sich einen Moment sichtlich gegen die Gefahr, endgültig zurückgewiesen zu werden und sie ein für allemal zu verlieren. Aber er mußte zustimmen.

»Wenn sie mir sagt, daß sie selbst es will, dann werde ich schweigen.« Er sagte allerdings nicht, daß er damit zufrieden sein würde.

Cenred wandte sich an seine Frau, die sich die ganze Zeit an seiner Seite gehalten und das gequälte Gesicht ihres Sohnes beobachtet hatte.

»Ruf Helisende. Sie soll selbst sprechen.«

Im drückenden, unbehaglichen Schweigen, das sich über die Gruppe senkte, nachdem Emma gegangen war, fragte Cadfael sich, warum sich kein anderer wie er darüber wunderte, daß Helisende nicht schon lange gekommen war, um herauszufinden, was diese nächtliche Unruhe zu bedeuten hatte. Er konnte den letzten Anblick nicht loswerden, den er von ihr erhascht hatte, wie sie einsam unter so vielen Menschen gestanden hatte, plötzlich verloren und von einem Weg abgekommen, den sie mit Entschlossenheit und Würde zu Ende gehen wollte. In einer so schrecklich veränderten Situation hatte sie die Orientierung verloren. Ein Wunder, daß sie nicht, um ihre Fassung zurückzugewinnen, heruntergekommen war, um zu erfahren, was die Sucher gefunden hatten. Wußte sie etwa noch nicht, daß Edgytha tot war?

Cenred war mitten in die halbdunkle Halle getreten und hatte die Kemenate verlassen, denn auch hinter geschlossenen Türen gab es jetzt keine Abgeschiedenheit mehr. Eine Frau seines Hauses war gestorben. Eine Familienangehörige fand ihre Heirat durch Konflikte und Tod bedroht. Jetzt gab es keinen Unterschied mehr zwischen Herren und Dienern, zwischen Dame und Dienerin. Sie warteten unbehaglich. Alle außer Helisende, die immer noch nicht unter ihnen war.

Bruder Haluin hatte sich in die Schatten zurückgezogen und saß stumm und still auf einer Bank an der Wand, steif und eingerahmt von seinen Krücken, die er an seinen Seiten hielt. Seine dunklen hohlen Augen glitten aufmerksam von einem Gesicht zum andern, prüften und blickten verwundert. Wenn er müde war, dann ließ er es sich nicht anmerken. Cadfael hätte ihn gern ins Bett geschickt, aber alle hier standen unter einem Zwang, der sie nicht gehen ließ. Nur eine hatte dem Zwang widerstanden, nur eine war geflohen.

»Was hält die Frauen auf?« sagte Cenred, als sich die Zeit dehnte. »Dauert es denn so lange, ein Kleid anzuziehen?«

Aber es vergingen noch einige Minuten, bis Emma wieder in der Türe stand, das runde, sanfte Gesicht entsetzt und empört verzogen, die Hände aufgeregt am Gürtel spielend. Hinter ihr lugte Madlyn besorgt und mit großen Augen durch die Türe. Doch von Helisende war nichts zu sehen.

»Sie ist fort«, sagte Emma, zu erschüttert und verwirrt, um viele Worte zu machen. »Sie ist nicht im Bett und nicht in ihrer Kammer, sie ist im ganzen Haus nicht zu finden. Ihr Mantel ist nicht da. Jehan war draußen bei den Ställen, und auch ihr Pferd und ihr Zaumzeug sind fort. Während ihr unterwegs wart, hat sie heimlich ihr Pferd gesattelt und ist allein davongeritten.«

Alle schwiegen sie, die Brüder, der Bräutigam, der enttäuschte Geliebte. Während sie über ihr Schicksal gestritten und gerungen hatten, hatte Helisende gehandelt und war vor ihnen allen geflohen. Ja, auch vor Roscelin, denn er stand erschüttert und erstaunt und ebenso verwirrt wie alle anderen in der Halle. Cenred mochte sich aufrichten und seinen Sohn finster ansehen, de Perronet mochte herumfahren und ihn mit tiefem Mißtrauen mustern, aber offensichtlich hatte Roscelin mit dieser panischen Flucht nichts zu schaffen. Mit ihrem heimlichen Gang, dachte Cadfael, hatte Edgytha Helisendes mühsam errungene Sicherheit zerstört. Ja, de Perronet war ein anständiger Mann und eine gute Partie, und sie hatte sich ihm versprochen, um mit Roscelin zu brechen und sich und ihn aus einer unerträglichen Situation zu befreien. Aber wenn dieses Opfer nur Wut, Gefahr und Konflikte und schließlich den Tod brachte, dann war alles verändert. Helisende war zurückgeschreckt und hatte sich befreit.

»Sie ist fortgelaufen!« sagte Cenred schnaufend. »Wie war ihr das möglich, ohne entdeckt zu werden? Und wohin kann sie geritten sein? Wo waren ihre Mädchen? War denn kein Bursche im Stall, der sie fragte, was sie wolle oder wenigstens uns warnen konnte?« Er fuhr sich hilflos mit der Hand durchs Gesicht und blickte düster zu seinem Sohn. »Und wohin sollte sie laufen, wenn nicht zu dir?«

Jetzt war es heraus und konnte nicht zurückgenommen werden.

»Hast du sie irgendwo versteckt und bist mit falscher Empörung zu uns geritten, um die Sünde zu vertuschen?«

»Das kann ich nicht glauben!« sagte Roscelin wütend. »Ich habe sie nicht gesehen, ich habe nichts von ihr gehört, ich habe ihr keine Nachricht zukommen lassen, und das wißt Ihr. Ich bin auf dem gleichen Weg von Elford hergeritten, auf dem Eure Männer kamen, und wenn sie auf diesem Weg gewesen wäre, dann wären wir uns begegnet. Glaubt Ihr, ich hätte sie allein in der Nacht weiterreiten lassen, ob nach Elford oder hierher zurück? Wenn wir uns getroffen hätten, dann wären wir jetzt beide hier, was auch geschehe.«

»Die Hauptstraße ist sicherer«, warf de Perronet ein. »Der Weg ist weiter, aber mit einem Pferd kommt man schnell und leicht voran. Wenn sie wirklich nach Elford wollte, dann hat sie vielleicht diesen Weg genommen. Sie würde kaum den gleichen Weg nehmen wie Eure Männer.«

Seine Stimme war kalt und trocken, sein Gesicht empört verzogen, aber statt Energie und Leidenschaft für die fehlgeleitete Zuneigung eines Jungen zu verschwenden, dachte er über praktische Dinge nach. Der Junge konnte seine Position nicht gefährden. Die Verbindung, die er anstrebte, war arrangiert und akzeptiert, und er brauchte nicht zurückzustecken. Jetzt kam es nur noch darauf an, das Mädchen unversehrt zurückzuholen.

»Das ist möglich«, sagte Cenred etwas zuversichtlicher. »Wahrscheinlich hat sie diesen Weg genommen. Wenn sie Elford erreicht, ist sie gut aufgehoben. Wir wollen Männer über die Hauptstraße schicken und nichts dem Zufall überlassen.«

»Ich reite auf diesem Weg zurück«, bot Roscelin eifrig an und war schon fast zur Halle hinaus, als de Perronet ihn am Ärmel festhielt.

»Nein, nicht Ihr! Ich bin nicht sicher, ob wir Euch zwei noch einmal wiedersehen, wenn Ihr Euch begegnet. Laßt Cenred seine Schwester suchen. Ich bin sicher, daß sie zurückkehren und für sich selbst sprechen wird, wenn die Unruhe vorbei ist. Und wenn sie das getan hat, Junge, dann haltet Euch zurück und haltet Euren Mund.«

Roscelin gefiel es nicht, so angefaßt und behandelt zu werden. Er ließ sich nicht gern ›Junge‹ von einem Mann nennen, dem er an Größe und Kraft gewachsen war, wenn auch nicht an Jahren und Selbstsicherheit. Er befreite mit einer kräftigen Bewegung seinen Arm und stellte sich mit gefurchter Stirn der Konfrontation.

»Wenn Helisende wohlbehalten gefunden wird und unbeeinflußt für sich selbst sprechen kann, nicht für Euch, Sir, nicht für meinen Vater und nicht für irgend jemand sonst, für keinen Oberherrn oder Priester oder König oder was auch sonst, dann will ich zufrieden sein. Aber vorher«, sagte er, während er sich mit einer Mischung aus Trotz und Flehen an seinen Vater wandte, »vorher müßt Ihr sie finden. Ich will sie wohlbehalten und gut behandelt sehen. Was sonst spielt jetzt noch eine Rolle?«

»Ich gehe selbst«, sagte Cenred, der seine Autorität zurückgewann. Er trat in die Kemenate, um den Mantel zu holen, den er abgestreift hatte.

Doch in dieser Nacht sollte niemand mehr von Vivers ausreiten. Cenred hatte kaum seine Stiefel wieder angezogen, seine Burschen hatten gerade erst Sattel und Zaumzeug in Händen, da ritt ein halbes Dutzend Männer in den Hof ein. Sie wurden am Tor angerufen, antworteten und kamen mit klingelndem Zaumzeug und dumpfen Huftrampeln in den Hof.

Alle im Haus eilten, die Tür zu öffnen und zu sehen, wer so spät in der Nacht noch käme. Edred und seine Gefährten waren zu Fuß gegangen und würden auch zu Fuß zurückkehren, und nun kam eine berittene Truppe an. Mit Fackeln zog man in die Dunkelheit hinaus, und Cadfael schloß sich ihnen an, dichtauf gefolgt von Roscelin und de Perronet, dahinter noch einige Diener.

Im Hof flackerten und spuckten die Fackeln und beleuchteten das grobknochige Gesicht von Audemar de Clary und seinen massigen Körper, als er aus dem Sattel stieg und seine Zügel einem herbeigeeilten Burschen übergab. Hinter ihm kamen Edred der Aufseher, der jetzt auf einem Pferd aus de Clarys Stall saß, und drei von Audemars Männern.

Cenred eilte die Treppe hinunter, um sie willkommen zu heißen. »Mylord«, sagte er, ausnahmsweise förmlich mit seinem Freund und Oberherrn umgehend. »Ich hätte nicht erwartet, Euch heute nacht zu sehen, aber Ihr kommt im richtigen Augenblick und seid mehr als willkommen. Gott weiß, daß wir Euch schon genug Umstände machen, denn ein Mord ist geschehen, wie Edred Euch sicher berichtet hat. Ein Mord in eurem Bezirk, das ist kaum zu glauben, aber so ist es.«

»Ich habe es gehört«, erwiderte Audemar. »Kommt herein und laßt mich die Geschichte hören. Vor morgen früh können wir nichts weiter tun.« Als er die Halle betrat, fiel sein Blick auf den abtrünnigen Roscelin. Er bemerkte das grimmige und keineswegs schuldbewußte Gesicht des Jungen und sagte ohne Vorwurf: »Du bist hier, Junge? Dich hätte ich nun wirklich nicht erwartet.« Offenbar waren ihm die tieferen Gründe für Roscelins Verbannung bekannt, und er empfand ein gewisses Mitgefühl für den Jungen, auch wenn er dessen überstürztes Handeln nicht gutheißen konnte. Er klopfte ihm herzhaft auf die Schulter, trat ein und zog den Jungen mit sich in die Kemenate. Roscelin aber wehrte sich und zupfte seinen Herrn drängend am Arm.

»Mylord, es gibt noch mehr zu erzählen. Sir«, wandte er sich leidenschaftlich an seinen Vater, »sagt es ihm! Wenn sie nicht nach Elford geritten ist, wo kann sie dann sein? Mylord, Helisende ist verschwunden, sie ist allein ausgeritten, und mein Vater glaubt, daß sie nach Elford wollte – meinetwegen! Aber ich ritt über die Nebenstraße hierher und sah sie nicht. Ist sie wohlbehalten bei Euch eingetroffen? Nehmt mir meine Sorgen – hat sie die Hauptstraße genommen? Ist sie jetzt sicher in Elford?«

»Das ist sie nicht!« Aufgebracht angesichts dieses neuen Problems sah Audemar zwischen Vater und Sohn hin und her und spürte die Spannungen zwischen den beiden. »Wir sind selbst über die Hauptstraße gekommen und haben keine Spur von ihr oder einer anderen Frau gesehen. Auf der einen oder anderen Straße hätte jemand sie treffen müssen. Kommt herein!« sagte er und drängte Cenred mit seinem freien Arm. »Laßt uns drinnen sehen, was wir wissen und zusammenfügen können, damit wir morgen das Richtige tun. Madam, Ihr solltet etwas ruhen, denn sonst könnt ihr weiter nichts ausrichten. Ich fühle mich hier verantwortlich, und Ihr braucht nicht die ganze Nacht zu wachen.«

Es war keine Frage, wer hier der Herr war. Emma faltete dankbar die Hände, warf ihrem Mann und ihrem Sohn noch einen liebevollen Blick zu und zog sich gehorsam zurück, um zu ruhen, soweit sie überhaupt Ruhe finden konnte. Audemar sah noch einmal aus der Kemenate heraus, ließ einen freundlichen Blick durch die Halle wandern, der allen Anwesenden zeigte, wer hier der Herr war, und entließ damit alle Bediensteten. Dann fiel sein Blick auf die Benediktiner, die unaufdringlich in einer Ecke warteten. Mit freundlichem Nicken begrüßte er sie und lächelte.

»Gute Nacht, Brüder!« sagte Audemar und zog hinter sich die Türe zu, um mit dem besorgten Hausherren von Vivers und dessen hitzigem Stammhalter zu sprechen.

10

»Er hat recht!« sagte Bruder Haluin, als er sich im Zwielicht vor der Dämmerung auf seinem Bett ausgestreckt hatte. Er war nicht müde und zudem von seinem langen Schweigen in Gegenwart der wirklich Betroffenen erlöst. »Gute Nacht, Brüder, und lebt wohl! Es wird keine Heirat geben. Ohne Braut keine Trauung. Und selbst wenn sie zurückkommt, diese Verbindung kann nicht mehr wie beabsichtigt geschlossen werden, als wäre nichts geschehen, das so bittere Zweifel aufwirft. Als ich die Aufgabe übernahm – auch so schon fand ich sie mühsam genug –, gab es keinen Grund zur Annahme, die Ehe werde nicht zum Besten aller gereichen, so bekümmert die Braut auch war. Nun gibt es gute Gründe zu zweifeln.«

»Ich glaube«, sagte Cadfael, der Haluins gedämpfter, vorsichtiger Stimme gelauscht hatte, während dieser sich zu einem Entschluß vortastete, »daß es Euch nicht leid tut, wenn Euer Versprechen hinfällig wird.«

»Nein, überhaupt nicht. Es tut mir leid, daß eine Frau gestorben ist und daß diese Kinder so unglücklich sind und keine Hoffnung auf Erlösung haben. Aber ich könnte jetzt nicht mehr im Namen Gottes das Mädchen mit einem Mann verbinden, solange ich nicht die Sicherheit zurückgewonnen habe, die ich verlor. Jetzt bleibt uns nur noch«, sagte Bruder Haluin, »unseren Abschied zu nehmen. Wir haben hier nichts mehr verloren. De Clary hat es uns in aller Deutlichkeit gesagt. Und Cenred wird froh sein, wenn wir aufbrechen.«

»Und Ihr habt ja noch Euer Gelübde zu erfüllen und keinen Grund, Euch weiter aufzuhalten. Es ist wahr«, stimmte Cadfael mit einer Mischung aus Erleichterung und Bedauern zu.

»Ich habe mich schon zu lange aufgehalten. Höchste Zeit«, meinte Haluin, »zu erkennen, wie klein mein eigener Kummer ist und wie wichtig ich mich nahm. Ich traf die Entscheidung wie ein Feigling nur für mein eigenes Seelenheil, doch das Leben, das ich noch habe, will ich einem besseren Zweck widmen.«

Dann war diese Reise, dachte Cadfael, also doch nicht vergeblich. Zum erstenmal seit seiner Flucht aus der Welt, krank vom Verlust und seinen Schuldgefühlen, hat er sich wieder in die Welt hineingewagt und sie voller Schmerzen gefunden. In diese Welt hinein fiel sein eigener Schmerz und verlor sich wie ein Regentropfen im Meer. All die Jahre war er äußerlich pflichtbewußt und hielt sich peinlich genau an die Regeln, doch innerlich litt er unter seiner Einsamkeit. Jetzt erst beginnt seine wahre Berufung. Endlich erleuchtet, mochte Haluin durchaus aus dem Holz geschnitzt sein, aus dem Heilige gemacht werden. Nur ich, ich bin ein Unverbesserlicher.

In seinem Herzen wollte er Vivers nicht verlassen, da alles noch in der Schwebe war. Haluin hatte natürlich mit jedem Wort recht, die Braut war fort, es würde keine Trauung geben, und sie hatten keinen Grund, auch nur einen Tag länger zu bleiben. Cenred hatte keine weitere Verwendung für sie und wäre sicherlich sogar froh, sie fortgehen zu sehen. Aber Cadfael war nicht glücklich damit, einem ungesühnten Mord den Rücken zu kehren, wenn keine Gerechtigkeit geübt und die Tat möglicherweise niemals aufgeklärt wurde.

Ebenso war es wahr, daß Audemar de Clary hier der Oberherr war, ein entschlossener und zielstrebiger Mann, der sich mit einem solchen Verbrechen in seinem Gebiet selbst befassen mußte. Es gab nichts, was Cadfael ihm sagen konnte, das Cenred ihm nicht schon berichtet hatte.

Und überhaupt, was hatte Cadfael in der Hand? Edgytha war einige Stunden vor ihrem Tod fortgegangen, auf dem Boden hatte bereits Schnee gelegen, als sie starb. Sie war auf dem Rückweg nach Vivers und hatte ausgeführt, was sie beabsichtigt hatte. Sie hatte genug Zeit gehabt, um Elford zu erreichen. Sie war nicht ausgeraubt worden. Der Mörder hatte sie einfach getötet und liegenlassen, wie es herrenlose Räuber nie getan hätten. Wenn es nicht darum ging, sie daran zu hindern, Roscelin zu warnen – was nur auf dem Hinweg sinnvoll gewesen wäre –, dann war sie aus einem anderen Grund zum Schweigen gebracht worden, bevor sie Vivers erreichen konnte. Aber welche Verbindung gab es zwischen Elford und Vivers außer der Verbannung des jungen Roscelin in Audemars Dienste? Welches andere

Geheimnis außer der geplanten Trauung drohte enthüllt zu werden?

Aber Edgytha hatte Roscelin nicht gesehen, sie hatte nicht mit ihm gesprochen, und sie hatte sich nicht an Audemar oder einen anderen Menschen in seinem Haus gewandt. Wenn sie also in Elford war, warum hatte sie dann niemand gesehen? Und wenn sie nicht in Elford war, wo dann?

Wenn es also nicht um das ging, was er selbst, sein Gastgeber und dessen Frau vermutet hatten, wie sah dann die Katze aus, die Edgytha finden und unter Cenreds Tauben setzen wollte?

Aller Wahrscheinlichkeit nach würde er die Antworten auf diese Fragen nie erfahren, er würde nie hören, welches Schicksal auf das arme Mädchen und den unglücklichen Jungen wartete, und auf ihre Eltern, die sich in Sorge und Kummer um die beiden fast zerrissen. Eine Schande! Aber er konnte es nicht ändern, sie durften Cenreds Gastfreundschaft nicht länger in Anspruch nehmen. Sobald das Haus erwacht war, mußten sie Lebewohl sagen und nach Shrewsbury aufbrechen. Es war höchste Zeit, nach Hause zurückzukehren.

Der Morgen war grau, der Himmel bewölkt aber hoch, es drohte kein weiterer Schneefall. Nur ein paar weiße Säume und Flecken hatten sich dicht an Mauern, unter Bäumen und Büschen gehalten. Es war kein schlechter Tag, eine Reise zu beginnen.

Die Menschen im Haus standen früh auf und waren voller Unruhe. Cenreds Diener erhoben sich mit Ringen unter den Augen und grimmig, weil sie genau wußten, daß es an diesem Tag für sie keine Ruhe geben würde. Was immer während der nächtlichen Konferenz in der Kemenate besprochen worden war, welchen Zufluchtsort man als Hafen betrachtete, den Helisende angesteuert haben mochte, Audemar würde auf allen Straßen im Bezirk Patrouillen ausschicken und in jeder Hütte nachfragen lassen, ob jemand Edgytha gesehen und gesprochen habe oder ob man eine einsame, verstohlene Gestalt auf dem Weg gesehen habe, den sie nahm. Die Männer versammelten sich bereits im Hof, sattelten ihre Pferde, zogen ihr Zaumzeug nach und warteten stoisch auf Befehle, als Cadfael und Haluin, gestiefelt und gegürtet für den Weg, sich zu Cenred gesellten.

Er war gerade inmitten des Getriebes in der Halle in ein Gespräch mit seinem Verwalter vertieft, als sie sich ihm näherten. Einen Moment erschrocken, als habe er die beiden wegen seiner ernsteren Aufgaben völlig vergessen, drehte er sich zu ihnen um. Dann erinnerte er sich, aber die Erinnerung brachte ihm keine Freude. Etwas schuldbewußt wandte er sich an die scheidenden Gäste.

»Brüder, ich bitte Euch um Verzeihung, Ihr wurdet vernachlässigt. Auch wenn wir große Sorgen haben, es sollen nicht die Euren sein. Mein Haus ist das Eure.«

»Mylord«, erwiderte Haluin, »wir sind Euch für Eure Gastfreundschaft dankbar, aber wir müssen aufbrechen. Ich kann Euch jetzt nicht mehr nützlich sein. Eile ist nicht mehr nötig, da es nichts mehr geheimzuhalten gibt. Zudem warten daheim unsere Pflichten auf uns. Wir sind gekommen, um uns zu verabschieden.«

Cenred war zu ehrlich, um vorzugeben, daß er sie nicht gerne ziehen sah. Er erhob keine Einwände. »Ich habe Euch ohnehin schon aufgehalten«, sagte er bedauernd, »und nichts ist dabei herausgekommen. Es tut mir leid, daß ich Euch in eine so schlimme Geschichte hineinzog. Glaubt mir wenigstens, daß meine Absichten die allerbesten waren. Und geht mit meinen besten Wünschen. Ich wünsche Euch eine friedliche Reise.«

»Und Euch, Sir, wünschen wir, daß Ihr die junge Frau wohlbehalten findet und Gott Euch durch alle Schwierigkeiten leiten möge«, erwiderte Haluin.

Cenred bot ihnen keine Pferde für die Reise an, wie Adelais es getan hatte. Er brauchte jetzt alle Pferde selbst. Doch er sah den beiden Männern in ihren Kutten nach, dem Gesunden und dem Lahmen, wie sie langsam die Treppe vor der Haustüre hinunterstiegen. Cadfael hatte Haluins Ellbogen gefaßt, um ihn zu stützen, falls es nötig wurde, und Haluins Hände, inzwischen schwielig von den Griffen der Krücken, packten bei jedem Schritt fest zu. Im Hof suchten sie sich einen Weg durch die herumlaufenden Menschen und Tiere und näherten sich langsam dem Tor. Cenred wandte erleichtert den Blick von ihnen ab, denn eine Komplikation war er nun los. Verbissen und müde begann er, sich um die verbliebenen zu kümmern.

Roscelin, erbost über die Verzögerung, stand mit dem Zügel in der Hand am Tor und trampelte unruhig von einem Fuß auf den anderen. Ungeduldig hielt er nach seinem Vater oder Audemar Ausschau und wartete auf den Befehl zum Aufsitzen. Abwesend betrachtete er die beiden Mönche, als sie sich ihm näherten. Dann wurde er freundlicher und wünschte ihnen einen guten Morgen. Trotz seiner Ängste bekam er sogar ein Lächeln zustande.

»Dann brecht Ihr nach Shrewsbury auf? Das ist ein weiter Weg. Ich hoffe, Ihr habt eine angenehme Reise.«

»Und Eurer Suche wünschen wir ein gesegnetes Ende«, meinte Cadfael.

»Gesegnet für mich?« sagte der Junge, dessen Gesicht sich wieder verdüsterte. »Darauf freue ich mich nicht.«

»Wenn Ihr sie sicher und wohlbehalten findet und dazu ledig, solange sie es wünscht, ist das Segen genug. Ich glaube nicht, daß Ihr um mehr bitten dürft. Noch nicht«, fügte Cadfael vorsichtig hinzu. »Nehmt das Gute, das Euch der Tag bringt, und seid dankbar. Wer weiß? Vielleicht kommt noch mehr Gutes hinterdrein.«

»Ihr sprecht von Dingen, die unmöglich sind«, sagte Roscelin unerbittlich. »Aber Ihr meint es gut, und ich nehme es, wie Ihr es meint.«

»Wohin werdet Ihr zuerst reiten, um nach Helisende zu suchen?« fragte Haluin.

»Einige reiten nach Elford, um sicherzugehen, daß sie uns nicht entgangen und doch dort eingetroffen ist. Dann werden wir auf allen Anwesen in der Gegend nach ihr und Edgytha fragen. Sie kann nicht weit gekommen sein.« Er war Edgythas wegen wirklich bekümmert und wütend, aber das ›sie‹ bezog sich ausschließlich auf Helisende.

Sie ließen ihn in seiner Sorge und seiner Qual zurück. Er war sogar noch unruhiger als das Pferd, das ungeduldig herumtrampelte und sich auf den Ausritt freute. Als sie von draußen zum Tor zurückblickten, sahen sie, daß er den Fuß bereits in den Steigbügel gesetzt hatte. Hinter ihm nahmen nun auch die anderen Männer die Zügel und saßen auf. Zuerst nach Elford, falls Helisende ihnen entgangen und auf beiden Wegen den

Reitern ausgewichen war, um wohlbehalten dort Unterschlupf zu finden. Cadfael und Haluin wandten sich nach Westen, in die andere Richtung. Sie waren von der Hauptstraße aus ein Stück nach Norden gegangen, um die Lichter des Anwesens zu erreichen. Auf diesem Weg brauchten sie nicht zurückzukehren. Sie konnten sich auf einem ausgetretenen Pfad, der den Zaun des Gutshauses umrundete, direkt nach Westen wenden. Von der Grenze der Enklave aus hörten sie Audemars Reiter zur Suche aufbrechen. Sie drehten sich um und sahen, wie sie aus dem Tor ritten und als lange Kolonne im Osten immer kleiner wurden, bis sie zwischen den Bäumen des Waldes verschwanden.

»Und das soll das Ende sein?« sagte Haluin, plötzlich bekümmert. »Sollen wir nie erfahren, wie es ausgeht? Der arme Junge, er hat keine Hoffnung. Sein einziger Trost kann es sein, sie glücklich zu sehen, falls das ohne ihn überhaupt möglich ist. Ich weiß genau«, ergänzte Bruder Haluin voller Mitgefühl, das nicht durch altes Selbstmitleid getrübt wurde, »wie sie leiden.«

Aber wie es schien, gab es für sie hier wirklich nichts mehr zu tun. Es hatte keinen Sinn zurückzublicken. Sie wandten sich gen Westen und kamen auf dem unbefestigten Weg gleichmäßig voran. Hinter ihnen ging die Sonne auf und warf ihre langen Schatten über das feuchte Gras.

»Auf diesem Weg«, meinte Cadfael, indem er sich nachdenklich orientierte, während sie zu Mittag im Windschatten eines mit Büschen bewachsenen Abhangs Brot und Käse und einen Streifen gesalzenen Speck aßen, »werden wir nicht durch Lichfield kommen. Ich vermute, daß wir den Ort bereits nördlich umgangen haben. Egal, wir werden vor Einbruch der Nacht schon irgendwo ein Bett finden.«

Es war ein klarer, trockener Tag, und das Land, durch das sie zogen, war freundlich anzuschauen, wenn auch dünn besiedelt. Hier waren weit weniger Menschen unterwegs als auf der Hauptstraße, die durch Lichfield führte. Nachdem sie so wenig geschlafen hatten, beeilten sie sich nicht, sondern schritten gleichmäßig aus und nutzten jede Gelegenheit zur Rast, die ihnen der Weg erlaubte, wo immer ihnen eine einsame Hütte gastfreundlich eine Bank am Herd und ein paar Minuten Geplauder im Vorbeigehen anbot.

Gegen Abend kam ein leichter Wind auf und warnte sie, daß es an der Zeit sei, einen Unterschlupf für die Nacht zu finden. Man sah dem Land noch an, wie schlimm es vor fünfzig Jahren heimgesucht worden war. Die Menschen in dieser Gegend hatten die eindringenden Normannen keineswegs freundlich aufgenommen und für ihren Starrsinn bitter gebüßt. Hier und dort waren die Überreste verlassener Höfe zu sehen, von Gras und Brombeeren überwuchert. Die Ruinen einer Mühle verrotteten langsam neben einem überwachsenen Wasserlauf. Es gab nur wenige und weit verstreute Weiler, und Cadfael musterte die Landschaft, um irgendwo das Dach eines bewohnten Hauses zu entdecken.

Ein älterer Mann, der inmitten einer Gruppe alter Bäume Brennholz sammelte, streckte den gebeugten Rücken, um ihren Gruß zu erwidern, und sah sie unter seiner Kapuze hervor neugierig an.

»Nicht einmal eine halbe Meile weiter, Brüder, dann werdet Ihr rechts den Zaun eines Nonnenklosters sehen. Es ist noch nicht fertig, die meisten Gebäude sind aus Holz gebaut, aber die Kirche und das Kloster selbst sind aus Stein. Ihr könnt es nicht verfehlen. Es gibt dort nur zwei oder drei Höfe, aber die Schwestern nehmen Reisende auf. Dort werdet Ihr ein Bett finden.« Dann musterte er die schwarzen Kutten und fügte hinzu: »Sie gehören zu Eurem Orden, es sind Benediktinerinnen.«

»Ich weiß von keinem Haus in dieser Gegend«, sagte Cadfael. »Wie heißt das Kloster?«

»Farewell, genau wie der Weiler. Es ist erst drei Jahre alt, Bischof de Clinton hat es eingerichtet. Man wird Euch dort willkommen heißen.«

Sie bedankten sich und gingen weiter. Der Mann band sein großes Reisigbündel zusammen und hob es sich auf die Schulter, um in die entgegengesetzte Richtung heimzukehren, während sie ermutigt nach Westen gingen.

»Ich erinnere mich«, meinte Haluin, »daß ich einmal etwas über dieses Haus gehört habe, oder zumindest davon, daß der Bischof hier irgendwo in der Nähe seiner Kathedrale ein Ordenshaus einrichten wollte. Aber den Namen Farewell hörte ich erst – erinnert Ihr Euch? –, als Cenred ihn in Vivers nannte. Das einzige Benediktinerhaus in dieser Gegend, meinte er, als er uns fragte, woher wir kämen. Ein Glück, daß wir diesen Weg genommen haben.«

Inzwischen, die Dämmerung setzte langsam ein, wurde sein Gang trotz ihres langsamen Tempos unsicher. Sie waren beide froh, als sie eine kleine Wiese erreichten, die von drei oder vier Hütten umgeben war. Jenseits der Wiese waren der lange Pfahlzaun der neuen Abtei und dahinter das Dach der Kirche zu sehen. Der Pfad führte bis vor ein bescheidenes, hölzernes Torhaus. Das massive Tor und die Klappe waren geschlossen, aber es gab eine Glocke, die drinnen weithin hallte, und nach einigen Augenblicken waren leichte, eilige Schritte zu hören, die ihnen von innen entgegenkamen.

Die Klappe wurde geöffnet, und sie sahen durch das Gitter ein rundes, rosiges und jugendlich strahlendes Gesicht. Blaue Augen musterten Kutten und Tonsuren und erkannten verwandte Seelen.

»Guten Abend, Brüder«, sagte eine hohe, mädchenhafte Stimme, die fröhlich und sehr wichtig klang. »Ihr seid noch spät unterwegs. Können wir Euch ein Dach über dem Kopf und ein Bett anbieten?«

»Genau darum wollten wir Euch bitten«, erwiderte Cadfael dankbar. »Könnt Ihr uns über Nacht unterbringen?«

»Sogar noch länger, wenn Ihr wollt«, gab sie fröhlich zurück. »Männer aus unserem Orden sind immer willkommen. Wir sind hier abseits von der Hauptstraße, und nicht viele kennen unser Haus, und da das Kloster noch im Bau ist, haben wir nicht soviel Bequemlichkeit zu bieten wie ältere Häuser, aber ein Platz für Gäste wie Euch findet sich immer. Wartet, ich will das Tor aufsperren.«

Sie war schon dabei, denn sogleich wurde der Balken zurückgeschoben, der Riegel der Pforte geöffnet und die Tür einladend weit aufgestoßen. Die Pförtnerin winkte sie herein.

Sie war, dachte Cadfael, höchstens siebzehn Jahre alt und hatte ihr Noviziat gerade erst begonnen. Sie war eine jener überzähligen Töchter aus einer niederen und verarmten Adelsfamilie, die kaum mit einer Mitgift und deshalb kaum mit einer vorteilhaften Heirat rechnen konnte. Sie war klein und rundlich, mit einfachem Gesicht, aber kräftig und agil, und sie glühte vor Begeisterung über ihr neues Leben, anscheinend ohne jedes Bedauern für die Welt, die sie zurückgelassen hatte. Die Befriedigung, eine verantwortungsvolle Aufgabe zu erfüllen, schmückte sie; die weiße Haube und die schwarze Kapuze, die ihr strahlendes, offenes Gesicht einrahmten, standen ihr gut.

»Seid Ihr weit gereist?« fragte sie, indem sie mit großen, besorgten Augen Haluins mühsamen Gang beobachtete.

»Aus Vivers kommen wir«, erwiderte er, sie rasch beruhigend. »Das ist nicht weit, und wir sind gemächlich gegangen.«

»Habt Ihr es noch weit?«

»Wir wollen nach Shrewsbury«, erklärte Cadfael. »Wir gehören zur Abtei von St. Peter und St. Paul.«

»Das ist ein weiter Weg«, meinte sie kopfschüttelnd. »Ihr werdet Ruhe brauchen. Wartet hier im Pförtnerhaus auf mich, ich werde Schwester Ursula sagen, daß Gäste gekommen sind. Schwester Ursula ist für unsere Gäste verantwortlich. Der Herr Bischof bat zwei erfahrene ältere Schwestern aus Polesworth, ein Jahr zu uns zu kommen, um die Novizinnen zu unterweisen. Wir sind alle noch nicht lange im Orden, und es gibt so viel zu lernen, ganz abgesehen von der Arbeit am Gebäude und im Garten. Sie haben uns Schwester Ursula und Schwester Benedicta geschickt. Setzt Euch und wärmt Euch ein paar Minuten auf, ich bin gleich zurück.« Und schon war sie mit leichtem, tanzendem Schritt davon, so glücklich mit ihrem klösterlichen Leben wie irgendeine ihrer Schwestern in der Welt bei der Aussicht auf eine gute Heirat.

»Sie ist wirklich glücklich hier«, sagte Bruder Haluin ebenso verwundert wie erfreut. »Nein, für sie ist es nicht das Zweitbeste. So empfinde ich erst jetzt, aber für sie ist es von Anfang an so. Die Schwestern von Polesworth müssen weise und kluge Frauen sein, wenn dies ihr Werk ist.«

Schwester Ursula war ein große, schmale Frau von etwa fünfzig Jahren mit einem faltigen, erfahrenen Gesicht, das zugleich heiter, resigniert und sogar milde amüsiert blicken konnte, als hätte sie alle Willkür menschlichen Verhaltens bereits gesehen und sich mit ihr abgefunden, als gäbe es nichts mehr, das sie überraschen oder aus der Fassung bringen könnte. Wenn die zweite Lehrerin dieser hier das Wasser reichen konnte, dachte Cadfael, dann hatten die unerfahrenen Mädchen in Farewell wahrlich Glück gehabt.

»Herzlich willkommen«, grüßte Schwester Ursula, die rasch mit der jungen Pförtnerin im Gefolge in das Häuschen stürmte. »Die Äbtissin wird Euch gleich morgen früh empfangen, aber jetzt braucht Ihr vor allem etwas zu essen und ein Bett für die Nacht, zumal Ihr noch eine weite Reise vor Euch habt. Kommt mit, wir halten immer eine Kammer für Gäste bereit, und unsere eigenen Brüder sind uns die liebsten.«

Sie führte sie aus dem Häuschen über einen kleinen Innenhof. Vor ihnen lag die Kirche, ein bescheidener Steinbau, an dem offenbar noch gearbeitet wurde. Quadersteine und Holz, Seile und Schalbretter waren ordentlich an der Außenwand gestapelt und zeigten, daß das Gebäude noch nicht fertiggestellt war. Doch innerhalb von nur drei Jahren hatten sie die Kirche und das ganze Kloster aufgebaut, mit Ausnahme nur des Südflügels, wo erst das untere Stockwerk mit dem Refektorium fertiggestellt war.

»Der Bischof hat uns Arbeitskräfte und eine großzügige Zuwendung zukommen lassen«, erklärte Schwester Ursula, »aber wir werden noch einige Jahre mit dem Bau zu tun haben. In der Zwischenzeit müssen wir uns einschränken. Wir haben alles, was wir brauchen, und wir sehnen uns nach nichts, was über unsere Bedürfnisse hinausgeht. Ich glaube, wenn all die Holzhäuser durch Steinbauten ersetzt sind, dürfte meine Arbeit hier getan sein, und dann werde ich nach Polesworth zurückkehren, wo ich vor Jahren meine Gelübde ablegte. Ich weiß nur nicht, ob ich nicht doch lieber hier bleibe, wenn man mir die Wahl läßt. Es ist schon etwas Besonderes, ein neues Kloster aufzubauen, es ist fast wie ein Kind des eigenen Leibes.«

Der Zaun der Enklave würde mit der Zeit sicherlich einer Steinmauer weichen, die Holzgebäude am Zaun, die Krankenstation, die Schreibstuben, das Gästehaus und die Vorratskammer würden nach und nach ebenfalls durch Steingebäude ersetzt werden. Im Garten hatte man Gras gesät, und im Zentrum stand ein flaches, mit Wasser gefülltes Steinbassin für die Vögel.

»Im nächsten Jahr«, erklärte Schwester Ursula, »werden wir sogar Blumen ziehen. Schwester Benedicta, unsere beste Gärtnerin in Polesworth, kam mit mir her, und der Garten ist ihr Reich. Bei ihr gedeiht alles, und die Vögel kommen auf ihre Hand. Diese Gabe hatte ich nie.«

»Kommt auch Eure Äbtissin aus Polesworth?« fragte Cadfael.

»Nein. Bischof de Clinton schickte Mutter Patrice aus Coventry. Wir zwei müssen zu unserem Haus zurückkehren, wenn wir nicht mehr gebraucht werden, es sei denn, man läßt uns, wie gesagt, die Wahl. Wir brauchen dazu die Erlaubnis des Bischofs, und wer weiß, vielleicht gewährt er sie.«

Hinter dem Kreuzgang öffnete sich ein kleiner, abgeschiedener Hof. Das Gästehaus stand auf der anderen Seite, dicht am Zaun. Die kleine Kammer, schon für Reisende bereit, war dunkel und warm und duftete nach Holz. Möbliert war sie mit zwei Betten und einem kleinen Tisch, einem Kruzifix an der Wand und einem Altar darunter.

»Fühlt Euch wie zu Hause«, meinte Schwester Ursula fröhlich, »ich lasse Euch gleich das Abendessen bringen. Zur Vesper kommt Ihr zu spät, aber wenn Ihr uns später bei der Komplet Gesellschaft leisten wollt, dann achtet nur auf die Glocke. Unsere Kirche steht Euch nach Belieben zum Gebet offen. Das Kloster ist noch neu, und je mehr Seelen unter seinem Dach sind, desto besser. Wenn Ihr alles habt, was Ihr braucht, dann will ich Euch jetzt ruhen lassen.«

In der gesegneten, jungfräulichen Ruhe der neuen Abtei von Farewell fiel Haluin sofort nach der Komplet in den tiefen Schlaf der Erschöpfung. Wie ein Kind schlief er die ganze Nacht durch und bis weit in den milden, klaren Morgen hinein, der keine Spur von Frost mehr brachte. Als er erwachte, war Cadfael bereits aufgestanden und bereitete sich auf den morgendlichen Gottesdienst und seine Gebete in der Kirche vor.

»Hat die Glocke schon zur Prim geläutet?« fragte Haluin, der sich eifrig aufrichtete.

»Nein, es wird, dem Licht nach zu urteilen, noch eine halbe Stunde dauern. Wir werden die Kirche eine Weile für uns allein haben, wenn Ihr wollt.«

»Ein guter Einfall«, sagte Haluin und folgte ihm erfreut in den kleinen Hof und zum südlichen Eingang des Kreuzganges. Der Rasen im Garten war feucht und grün, die Blässe des Winters war über Nacht verschwunden. Der zarte Flaum der Knospen, der vor einigen Tagen in den Bäumen noch kaum wahrnehmbar gewesen war, hatte nun eine kräftige Farbe angenommen und sich zu einem zarten grünen Schleier entwickelt. Noch ein paar dieser milden Tage und ein wenig Sonne, und der Frühling wäre da. Im klaren flachen Wasser des Steinbassins flatterten und kreischten kleine Vögel, die die Veränderung sicher spürten. Inmitten dieser hoffnungsvollen Vorzeichen näherte sich Bruder Haluin der kleinen Kirche von Farewell. Gewiß würde diese erste Kirche später vergrößert oder ersetzt, sobald die wichtigsten anderen Gebäude der Abtei errichtet waren, wenn die finanziellen Verhältnisse geklärt und die Abtei etwas bekannter war. Und doch würde man sich an diesen ersten Bau, so klein und bescheiden er auch war, immer liebevoll erinnern. Wenn er ersetzt wurde, würden es jene, die wie Schwester Ursula und Schwester Benedicta bei seiner Geburt zugegen gewesen waren und geholfen hatten, sicherlich bedauern.

Sie hielten ihre Andacht gemeinsam in der düsteren, steinernen Stille, knieten vor der kleinen Altarlampe und sprachen lautlos ihre Gebete. Das Licht wurde allmählich heller und weicher, die ersten verschleierten Strahlen der aufgehenden Sonne lugten durch die Pfosten der Enklave und tauchten die Ostwand in blasses Rosa. Immer noch kniete Bruder Haluin, die Krücken neben sich gelegt.

Cadfael erhob sich als erster. Die Prim würde bald beginnen, und es könnte für die jungen Schwestern eine unangenehme Überraschung sein, wenn sie zur Morgenandacht zwei unbekannte Männer vorfanden, auch wenn es sich um Mönche aus dem gleichen Orden handelte. Er blieb in der Südtür stehen, betrachtete den Garten und wartete, ob Haluin beim Aufstehen seine Hilfe brauchte.

Eine der Schwestern stand an der Steinschale in der Mitte des Gartens. Schlank und aufrecht und gefaßt schien sie, während sie die Vögel fütterte. Sie krümelte Brot auf den breiten Rand der Schale und hielt Krümel in der flachen Hand hoch; die flatternden, schwatzenden und sirrenden Vögel näherten sich ihr ohne Furcht. Die schwarze Kutte betonte ihre schlanke Figur, und ihre Haltung verriet eine jugendliche Anmut, die Cadfael plötzlich sehr bekannt vorkam. Die Haltung des Kopfes auf dem langen Hals, die geraden Schultern, die schmalen Hüften und die elegante, schlanke Hand, die den Vögeln Krumen anbot, all dies hatte er schon einmal gesehen, an einem anderen Ort und in anderem, täuschendem Licht. Nun stand sie im Freien im weichen Morgenlicht, und er konnte nicht glauben, daß er sich irrte.

Helisende war hier in Farewell. Helisende in einer Nonnenkutte. Die Braut war vor den unerträglichen Konflikten geflohen und streifte lieber den Schleier übers Haupt, bevor sie einen anderen als ihren unglücklichen Liebhaber Roscelin heiratete. Sie konnte noch keine Gelübde abgelegt haben, aber die Schwestern hatten es offenbar für ratsam gehalten, ihr angesichts ihrer Sorgen sofort den Schutz der Kutte zu gewähren, noch bevor ihr Noviziat begonnen hatte.

Sie hatte ein gutes Gehör, vielleicht hatte sie auch von Westen, wo das Dormitorium der Schwestern lag, den leichten Schritt einer Gefährtin erwartet. Jedenfalls hörte sie jemand, der sich ihr aus der nämlichen Richtung näherte, wandte sich um und wollte den Neuankömmling lächelnd begrüßen. Die gemessene und ruhige Bewegung strafte die Jugend Lügen, die Cadfael einen Moment zuvor aufgefallen war, und nun konnte er endlich einen Blick auf ihr Gesicht werfen. Er hatte diese Frau noch nie zuvor gesehen.

Kein junges, unerfahrenes Mädchen, sondern eine heitere, reife und nicht mehr junge Frau. Seine Wahrnehmung in der Halle von Vivers verwandelte sich in Wirklichkeit, aus Illusion wurde Realität, aus dem Mädchen wurde eine Frau. Dann eilten Cadfaels Gedanken wieder zurück von der Frau zum Mädchen. Nicht Helisende war es, die Frau war ihr nicht einmal ähnlich, abgesehen von der hohen weißen Stirn und dem zarten, etwas wehmütigen ovalen Gesicht und den weit auseinanderliegenden, offenen, zugleich tapferen und verletzlichen Augen. In Gestalt und Bewegungen waren sie einander jedoch sehr ähnlich. Wenn sie ihm wieder den Rücken gewandt hätte, dann wäre sie wieder zum Bild ihrer Tochter geworden.

Denn wer sonst konnte dies sein, wenn nicht die verwitwete Mutter, die lieber in Polesworth den Schleier genommen hatte, als sich in eine zweite Ehe drängen zu lassen? Wer sonst außer Schwester Benedicta, vom Bischof ins neue Kloster geschickt, um die Tradition zu sichern und den jungen Nonnen von Farewell als Beispiel zu dienen? Schwester Benedicta, die Blumen zum Wachsen bringen und Vögel auf ihre Hand locken konnte. Helisende mußte vom Umzug gewußt haben, auch wenn die anderen in Vivers nichts erfahren hatten. Helisende mußte gewußt haben, wo sie in ihrer Not Zuflucht finden konnte. Zu wem sollte sie gehen, wenn nicht zu ihrer Mutter?

Er hatte sich so auf die Frau im Garten konzentriert, daß er nicht mehr auf Geräusche in der Kirche gelauscht hatte. Erst als er das Tappen der Krücken auf den Steinplatten in der Türe hörte, fuhr er fast schuldbewußt herum und wollte sich wieder seiner Aufgabe widmen. Haluin war irgendwie ohne seine Hilfe auf die Beine gekommen und trat nun neben Cadfael. Erfreut blickte er in den Garten hinaus, in dem das Sonnenlicht gerade die feuchten Schatten vertrieb.

Als sein Blick die Nonne erfaßte, blieb er abrupt stehen und schwankte auf seinen Krücken. Cadfael sah, wie er die dunklen Augen aufriß und wie gebannt auf die Schwester richtete. Sein Starren schien Löcher in die stille Morgenluft zu brennen. Fast geräuschlos bewegten sich seine Lippen und bildeten langsam die Silben eines Namens. Fast unhörbar, aber nur fast, denn Cadfael verstand das Wort.

Verwundert, freudig und schmerzvoll, getrieben und erschüttert von religiöser Verzückung, flüsterte Bruder Haluin nur ein Wort: »Bertrade!«

11

Er hatte den Namen richtig verstanden, und die Sicherheit, mit der er geflüstert worden war, ließ keinen Zweifel. Wenn Cadfael auch einen Augenblick Vernunft walten ließ und es einfach nicht glauben wollte, im nächsten Moment warf er die Vernunft über Bord und gab sich seiner Erleichterung hin. Haluin hatte keine Zweifel und keine Fragen. Er wußte, was er sah, für ihn war es die Wahrheit, und er hatte den einzigen, den richtigen Namen genannt. Nun stand er da, in seinem Staunen verloren, zitternd angesichts der Bedeutung dieses Anblicks. Bertrade!

Der erste Anblick ihrer Tochter war ihm ins Herz gefahren, jener jüngeren Frau mit dem Licht im Rücken, die ihrer Mutter als Schattenriß so ähnlich gesehen hatte. Doch sobald Helisende ins Licht der Fackeln vorgetreten war, hatte sich die Vision aufgelöst. Es war ein Mädchen, das er nicht kannte. Nun war sie wieder da, aber als sich die Frau umdrehte, erkannte er ohne jeden Zweifel das Gesicht, an das er sich so schmerzlich erinnerte.

Also war sie doch nicht gestorben. Cadfael bemühte sich, diese Neuigkeit zu verarbeiten. Das Grab, das Haluin aufgesucht hatte, war eine Täuschung. Sie war nicht an dem Trank gestorben, der ihr Kind töten sollte, sie hatte dieses Verhängnis und diesen Kummer überlebt und einen älteren Mann geheiratet, einen Vasallen und Freund der Familie ihrer Mutter, und ihm eine Tochter geboren, die in Körperbau und Bewegungen ihr Ebenbild war. Nach Kräften hatte sie sich bemüht, eine treue Frau und Mutter zu sein, solange ihr alter Mann lebte, aber nach seinem Tod hatte sie der Welt den Rücken gekehrt und war ihrem ersten Geliebten ins Kloster gefolgt, hatte sich für den gleichen Orden entschieden und den Namen des Gründers angenommen, um sich für den Rest ihres Lebens an die Disziplin zu binden, in die Haluin getrieben worden war.

Warum aber, meldete sich ein Quälgeist in Cadfaels Kopf zu Wort, warum hast du – *du selbst* und nicht Haluin! – im Gesicht des Mädchens in Vivers etwas unerklärlich Vertrautes gesehen? Wer verbarg sich da tief in den Kavernen der Erinnerung und wollte sich nicht zu erkennen geben? Das Mädchen hast du noch nie gesehen, du hast noch nie einen Blick auf ihre Mutter geworfen. Wer da aus Helisendes Augen herausgeschaut hatte, bevor der Schleier gefallen war, das war nicht Bertrade de Clary gewesen.

In wenigen Augenblicken huschten diese Gedanken durch seinen Kopf, im kurzen Moment, bevor Helisende selbst aus den Schatten des Westflügels trat und in den Garten herauskam, um sich zu ihrer Mutter zu gesellen. Sie hatte keine Kutte angelegt, sie trug noch das Kleid, das sie am Abend zuvor am Tisch ihres Bruders getragen hatte. Bleich und ernst war sie, doch die Ruhe des Klosters tat ihr gut. Hier war sie vor allen Zwängen sicher und hatte Zeit, nachzudenken und sich zu beraten.

Die beiden Frauen begrüßten sich, und die Säume ihrer Röcke zogen zwei dunkle Spuren ins Silbergrün des feuchten Grases. Sie wandten sich gemächlich wieder zur Tür, aus der Helisende getreten war, um hineinzugehen und mit den anderen Schwestern an der Prim teilzunehmen. Sie entfernten sich, sie würden verschwinden, nichts würde geklärt, nichts aufgelöst, nichts offengelegt werden! Immer noch schwankte Haluin auf seinen Krücken, gebannt und sprachlos. Er würde sie wieder verlieren, sie war schon fast außer Sicht. Die beiden Frauen hatten den westlichen Gang erreicht, einen Moment noch, und sie wäre ihm abermals geraubt.

»Bertrade!« rief Haluin voller Angst und Verzweiflung.

Der Ruf erreichte sie, hallte entsetzlich laut zwischen den Mauern und ließ die Frauen erschrocken zur Kirchentür herumfahren. Haluin atmete schwer ein und riß sich aus seiner Benommenheit. Hastig stürzte er in den Garten und riß mit seinen Krücken Löcher ins weiche Gras.

Der Anblick eines unbekannten Mannes, der auf sie losstürmte, ließ die Frauen unwillkürlich zurückweichen, doch beim zweiten Blick erkannten sie seine Kutte und sahen, wie traurig er verkrüppelt war. Sie machten sogar einige Schritte, um ihm entgegenzugehen. Einen Augenblick lang war es nichts weiter als Mitleid mit einem Lahmen. Dann aber änderte sich alles.

Er hatte es viel zu eilig gehabt, sie zu erreichen. Er stolperte, verlor einen Augenblick das Gleichgewicht und wäre fast gefallen, aber das Mädchen sprang voller Mitgefühl los und hielt ihn am Arm fest. Als er mit seinem vollen Gewicht in ihre Arme sank, schwankten sie beide, doch beinahe Wange an Wange fingen sie sich wieder. Cadfael sah die beiden Gesichter einen Augenblick dicht an dicht nebeneinander und erschrak. Doch dann ging ihm ein Licht auf, und er kniff staunend die Augen zusammen.

Jetzt wußte er endlich die Antwort. Jetzt wußte er alles, was es zu wissen gab, nur nicht, welche Bitterkeit einen Menschen dazu treiben konnte, einem anderen etwas so Gemeines und Grausames anzutun. Aber auch diese Antwort würde er bald finden.

Bertrade de Clary starrte den Fremden einen Moment an, erkannte ihn als den Mann, der ihr alles andere als fremd war, und nannte seinen Namen:

»Haluin!«

Weiter geschah zunächst nichts. Nur ihre Blicke trafen sich. Sie erkannten und verstanden einander und sahen die alten Fehler und Schmerzen, die damals nie ganz verstanden worden waren. Bitter und schrecklich war es für einen Augenblick, aber dann empfanden sie nur noch Dankbarkeit und Freude. Einen kleinen Moment noch standen die drei stumm und reglos beisammen und starrten einander an, dann hörten sie die kleine Glocke im Dormitorium zur Prim läuten. Gleich würden die Schwestern über die Nachttreppe herunterkommen, um in einer Prozession zur Kirche zu ziehen.

Weiter konnten sie im Augenblick nichts tun, nicht jetzt. Die Frauen zogen sich mit staunenden Blicken zurück und machten sich auf, dem Ruf zu folgen und sich zu ihren Schwestern zu gesellen. Cadfael lief von der Kirchentür hinüber, um Haluin am Arm zu nehmen und ihn wie ein schlafwandelndes Kind sanft zum Gästehaus zurückzuführen.

»Sie ist nicht tot!« sagte Haluin, der steif wie ein Brett auf der Bettkante saß. Immer wieder sprach er zu sich selbst, fast im Singsang, von dem Wunder, das er gesehen hatte: »Sie ist nicht tot! Es war falsch, falsch! Sie ist nicht gestorben.«

Cadfael schwieg sich aus. Noch war es nicht an der Zeit, alles auszusprechen, was hinter dieser Offenbarung steckte. Für den Augenblick konnte Haluins schockierter Verstand nicht weiter blicken als bis zu dieser Tatsache und bis zur Freude darüber, daß sie lebendig und wohlbehalten in einem sicheren Hafen gelandet war, nachdem er sie so lange für tot gehalten hatte, gestorben durch seinen schlimmen Fehler. Verwirrt und verletzt fragte er sich, warum er sie so lange betrauert und nie etwas erfahren hatte.

»Ich muß mit ihr sprechen«, sagte Haluin. »Ich kann nicht gehen, ohne mit ihr gesprochen zu haben.«

»Das sollt Ihr auch nicht«, versicherte Cadfael ihm.

Jetzt war es nicht mehr zu vermeiden, alles mußte herauskommen. Sie waren sich begegnet, sie hatten einander gesehen, und das konnte niemand ungeschehen machen. Die versiegelte Schatzkiste war aufgesprungen, die Geheimnisse purzelten nur so heraus, und niemand konnte über ihnen wieder den Deckel schließen.

»Wir können heute noch nicht aufbrechen«, fuhr Haluin fort.

»Das werden wir auch nicht. Wartet nur geduldig«, sagte Cadfael. »Ich werde die Äbtissin um eine Audienz bitten.«

Die Äbtissin von Farewell, die Bischof de Clinton aus Coventry in das neu gegründete Kloster geschickt hatte, war eine plumpe, rundliche Frau von über vierzig Jahren mit einem pausbäckigen, roten Gesicht und listigen braunen Augen, die auf einen Blick ausloten und bewerten konnten und sich ihres Urteils sicher waren. In makelloser Haltung saß sie aufrecht auf einer ungepolsterten Bank in einem kleinen, spartanischen Sprechzimmer. Sie schloß das Buch auf dem Tisch, als Cadfael eintrat.

»Ihr seid mehr als willkommen, Bruder, und was unser Haus Euch bieten kann, soll Euch gehören. Wie Ursula mir sagte, kommt Ihr aus der Abtei von St. Peter und St. Paul in Shrewsbury. Ich wollte Euch und Euren Gefährten ohnehin zum Essen einladen, was ich hiermit auch tue. Aber wie ich hörte, habt Ihr um ein Gespräch gebeten und seid mir damit zuvorgekommen. Ich nehme an, es gibt dafür einen Grund. Setzt Euch, Bruder, und sagt mir, was ich für Euch tun kann.«

Cadfael setzte sich neben sie und überlegte, wieviel oder wie wenig er erzählen konnte. Sie war eine Frau, die durchaus zwischen den Zeilen zu lesen wußte, die aber, so nahm er an, peinlich auf Diskretion achtete und für sich behielt, was sie gelesen hatte.

»Ehrwürdige Mutter, ich bin gekommen, um Eure Zustimmung für ein Gespräch unter vier Augen zwischen meinem Bruder Haluin und Eurer Schwester Benedicta zu erbitten.«

Er sah, wie sie die Augenbrauen hob, doch die kleinen hellen Augen darunter blieben unbeeindruckt und blickten ihn forschend an.

»In ihrer Jugend«, fuhr Cadfael fort, »waren sie miteinander gut bekannt. Er stand in den Diensten ihrer Mutter, und da sie so eng im Haus zusammenlebten und im gleichen Alter waren, der Junge und das Mädchen, verliebten sie sich ineinander. Haluins Werbung entsprach aber nicht den Wünschen der Mutter, und sie gab sich alle Mühe, die beiden zu trennen. Haluin wurde aus ihren Diensten entlassen, und ihm wurde jeder Umgang mit dem Mädchen verboten, das gezwungen wurde, eine Ehe zu schließen, die ihrer Familie genehm war. Zweifellos kennt Ihr ihre spätere Geschichte. Haluin trat in unser Haus ein, zugegebenermaßen aus den falschen Gründen. Es ist nicht gut, sich aus Verzweiflung dem spirituellen Leben zuzuwenden, aber wie wir wissen, haben es viele getan und waren dennoch später ihren Häusern treue und ehrbare Mitglieder. So ist es bei Haluin, und zweifellos auch bei Bertrade de Clary.«

Er sah ein Funkeln in ihren Augen, als er den Namen erwähnte. Es gab nicht viel, was sie über ihre Schäfchen nicht wußte, aber wenn sie mehr über diese Frau wußte, als er gesagt hatte, dann gab sie es mit keiner Silbe zu erkennen. Sie akzeptierte es, wie er es gesagt hatte.

»Anscheinend«, erklärte sie nun, »könnte sich die Geschichte, die Ihr mir erzählt habt, in einer anderen Generation wiederholen. Die Umstände sind zwar nicht dieselben, aber der Ausgang könnte der gleiche sein. Ich glaube, wir sollten beizeiten überlegen, wie wir damit verfahren.«

»Das denke ich auch«, stimmte Cadfael zu. »Wie seid Ihr denn bisher verfahren, seit das Mädchen mitten in der Nacht zu seiner Mutter kam? Das Haus von Vivers ist jetzt sicher den zweiten Tag auf den Beinen und sucht alle Straßen nach ihr ab.«

»Nein«, erwiderte die Äbtissin, »denn gestern schickte ich einen Boten zu ihrem Bruder und ließ ihm ausrichten, daß das Mädchen wohlbehalten hier eingetroffen ist und darum bittet, eine Weile in Frieden gelassen zu werden, damit es beten und nachdenken kann. Ich glaube, angesichts der Umstände wird er ihren Wunsch respektieren.«

»Umstände, die sie Euch sicherlich ohne Vorbehalte geschildert hat«, sagte Cadfael. »Soweit sie selbst im Bilde ist.«

»So ist es.«

»Dann wißt Ihr auch vom Tod der alten Frau und von der Heirat, die für Helisende arrangiert wurde. Und Ihr wißt auch um den Grund für die Heirat?«

»Ich weiß, daß sie mit dem jungen Mann, den sie lieber bekommen hätte, eng verwandt ist. Ja, sie hat mir davon erzählt. Mehr, vermute ich, als sie ihrem Beichtvater anvertraut. Ihr braucht um Helisende nicht zu fürchten, denn solange sie hier bleibt, ist sie vor allen Qualen sicher und hat zudem die Gesellschaft und den Trost ihrer Mutter.«

»Sie hätte keinen besseren Ort finden können«, sagte Cadfael inbrünstig. »Nun, was diese beiden angeht, so muß ich Euch sagen, daß Haluin in dem Glauben gelassen wurde, Bertrade sei tot. All die Jahre hielt er sie für tot, und er gab sich selbst sogar die Schuld an ihrem Tod. Heute morgen hat er sie dank Gottes Gnade lebendig und wohlauf gesehen. Sie haben, außer sich beim Namen zu nennen, kein Wort gewechselt. Aber ich glaube, wenn Ihr es erlaubt, sollten sie eine Gelegenheit dazu bekommen. Sie werden ihren Berufungen besser nachkommen können, wenn sie ihren Seelenfrieden gefunden haben. Und sie haben auch das Recht, sich zu vergewissern, daß der andere wohlauf, gesegnet und zufrieden lebt.«

»Und Ihr glaubt«, fragte die Äbtissin vorsichtig, »daß sie tatsächlich gesegnet und zufrieden leben können wie zuvor?«

»Besser sogar«, bekräftigte er ohne jeden Zweifel. »Ich kann für den Mann sprechen, und Ihr kennt die Frau. Wenn sie uns ohne ein Wort verlassen sollten, dann werden sie sich bis ans Ende ihrer Tag quälen.«

»Aber dafür möchte ich vor Gott nicht verantwortlich sein«, sagte die Äbtissin mit einem kurzen, spröden Lächeln. »Nun, sie sollen ihre Stunde bekommen und ihren Frieden finden. Es kann nicht schaden, aber viel Gutes kann es bewirken. Wollt Ihr noch einige Tage hier bei uns bleiben?«

»Wenigstens noch heute«, sagte Cadfael. »Und ich habe noch eine weitere Bitte. Bruder Haluin überlasse ich Euch, doch es gibt noch etwas, das ich tun muß, bevor wir nach Hause zurückkehren. Aber nicht hier! Darf ich ein Pferd aus Eurem Stall borgen?«

Sie musterte ihn eine Weile, und es schien, als sei sie zufrieden mit dem, was sie sah. Schließlich meinte sie: »Unter einer Bedingung.«

»Und die wäre?«

»Ihr müßt mir, wenn die Zeit es erlaubt und alles im Lot ist, auch die zweite Hälfte der Geschichte erzählen.«

Bruder Cadfael führte sein geborgtes Pferd in den Hof und stieg ohne Eile auf. Der Bischof hatte, um seine eigenen Besuche zu erleichtern, einen angemessenen Stall einrichten lassen. Zwei kräftige Kaltblüter standen bereit, falls einer seiner Gesandten hier vorbeikam und die Gastfreundschaft der Abtei in Anspruch nahm, um die Pferde zu wechseln. Nachdem er freie Hand hatte, wählte Cadfael natürlich das bessere und lebhaftere der beiden Pferde, einen jungen, kräftigen Rotbraunen. Er hatte keinen weiten Ritt vor sich, aber er wollte wenigstens für sich selbst etwas Vergnügen herausschlagen, denn am Ende würde es kaum Freude geben.

Die Sonne stand schon hoch, als er aus dem Tor ritt. Eine bleiche Sonne war es, die aber heller und klarer wurde, während sich die Luft frühlinghaft erwärmte. Der schlimme Schneefall in Vivers war gewiß der letzte des Jahres gewesen, ein angemessener Endpunkt für Haluins Bußgang, der im ersten Schnee seinen Anfang genommen hatte.

Der zarte grüne Schleier der Knospen auf den Ästen von Büschen und Bäumen hatte sich zum harten Gefieder junger Blätter entwickelt. Das feuchte Gras schimmerte und dampfte leicht, wo es von der Sonne berührt wurde. Soviel Schönheit lag vor ihm, und hinter ihm gab es Hoffnung auf eine große Gnade, auf eine gerechte Erlösung und die Erneuerung der Hoffnung. Vor ihm aber gab es eine einsame Seele, die gerettet werden mußte, falls sie nicht schon verloren war.

Er nahm nicht die Straße nach Vivers. Nicht dort hatte er Dringendes zu tun, auch wenn er auf dem Rückweg vielleicht dort Halt machen würde. Einmal zügelte er sein Pferd und blickte zurück. Im leicht hügeligen Land waren der Zaun der Abtei und der Weiler verschwunden. Haluin würde warten und sich wundern und durch einen wirren Traum tappen, voller Fragen, auf die er keine Antwort finden konnte, zerrissen zwischen Glauben und Unglauben, ängstlicher Freude und alten Schmerzen, bis die Äbtissin ihn zu dem Treffen rief, das alle Dinge offenlegen würde.

Cadfael ritt langsam weiter, bis er jemand fand, den er nach dem Weg fragen konnte. Eine Frau, die am Rande eines Dorfes Schafe und Lämmer zur Weide führte, wies ihm bereitwillig den kürzesten Weg. Er konnte Vivers meiden, was ihm ganz recht war, denn im Augenblick wollte er Cenred und seinen Männern nicht begegnen. Noch hatte er ihnen nichts zu sagen, und nicht er mußte ihnen sagen, was nun endlich gesagt werden mußte.

Auf der Straße angekommen, die die Bäuerin ihm beschrieben hatte, ritt er schnell und zielstrebig und hielt erst am Tor des Anwesens in Elford wieder an.

Es war die junge Pförtnerin, die später am Morgen an die Türe klopfte und Bruder Haluin aus seiner quälenden Einsamkeit rißt. Die Sonne hatte schon lange ihren Schleier abgelegt und das Gras im Garten getrocknet. Er sah sich um, als sie eintrat. Da er aber Cadfael erwartet hatte, riß er verwundert die Augen auf.

»Die Äbtissin schickt mich«, sagte das Mädchen ebenso höflich wie sanft, denn sie hatte den Eindruck, er habe Mühe, sie zu verstehen. »Sie bittet Euch in ihr Sprechzimmer. Wenn Ihr mitkommen wollt, kann ich Euch den Weg zeigen.«

Gehorsam langte er nach seinen Krücken. »Bruder Cadfael ging fort und kehrte bisher nicht zurück«, sagte er langsam und sah sich um wie ein Mann, der aus einem Traum erwacht. »Wird er auch anwesend sein? Soll ich nicht besser auf ihn warten?«

»Nein, das ist nicht nötig«, erklärte sie. »Bruder Cadfael hat bereits mit Mutter Patrice gesprochen. Er hatte noch etwas zu erledigen. Ihr sollt hier ruhig auf seine Rückkehr warten. Kommt Ihr nun?«

Haluin stemmte sich mühsam auf die Beine und folgte ihr über den hinteren Hof zu den Gemächern der Äbtissin, voller Vertrauen wie ein Kind und mit immer noch halb abwesenden Gedanken. Die kleine Pförtnerin paßte ihre flinken Füße seinem schweren Gang an und brachte ihn rücksichtsvoll und sanft bis zur Tür des Sprechzimmers. Auf der Schwelle warf sie ihm ein strahlendes, ermutigendes Lächeln zu.

»Geht nur hinein, Ihr werdet erwartet.«

Sie hielt ihm die Tür auf, da er beide Hände für die Krücken brauchte. Er humpelte über die Schwelle in den nach Holz duftenden, halbdunklen Raum und blieb drinnen stehen, um der Äbtissin die Ehre zu erweisen. Dann aber, als seine Augen sich an das Dämmerlicht gewöhnt hatten, hielt er bebend inne. Denn die Frau, die gefaßt und still und wundervoll lächelnd mitten im Raum stand und ihn erwartete, die Hände instinktiv ausgestreckt, um ihm zu helfen, war nicht die Äbtissin, sondern Bertrade de Clary.

12

Der Bursche, der ohne Eile über den Hof herbeikam, um den Besucher zu begrüßen und nach seinem Begehr zu fragen, war weder Lothair noch Luc, sondern ein schlaksiger, nicht einmal zwanzig Jahre alter Junge mit einem dichten, dunklen Haarschopf. Hinter ihm schien der Hof frei vom gewohnten lebhaften Getriebe. Nur ein paar Mägde und Knechte gingen gemächlich ihrer Arbeit nach, als ließe man hier die Zügel schleifen. Es sah ganz danach aus, als sei der Hausherr mit den meisten seiner Männer noch unterwegs, um nach Neuigkeiten zu jagen, die zum Mörder Edgythas führen konnten.

»Wenn Ihr den Herrn Audemar sprechen wollt«, sagte der Junge sofort, »dann habt Ihr Pech. Er ist noch wegen dieser Frau, die vor ein paar Nächten getötet wurde, unterwegs. Aber sein Verwalter ist da, und wenn Ihr übernachten wollt, dann solltet Ihr mit ihm sprechen.«

»Vielen Dank«, erwiderte Cadfael, während er ihm seinen Zügel gab, »aber ich will nicht zu Herrn Audemar. Seine Mutter will ich sprechen. Ich weiß, wo ihre Witwengemächer sind. Wenn Ihr das Pferd versorgen wollt, kann ich schon hinübergehen und das Mädchen fragen, ob die Herrin mich empfängt.«

»Wie Ihr wollt. Ihr wart ja schon einmal hier«, sagte der Bursche, indem er mit schmalen Augen den flüchtig bekannten Besucher musterte. »Vor ein paar Tagen erst, mit einem anderen Mönch in schwarzer Kutte, der auf Krücken nur mühsam ging.«

»Richtig«, meinte Cadfael. »Ich sprach bei dieser Gelegenheit auch schon mit der Herrin, und sie wird mich oder den lahmen Bruder nicht vergessen haben. Wenn sie mich jetzt nicht empfangen will, dann soll es gut sein – aber sie wird sich wohl nicht verweigern.«

»Versucht es nur«, meinte der Bursche gleichgültig. »Sie ist mit ihrem Mädchen in ihrem Haus. Seit ein paar Tagen läßt sie sich kaum noch blicken.«

»Sie hatte zwei Burschen dabei«, fuhr Cadfael fort. »Es waren

Vater und Sohn. Wir lernten uns kennen, als wir hier waren. Die beiden hatten ihre Herrin aus Shropshire hierher begleitet. Ich würde nachher gern mit den beiden sprechen, falls sie nicht mit Audemars Leuten in Vivers sind.«

»Oh, die! Nein, das sind ihre Leute, nicht seine. Aber sie sind trotzdem nicht mehr da. Gestern ganz früh schickte sie sie mit einem Auftrag fort. Wohin, das weiß ich nicht. Zurück nach Hales, würde ich meinen. Da wohnt die alte Dame ja die meiste Zeit.«

Ich frage mich nur, dachte Cadfael, als er sich zu Adelais' Haus in der Ecke der Enklave wandte, während der Bursche den Rotbraunen in den Stall führte, ich frage mich wirklich, wie es Adelais de Clary schmecken würde, wenn sie erführe, daß der Bursche ihres Sohnes sie als ›alte Dame‹ bezeichnet. Zweifellos kam sie dem ungehobelten Jungen so alt vor wie die Berge, aber sie hatte bewahrt und behütet, was einst eine große Schönheit gewesen war, und von diesem Strahlen durfte nichts und niemand ablenken. Nicht umsonst hatte sie als engste Dienerin ein schlichtes, pockennarbiges Mädchen gewählt und sich mit langweiligen, gewöhnlichen Gesichtern umgeben, zwischen denen sie um so schöner strahlen konnte.

An der Türe von Adelais' Haus bat er darum, empfangen zu werden, und Gerta kam selbstherrlich im Bewußtsein ihrer Bedeutung und fest entschlossen, jede Störung von ihrer Herrin fernzuhalten. Er hatte zunächst seinen Namen nicht genannt, doch als Gerta ihn nun sah, hielt sie inne. Sie schien nicht eben erbaut, einen der Benediktinermönche aus Shrewsbury so bald schon und ohne Vorwarnung wiederzusehen.

»Meine Herrin ist nicht bereit, Besucher zu empfangen. Was habt Ihr mit ihr zu schaffen, daß Ihr sie stören müßt? Wenn Ihr eine Unterkunft und etwas zu essen braucht, wird sich der Verwalter des Herrn Audemar bemühen.«

»Was ich hier zu schaffen habe«, sagte Cadfael, »betrifft nur Frau Adelais und geht, abgesehen von ihr selbst, niemand etwas an. Sagt ihr, Bruder Cadfael sei noch einmal aus der Abtei von Farewell gekommen und bitte sie um ein Gespräch. Ich glaube gern, daß sie keine Besucher empfangen will, aber ich nehme an, daß sie mich nicht abweisen wird.«

161

Sie war nicht so kühn, daß sie es wagte, ihn selbst fortzuschik-ken, doch sie ging mit hochmütig erhobenem Kopf und verächt-lichen Blicken, als freute sie sich schon darauf, ihm eine ableh-nende Antwort zu übermitteln. Nach dem enttäuschten Gesicht zu urteilen, mit dem sie aus der Kemenate zurückkam, war ihr diese Freude anscheinend verwehrt worden.

»Meine Herrin bittet Euch herein«, sagte sie kalt und öffnete für ihn die Tür, damit er an ihr vorbei ins Haus treten konnte. Zweifellos hoffte sie, in der Nähe bleiben und anhören zu können, was gesprochen wurde, aber so weit ging die Liebe nicht.

»Laß uns allein«, sagte Adelais de Clary, die unter dem verschlossenen Fenster in tiefem Schatten saß. »Und schließ die Tür hinter dir.«

Dieses Mal hatte sie keine Frauenarbeit in den Händen, kein Stickzeug und kein Garn zum Spinnen. Sie saß reglos auf ihrem großen Stuhl im Halbdunkel, die Hände auf die Lehnen gelegt und die geschnitzten Löwenköpfe am Ende umklammernd. Sie bewegte sich nicht, als Cadfael hereinkam, sie war weder über-rascht noch erschrocken. Ihre tiefen, brennenden Augen sahen ihn ohne jede Verwunderung an, und wie er meinte auch ohne jedes Bedauern. Es schien fast, als habe sie ihn erwartet.

»Wo habt Ihr Haluin gelassen?« fragte sie.

»In der Abtei von Farewell«, sagte Cadfael.

Sie schwieg eine Weile und dachte mit unbewegtem Gesicht und funkelnden Augen nach, so intensiv, daß er fast ein gespann-tes Zittern in der Luft zu spüren glaubte, bevor sich seine Augen an das Halbdunkel gewöhnt hatten. Allmählich schälten sich ihre Gesichtszüge aus der Dunkelheit heraus, aus der Finsternis, in die sie sich selbst gesperrt hatte. Dann sagte sie rauh und laut: »Ich will ihn nie wiedersehen.«

»Nun, Ihr werdet ihn auch nicht wiedersehen. Wenn dies hier erledigt ist, kehren wir heim.«

»Aber«, sagte sie, »ich dachte die ganze Zeit daran, daß Ihr zurückkommen würdet. Früher oder später würdet Ihr zurück-kommen. Nun gut! Die Dinge sind jetzt meinen Händen entglit-ten. Sagt, was Ihr mir sagen wollt. Ich werde besser schweigen.«

»Das könnt Ihr nicht tun«, widersprach Cadfael. »Es ist Eure Geschichte.«

»Dann seid mein Chronist. Erzählt Sie! Erinnert mich! Laßt mich hören, wie die Geschichte in den Ohren meines Beichtvaters klingen wird, falls mir überhaupt ein Priester die Beichte abnimmt.« Sie streckte plötzlich eine lange, schmale Hand aus und forderte ihn wie eine Königin auf, sich zu setzen. Doch er blieb dort stehen, wo er sie am besten sehen konnte, und sie machte nicht den Versuch, seinen Blicken auszuweichen, sondern hielt ihnen stand. Ihr schönes, stolzes Gesicht war gefaßt und verschlossen, nichts gab sie zu, nichts leugnete sie. Nur die brennenden dunklen Augen in den tiefen Höhlen sprachen zu ihm, doch in einer Sprache, die er nicht ganz verstand.

»Ihr wißt genau, was Ihr vor so vielen Jahren getan habt«, begann Cadfael. »Ihr habt Haluin mit einer schrecklichen Strafe belegt, weil er es wagte, Eure Tochter zu lieben und sie zu schwängern. Ihr habt ihn bis ins Kloster verfolgt, in das ihn Eure Feindschaft getrieben hatte – junge Menschen verzweifeln rasch. Ihr habt ihn gezwungen, Euch das Mittel zur Abtreibung zu beschaffen, und danach habt Ihr ihn wissen lassen, Mutter und Kind seien gestorben. Es war eine schreckliche Schuld, die Ihr ihm damals auferlegt habt, und sie hat ihn sein Leben lang gequält. Wollt Ihr nun sprechen?«

»Nein«, sagte sie. »Fahrt fort! Ihr habt ja erst begonnen.«

»Richtig, ich habe gerade erst begonnen. Dieser Trank aus Ysop und Schwertlilien, den er Euch gab – er wurde nie benutzt. Der Trank sollte nur ihn selbst vergiften, er sollte nie jemand anders schaden. Was habt Ihr damit gemacht? Habt Ihr in einfach ausgeschüttet? Nein, lange bevor Ihr überhaupt die Kräuter von ihm verlangt habt, ich würde sogar sagen, sofort nachdem Ihr ihn aus Eurem Haus vertrieben hattet, mußte Bertrade auf Euer Geheiß nach Elford gehen und Edric Vivers heiraten. So geschah es, und gewiß noch rechtzeitig, um ihn als Vater gelten zu lassen. Glaubwürdig, aber unwahrscheinlich. Zweifellos war der alte Mann stolz auf sich, da er sich immer noch stark genug glaubte, ein Kind zu zeugen. Warum sollte jemand das Geburtsdatum in Frage stellen, da Ihr doch rasch gehandelt hattet?«

163

Sie hatte sich nicht bewegt, sie war nicht zusammengezuckt, und ihre Augen ruhten auf seinem Gesicht. Sie gab nichts zu und stritt nichts ab.

»Hattet Ihr eigentlich keine Angst«, fragte er, »irgend jemand könnte in Hörweite unseres Klosters verlauten lassen, daß Bertrade de Clary mit Edric Vivers verheiratet war und keineswegs im Grab lag? Daß sie ihrem alten Mann eine Tochter geschenkt hatte? Es hätte nur einen Reisenden mit einer geschwätzigen Zunge gebraucht.«

»Diese Gefahr bestand nicht«, erklärte sie einfach. »Welche Kontakte gab es schon zwischen Shrewsbury und Hales? Keine, bis Haluin vom Dach stürzte und seine Pilgerreise begann. Nein, es war nicht zu erwarten, daß jemand aus einer anderen Grafschaft hier zu tun hatte. Es bestand keine Gefahr.«

»Nun, dann laßt uns fortfahren. Sie lebte also, und Ihr habt sie einem alten Mann gegeben. Das Kind wurde lebend geboren. Diese Gnade habt Ihr dem Mädchen erwiesen – aber warum nicht auch ihm? Warum dieser bittere, andauernde Haß, daß Ihr auf so schreckliche Weise Rache nehmen mußtet? Doch nicht, weil Eurer Tochter ein Unrecht angetan worden war, nein! Warum wurde Haluin nicht als passender Mann für sie angenommen? Er stammte aus einer guten Familie, er hätte ein schönes Anwesen erben können, hätte er nicht die Kutte vorgezogen. Was hattet Ihr nur gegen ihn? Ihr wart eine schöne Frau, gewöhnt an Bewunderung und Verehrung. Euer Herr war in Palästina. Und ich weiß noch, wie Haluin zu mir kam, achtzehn Jahre alt und ohne Tonsur. Ich sah ihn, wie Ihr ihn gesehen habt, als Ihr einige Jahre im erzwungenen Zölibat leben mußtet – er war sehr anziehend...«

Er sprach nicht weiter, denn ihre langen, festen Lippen hatten sich geöffnet, um ihm endlich doch zuzustimmen. Sie hatte unbeeindruckt zugehört, hatte keinen Versuch gemacht, ihn zu unterbrechen, hatte keine Einwände erhoben. Jetzt antwortete sie.

»Viel zu anziehend!« sagte sie. »Ich war es nicht gewöhnt, verschmäht zu werden, aber ich war ohnmächtig und konnte nichts tun. Er war viel zu unschuldig, um mich zu verstehen. Wie solche Kinder manchmal ohne Absicht verletzen können! Wenn ich ihn also nicht haben konnte«, sagte sie grimmig, »dann sollte sie ihn auch nicht bekommen. Keine Frau sollte ihn haben, und vor allem nicht sie.«

Es war heraus, sie ließ es stehen, wie es war, fügte nichts hinzu, um es abzumildern, und nachdem sie es gesagt hatte, dachte sie darüber nach und erinnerte sich an ihre Gefühle, als wären es die einer anderen Frau, denn sie empfand nicht mehr die alte Intensität, die Sehnsucht und den Zorn.

»Es gibt noch mehr zu erzählen«, sagte Cadfael, »viel mehr. Da ist zum Beispiel Eure Zofe Edgytha. Edgytha war Eure einzige Vertraute, die einzige, die die Wahrheit wußte. Sie wurde mit Bertrade nach Vivers geschickt. Äußerst treu und Euch ergeben, wahrte sie Euer Geheimnis und vollstreckte in all den Jahren Eure Rache. Und Ihr vertrautet darauf, daß sie das Geheimnis ins Grab nehmen würde. So war für Euch alles in Ordnung, bis Roscelin und Helisende aufwuchsen und sich nicht mehr nur als Spielgefährten, sondern als Mann und Frau zu lieben begannen. Sie wußten und vergaßen dennoch, daß die Kirche und die Welt eine solche Liebe als falsch, sündhaft und verboten betrachten würde. Als das Geheimnis zur Barriere zwischen ihnen wurde, wo keine Barriere hätte sein müssen, als Roscelin nach Elford verbannt wurde und durch Helisendes Heirat mit de Perronet eine endgültige Trennung drohte, konnte Edgytha es nicht länger ertragen. Sie kam des Nachts zu Euch gelaufen – nicht zu Roscelin, sondern zu Euch! Und bat Euch, endlich die Wahrheit zu sagen oder ihr die Erlaubnis zu geben, sie für Euch zu erzählen.«

»Ich habe mich gefragt«, warf Adelais ein, »woher sie wußte, daß ich hier in der Nähe war.«

»Sie wußte es, weil ich es ihr gesagt hatte. Unwissentlich schickte ich sie selbst in die Nacht hinaus, um Euch zu bitten, die Schatten von den beiden unschuldigen Kindern zu nehmen. Es war ein Zufall, daß ich unser Treffen hier in Elford erwähnte. *Ich* habe sie zu Euch und damit in den Tod geschickt, genau wie Haluin Euch veranlaßte, in aller Eile herzukommen, um ihn von gefährlichen Entdeckungen abzuhalten. Wir waren die Instrumente Eures Tuns, die Euch stets nur Gutes wünschten. Nun aber solltet Ihr bedenken, ob Eure Seele noch zu retten ist.«

»Fahrt fort!« sagte sie rauh. »Ihr seid noch nicht fertig.«

»Nein, noch nicht. Edgytha flehte Euch an, endlich die Wahrheit zu sagen. Und Ihr wart nicht bereit! Ihr habt sie verzweifelt nach Vivers zurückgehen lassen. Was ihr dann unterwegs zustieß, wißt Ihr bereits.«

Sie leugnete es nicht. Ihr Gesicht war bleich und verschlossen, doch ihr Blick schwankte nicht.

»Hätte sie auch gegen Euren Willen die Wahrheit gesagt? Wir werden die Antwort darauf nie erfahren. Aber jemand, der Euch ebenso ergeben war, hörte genug, um zu verstehen, in welcher Gefahr Ihr schwebtet. Jemand fürchtete sie, folgte ihr und brachte sie zum Schweigen. Oh, nein, nicht Ihr selbst! Ihr hattet andere Werkzeuge dafür. Aber habt Ihr ein entsprechendes Wort verlauten lassen?«

»Nein!« sagte Adelais. »Das habe ich nicht! Es sei denn, mein Gesicht sprach für mich. Und wenn, dann hätte es gelogen. Ich hätte ihr nie etwas antun können.«

»Das will ich Euch glauben. Aber welcher der beiden folgte ihr? Der Vater wie der Sohn, beide würden für Euch ohne Murren sterben, und ohne Frage hat einer der beiden für Euch getötet. Nun sind sie fort. Zurück nach Hales? Nein, das bezweifle ich, das wäre nicht weit genug. Wie weit ist das entfernteste Anwesen Eures Sohnes entfernt?«

»Ihr würdet sie nicht finden«, sagte Adelais bestimmt. »Ich weiß nicht, wer von den beiden das tat, was ich vielleicht hätte verhindern können, aber ich stopfte ihnen den Mund, als sie reden wollten. Was hätte es genützt? Die Schuld liegt allein bei mir, und ich will niemand sonst hineinziehen. Ja, ich habe sie fortgeschickt, sie sollen nicht meine Schulden bezahlen müssen. Edgytha in aller Ehre zu bestatten, ist eine schlechte Wiedergutmachung. Beichte, Buße, vielleicht sogar die Absolution können einer Toten nicht das Leben zurückgeben.«

»Eine Wiedergutmachung gibt es noch«, sagte Cadfael. »Ich glaube außerdem, daß Euch all die Jahre nicht weniger teuer zu stehen kamen als Haluin. Vergeßt nicht, daß ich Euer Gesicht sah, als er mit seinem zerstörten Körper eintrat. Ich hörte Eure Stimme, als Ihr rieft! ›Was hat man Euch nur angetan?‹ Alles, was Ihr ihm angetan habt, habt Ihr auch Euch selbst angetan, und sobald es geschehen war, konnte es nicht zurückgenommen werden. Nun könnt Ihr Euch davon befreien, wenn Ihr Euch ausliefert.«

»Fahrt fort«, sagte Adelais, obwohl sie genau wußte, was kommen würde. Er sah es an der Fassung, die sie die ganze Zeit über nicht verloren hatte. Sicher hatte sie in diesem halbdunklen Raum nur darauf gewartet, daß der Finger Gottes endlich auf sie zeigte.

»Helisende ist nicht Edrics Tochter, sondern Haluins Kind. Nichts steht ihr im Wege, wenn sie Roscelin heiraten will. Ob die Ehe zwischen den beiden gut verlaufen würde, ist eine andere Frage, aber wenigstens muß der Schatten der Geschwisterliebe von ihnen genommen werden. Die Wahrheit muß ans Licht kommen, wie sie in Farewell bereits herausgekommen ist. Haluin und Bertrade haben sich dort getroffen und schließen nun miteinander Frieden. Ihre Tochter Helisende ist bei ihnen, und die Wahrheit ist bereits aus ihrem Grab gestiegen.«

Sie wußte, sie hatte seit dem Tod der alten Frau gewußt, daß es letzten Endes dazu kommen mußte, und wenn sie ihre Augen abgewendet und sich geweigert hatte, es einzusehen, nun gab es keinen Ausweg mehr. Auch war sie nicht die Frau, die eine schwere Aufgabe an andere delegierte, sobald sie sich einmal entschlossen hatte. Im Guten wie im Schlechten machte sie keine halben Sachen.

Er wollte sie nicht weiter drängen, sondern zog sich zurück, um ihr Zeit und Raum zu lassen. Etwas abseits stand er, beobachtete die gefaßte, schweigende Frau und überlegte bei sich, welchen Tribut achtzehn Jahre des Schweigens gefordert hatten, achtzehn Jahre voller Haß und Liebe. Die ersten Worte, die er hier von ihr gehört hatte, trotz ihrer extremen Situation, die ersten Worte, die er überhaupt von ihr gehört hatte, hatten Haluin gegolten: »Was hat man Euch angetan?«

Adelais stand abrupt auf und ging mit langen, festen Schritten zum Fenster. Sie klappte die Läden zur Seite und ließ frische Luft und Licht und die Kälte herein. Eine Weile stand sie da und blickte zum stillen Hof hinaus. Der bleiche Himmel war mit kleinen Wolken gesprenkelt, ein grüner Schleier lag über den Ästen der Bäume außerhalb des Zaunes. Als sie sich wieder zu ihm umwandte, sah er ihr Gesicht im vollen, klaren Tageslicht, und er sah zugleich ihre unvergängliche Schönheit und den Staub, den die Zeit darübergelegt hatte. Die einst straffen Stränge in ihrem langen Hals waren erschlafft, graue Flecken wie von Asche waren in ihrem schwarzen Haar zu sehen, um Mund und Augen hatten sich Falten gebildet, und ein Netz dünner Äderchen zog sich über die einst makellosen und elfenbeinglatten Wangen. Sie war stark, sie würde nicht ohne weiteres die Verbindung zur Welt aufgeben und sie einfach verlassen. Sie würde lange leben und gegen den erbarmungslosen Angriff des Alters wüten, bis der Tod sie geschlagen und überwältigt hätte. Adelais' Wesen selbst sorgte für die Buße.

»Nein!« sagte sie plötzlich mit großer Autorität, als hätte er einen Vorschlag gemacht, den sie um keinen Preis annehmen konnte. »Nein, ich will keinen Fürsprecher. Niemand soll mir etwas abnehmen, das ich selbst sagen muß. Was erzählt werden muß, will ich selbst erzählen. Kein anderer soll es tun! Ob es je gesagt worden wäre, wenn Ihr nicht in meine Nähe gekommen wärt – Ihr mit Eurer Hand an Haluins Ellbogen, mit Euren nachdenklichen Augen, die nichts verrieten –, ich weiß es nicht. Wißt Ihr es? Aber das spielt jetzt keine Rolle mehr. Was noch zu tun ist, will ich selbst tun.«

»Befehlt mir zu gehen«, bot Cadfael an, »und ich gehe. Ihr braucht mich nicht mehr.«

»Nicht als Fürsprecher, nein. Aber als Zeugen vielleicht! Warum solltet Ihr um das Ende betrogen werden? Ja!« sagte sie mit funkelnden Augen. »Ihr sollt mit mir reiten und sehen, wie alles endet. Ich schulde Euch diesen Ausgang, wie ich Gott den Tod schulde.«

Er ritt mit ihr, wie sie es gewünscht hatte. Warum nicht? Er mußte nach Farewell zurückkehren, und der Weg über Vivers war so gut wie jeder andere. Sobald sie sich entschlossen hatte, gab es kein Zögern und kein Zaudern mehr.

Sie ritt und gab dem Pferd die Sporen wie ein Mann, nachdem sie in den letzten Jahren anmutig im Damensitz hinter einem Burschen gesessen hatte, wie es sich für eine Dame ihres Alters und Standes geziemte. Sie ritt mit dem königlichen Selbstbewußtsein eines Mannes, aufrecht und leicht im Sattel sitzend, den Zügel entspannt mit einer Hand haltend. Und sie ritt schnell und gleichmäßig und näherte sich ihrer Niederlage so entschlossen wie ihrem Sieg.

Cadfael, der neben ihr ritt, fragte sich, ob sie immer noch in Versuchung war, einen Teil der Wahrheit zurückzuhalten, um sich wenigstens teilweise zu schützen. Aber die gespannte Ruhe ihres Gesichts sprach dagegen. Es würde keine Ausflüchte, keine Abmilderungen, keine Entschuldigungen geben. Sie hatte getan, was sie getan hatte, und sie würde es mit der gleichen Entschlossenheit berichten. Ob sie es bereute, würde nur Gott erfahren.

13

Sie erreichten Vivers eine Stunde nach Mittag. Das Tor stand offen, und die Unruhe drinnen hatte nachgelassen. Mehr als das übliche Hin und Her war auf dem Hof nicht zu sehen. Offenbar war der Bote der Äbtissin aufgenommen und für glaubwürdig befunden worden, und ob widerstrebend oder bereitwillig, Cenred würde Helisendes Wunsch entsprechen und sie eine Weile an ihrem Zufluchtsort in Ruhe lassen. Da nun die Suche nach ihr nicht fortgesetzt werden mußte, waren Audemars Männer frei, um den Mörder zu verfolgen. Allerdings würden sie ihn nie finden! Wer sollte in jener Nacht, als der Schnee fiel, schon in der Nähe gewesen sein und den Messerstich im Wald beobachtet haben, um das Gesicht des Mörders beschreiben oder seinen Namen nennen zu können? Und selbst wenn es einen Zeugen gab, wer in dieser Gegend, abgesehen von den Leuten aus Audemars Haus, hätte einen Burschen aus dem fernen Hales erkannt?

Cenreds Aufseher durchquerte gerade den Hof, als sie hereingeritten kamen. Er eilte ihnen entgegen, erkannte die Mutter des Oberherrn dieser Gegend und wollte ihr aus dem Sattel helfen, doch sie war schon abgestiegen, ehe er sie erreichen konnte. Sie glättete ihre gestickten Röcke und sah sich um, ob sie einen Diener ihres Sohnes fände. Cadfael hatte bereits bemerkt, daß die Jäger noch nicht nach Elford zurückgekehrt waren, doch auch hier waren sie nirgends zu entdecken. Einen Augenblick runzelte sie die Stirn, wenig begeistert über die Aussicht, warten zu müssen und nicht sofort sagen zu können, was sie zu sagen hatte. Da sie sich nun entschlossen hatte, gefiel es ihr nicht, durch äußere Umstände aufgehalten zu werden. Noch während sich der Verwalter ehrerbietig verneigte, blickte sie über ihn hinweg zur Halle.

»Ist dein Herr da?«

»Ja, Mylady. Wenn Ihr bitte hereinkommen wollt?«

»Und mein Sohn?«

»Auch er ist da. Er kam erst vor einigen Minuten zurück. Seine Männer sind noch mit unseren Männern unterwegs, um in allen Häusern in der Gegend Erkundigungen einzuziehen.«

»Zeitverschwendung!« sagte sie eher zu sich selbst als zu ihm, hütete sich aber, ihm den Grund zu nennen. »Nun, um so besser, wenn beide hier sind. Nein, du brauchst ihnen nicht zu sagen, daß ich gekommen bin. Das werde ich selbst tun. Und Bruder Cadfael hier kommt dieses Mal als mein Helfer und nicht als Gast.«

Der Verwalter hatte den zweiten Reiter bis jetzt kaum eines Blickes gewürdigt. Nun sah er Cadfael prüfend an und überlegte wohl, was der Benediktiner schon wieder hier und zusammen mit der Frau zu suchen hatte. Aber es war keine Zeit für lange Fragen. Adelais war schon mit großen Schritten zur Treppe unterwegs, die zur Halle hinaufführte, und Cadfael folgte ihr ergeben, als wäre er tatsächlich ihr demütiger Kaplan. Der Verwalter sah ihnen grübelnd und verwundert nach.

Die Leute im Haus hatten das Mittagessen schon eingenommen, und die Diener waren damit beschäftigt, die Teller abzuräumen und die Tische beiseite zu stellen. Adelais ging ohne ein Wort oder einen Blick an ihnen vorbei und wandte sich sofort zu der mit Vorhängen geschützten Tür der Kemenate. Drinnen waren murmelnde Stimmen zu hören, etwas gedämpft durch die Vorhänge. Cenreds tiefe Stimme war deutlich von der hellen, jüngeren Stimme des Jean de Perronet zu unterscheiden. Der Freier hatte sich nicht zurückgezogen, sondern wollte anscheinend störrisch, wenn auch nicht geduldig, seine Zeit abwarten. Nun gut, dachte Cadfael. Er hatte das Recht zu erfahren, welches gewaltige Hindernis sich ihm nun in den Weg stellte. Das gebot der Anstand. De Perronet hatte nichts Ehrenrühriges getan, man durfte ihn nicht übergehen.

Adelais fegte den Vorhang zur Seite und riß die Türe auf. Alle waren da und sprachen bedrückt über eine Situation, der sie frustiert und hilflos gegenüberstanden, zur Untätigkeit verdammt, da es von vornherein sinnlos war, Männer auszuschikken und aufs Geratewohl nach Edgythas Mörder zu suchen. Hätte irgend jemand in der Gegend etwas gewußt, dann hätte man es bereits erfahren. Und wenn Audemar daran dachte, die

Diener aus dem Hause seiner Mutter zu überprüfen und zu fragen, wer aus welchem Grund fehlte, hätte sie zwischen ihm und den Dienern gestanden. Wo immer Lothair und Luc jetzt waren, beschämt und gepeinigt durch ihr Entsetzen über das, was sie im guten Glauben für sie getan hatten, sie würde nicht die beiden für etwas zahlen lassen, das sie für ihre eigene Schuld hielt.

Als die Tür geöffnet wurde, fuhren alle Köpfe herum, denn für einen Diener kam sie zu plötzlich und zu selbstbewußt herein. Ihr Blick schweifte über den Kreis der überraschten Gesichter. Audemar und Cenred saßen beim Wein am Tisch, Emma stickte etwas abseits an ihrem Rahmen, achtete aber kaum auf die Arbeit, sondern wartete mit angespannten Nerven darauf, daß die Dinge endlich Gestalt annähmen und das Leben in seine gewohnten Bahnen zurückkehrte. Und der Fremde – Cadfael bemerkte, daß Adelais den jungen Jean de Perronet bisher noch nie gesehen hatte. Auf ihm verweilte ihr Blick etwas länger, bis sie ihn als Bräutigam identifiziert hatte. Kaum wahrnehmbar verzogen sich ihre Lippen zu einem kleinen, spröden Lächeln, bevor sie Roscelin ansah.

Der Junge hatte sich in eine Ecke zurückgezogen, wo er die Versammlung im Auge behalten konnte, als dächte er über eine bevorstehende Schlacht nach. Bereit und bewaffnet, steif und aufrecht saß er auf der Bank vor den Wandbehängen, den Kopf erhoben und die Lippen fest geschlossen. Er hatte anscheinend, wenn auch nicht eben begeistert, Helisendes Wunsch akzeptiert, in Farewell etwas Ruhe zu finden, aber er hatte nicht vergessen, daß diese Verschwörer geplant hatten, sie heimlich zu verheiraten und ihn um seine zugegebenermaßen fehlgeleiteten Hoffnungen zu bringen. Sein Kummer über seine Eltern erstreckte sich zwangsläufig auch auf de Perronet und selbst auf Audemar de Clary, in dessen Haus er verbannt worden war, um ihren Plänen nicht im Wege zu sein. Wie konnte er sicher sein, daß Audemar nicht noch mehr getan hatte, als einen passenden Ort für die Verbannung zu stellen? Sein von Natur aus offenes, freundliches und klares Gesicht war jetzt verschlossen, mißtrauisch und feindselig. Adelais sah ihn länger an als alle anderen. Wieder ein Junge, der hübscher war, als es gut für ihn war und eine unglückliche Liebe anzog wie eine Blume die Bienen.

Die erste Überraschung war vorbei. Cenred stand hastig auf, um die Gäste zu begrüßen, und kam ihr mit ausgestreckten Armen entgegen, um sie zu einem Platz am Tisch zu führen.

»Mylady, willkommen in meinem Haus! Es ist mir eine Ehre!«

Audemar, weniger erfreut, sagte mit leichtem Stirnrunzeln: »Madam, was führt Euch her? Und noch dazu ohne Gefolge!« Es war ihm lieber, wenn seine tatkräftige Mutter im entfernten Hales im Exil saß und dort Hof hielt. Als Cadfael die beiden nun beieinander sah, fand er sie einander sehr ähnlich. Zweifellos schätzten sie sich, aber seit der Sohn erwachsen war, konnten sie nicht mehr unter einem Dach leben. »Es war nicht nötig«, fuhr Audemar fort, »hierherzureiten. Ihr könnt nichts tun, was nicht schon getan wird.«

Adelais hatte sich von Cenred ein Stück weit in den Raum ziehen lassen, doch dann sträubte sie sich, blieb im Licht stehen und befreite mit herrischer Geste ihre Hand.

»Doch«, sagte sie, »es war nötig.« Abermals warf sie einen langen Blick auf die aufmerksamen Gesichter. »Und ich bin nicht ohne Schutz gekommen. Bruder Cadfael hat mich eskortiert. Er kommt aus der Abtei in Farewell, und wenn er uns verläßt, wird er dorthin zurückkehren.« Sie sah von einem jungen Mann zum andern, vom vorgezogenen Bräutigam zum enttäuschten Geliebten. Beide beäugten sie besorgt, denn sie spürten, daß eine Wende eintreten würde, auch wenn sie nicht wußten, was auf sie zukam.

»Ich bin froh«, sagte Adelais, »daß Ihr alle hier versammelt seid. So brauche ich nur einmal zu sagen, was ich zu berichten habe.«

Sie hatte sicher noch nie Schwierigkeiten gehabt, dachte Cadfael, während er sie beobachtete, die Aufmerksamkeit aller Menschen auf sich zu ziehen, ganz egal, wohin sie ging. In jedem Raum, den sie betrat, war sie der Mittelpunkt, die dominierende Gestalt in jeder Runde. Nun schwiegen alle und warteten, was sie zu sagen hatte.

»Wie ich hörte, Cenred«, sagte sie, »hattet Ihr die Absicht, vor zwei Tagen Eure Schwester – Eure Halbschwester, sollte ich besser sagen –, mit diesem jungen Herrn hier zu verheiraten. Aus

Gründen, die vor der Kirche und der Welt Bestand haben, da sie mit Eurem Sohn Roscelin eine allzu innige Beziehung hatte. Die Trauung, nach der sie an einen weit entfernten Ort umgezogen wäre, sollte den Schatten einer so unheiligen Verbindung von Eurem Haus und Eurem Erben nehmen. Verzeiht mir, wenn ich so offen spreche, es ist zu spät für Höflichkeit. In jedem Fall trifft Euch keine Schuld, da Ihr nicht mehr wußtet.«

»Gab es denn noch mehr zu wissen?« fragte Cenred verblüfft. »Offene Worte sind mir mehr als recht. Sie sind nahe Blutsverwandte, wie Ihr wißt. Hättet Ihr nicht ähnliche Maßnahmen ergriffen, um ein solches Übel von Eurem Enkelkind abzuwenden, wie ich es für meine Schwester tat? Sie ist mir so nahe und so teuer wie mein eigener Sohn. Sie ist Eure Enkeltochter. Ich erinnere mich gut an die zweite Heirat meines Vaters. Ich erinnere mich an den Tag, an dem Ihr die Braut zu uns brachtet, und an den Stolz meines Vaters, als sie ihm ein Kind schenkte. Da er schon lange tot ist, war ich Helisende nicht nur wie ein Bruder, sondern auch wie ein Vater verpflichtet. Natürlich wollte ich sie und meinen Sohn schützen. Diesen Wunsch habe ich auch jetzt noch. Messire de Perronet hat seine Werbung nicht zurückgezogen, und auch ich bleibe bei meinem Verbot.«

Audemar hatte sich erhoben und sah seine Mutter mit zusammengezogenen Augenbrauen und hartem Gesicht an. »Was gibt es noch zu wissen?« fragte er scheinbar ruhig. Doch so gleichmütig und leise seine Stimme auch klang, man hörte Zweifel und Unbehagen darin. Eine Frau ohne Adelais' unbeugsamen Willen hätte sich bedroht gefühlt. Sie aber erwiderte seinen Blick und ließ sich nicht beeindrucken.

»Dieses hier! Ihr macht Euch unnötige Sorgen. Es gibt, Cenred, keine Barriere zwischen Eurem Sohn und Helisende außer jener, die Ihr selbst errichtet habt. Es wäre kein Inzest, wenn sie heirateten und ihr Lager teilten. Helisende ist nicht Eure Schwester, Cenred, sie ist nicht die Tochter Eures Vaters. In ihren Adern fließt kein Tropfen Blut aus Vivers.«

»Aber das kann nicht sein!« protestierte Cenred mit ungläubigen Kopfschütteln. »Das ganze Haus kennt das Kind von Geburt an. Was Ihr sagt, ist unmöglich. Warum kommt Ihr mit einer solchen Geschichte, wenn alle meine Leute bezeugen können, daß sie von der rechtmäßigen Frau meines Vaters hier in ihrem Bett und hier in meinem Haus geboren wurde?«

»Nachdem sie in meinem gezeugt wurde«, fiel Adelais ein. »Ich frage mich, warum niemand auf die Idee kam, die Tage zu zählen. Ich verlor damals keine Zeit. Meine Tochter war bereits schwanger, als ich sie hierherbrachte und heiraten ließ.«

Nun waren alle aufgesprungen, nur Emma saß bleich über ihrem Stickrahmen, erschüttert von den ungläubigen und wütenden Rufen, die wie wechselnde Winde um sie fuhren. Cenred hatte die Sprache verloren, aber de Perronet wandte ein, daß alles falsch sei und die Dame ihren Verstand verloren habe. Roscelin war aufgesprungen, um ihm seinerseits zu widersprechen. Mit funkelnden Augen und halb außer sich wandte er sich von seinem Rivalen an Adelais und flehte, forderte, daß wahr sei, was sie gesagt hatte. Schließlich schlug Audemar laut die Faust auf den Tisch und brachte mit lauter, gebieterischer Stimme alle anderen zum Schweigen. Adelais hatte die ganze Zeit aufrecht und reglos gestanden wie ein Stein, die Rufe und das Durcheinander einfach über sich ergehen lassen.

Sie schwiegen nun, die Rufe hörten auf, nur noch angestrengtes Atmen war zu hören, während alle Anwesenden sie anstarrten, als müßte man nur lange genug ihr Gesicht ansehen, um zu erkennen, ob sie die Wahrheit gesagt hatte.

»Wißt Ihr auch, Madam, was Ihr da sagt?« fragte Audemar schließlich mit gefaßter, ruhiger Stimme.

»Allerdings, mein Sohn! Ich weiß, was ich sage, und ich weiß, daß es wahr ist. Ich weiß, was ich getan habe, und ich weiß, daß es nicht recht war. Niemand von Euch brauchte es zu sagen, ich sage es selbst. Aber ich tat es, und keiner von Euch kann es heute ungeschehen machen. Ja, ich täuschte Herrn Edric, ja, ich zwang meine Tochter zu dieser Ehe, ja, ich setzte das Kind eines anderen in dieses Haus. Oder, wenn Ihr so wollt, ich ergriff Maßnahmen, um den Namen und das Vermögen meiner Tochter zu schützen und dafür zu sorgen, daß sie ihre Ehre behielt, wie Cenred es für seine Schwester tun wollte. Ob Edric jemals diesen Handel bereute? Ich glaube nicht. Freute er sich über das Kind, das er für das seine hielt? Ganz gewiß. All die Jahre habe ich es dabei belassen, aber nun hat Gott es anders gefügt, und es tut mir nicht leid.«

»Wenn es wahr ist«, sagte Cenred, indem er tief Luft holte, »dann muß Edgytha davon gewußt haben. Sie kam mit Bertrade her, und wenn Ihr, jetzt endlich, die Wahrheit sagt, dann muß sie eingeweiht gewesen sein.«

»Sie wußte es«, sagte Adelais. »Und mir tut der Tag leid, an dem ich sie abwies, als sie mich bat, die Wahrheit zu sagen, und noch mehr bedrückt mich, daß sie heute nicht unter uns sein und meine Worte bestätigen kann. Aber einer ist hier, der dazu in der Lage ist. Bruder Cadfael kam aus der Abtei von Farewell, wo Helisende jetzt ist. Ihre Mutter ist bei ihr. Und durch einen seltsamen Zufall«, fuhr sie fort, »ist auch ihr Vater bei ihr. Wir können der Wahrheit nicht mehr ausweichen; ich sage sie und bin mir der Bedeutung meiner Tat bewußt.«

»Ihr habt die Wahrheit lange genug verborgen«, meinte Audemar grimmig.

»Das habe ich, und ich rechne es mir nicht als Tugend an, sie jetzt enthüllt zu haben, da sie ohne mein Zutun ans Licht gekommen ist.«

Es gab ein tiefes, nachdenkliches Schweigen, bevor Cenred langsam fragte: »Ihr sagt, ihr Vater sei jetzt bei ihr? In Farewell?«

»Für mich ist es nur Hörensagen«, erklärte sie. »Bruder Cadfael soll Euch antworten.«

»Ich habe alle drei dort gesehen«, bestätigte Cadfael. »Es ist die Wahrheit.«

»Wer ist er?« wollte Audemar wissen. »Wer ist ihr Vater?«

Adelais fuhr mit ihrer Geschichte fort, ohne auch nur einmal den Blick zu senken. »Er war ein junger Schreiber in meinem Haus von guter Herkunft und nur ein Jahr älter als meine Tochter. Er wollte um ihre Hand anhalten, aber ich wies ihn ab. Sie – ergriffen Maßnahmen, um mich zu zwingen. Nein, vielleicht tue ich ihnen damit Unrecht, vielleicht taten sie es nicht aus Berechnung, sondern aus Verzweiflung, denn sie war so verliebt wie er. Ich entließ ihn aus meinen Diensten und brachte sie in aller Eile hierher, um dem Wunsch zu entsprechen, den Lord Edric schon ein Jahr zuvor geäußert hatte. Und ich log und erklärte dem Geliebten, sie sei tot. Ich log ihn an und ließ ihn wissen, Bertrade und ihr Kind seien gestorben, als wir versuchten, sie vom Ungeborenen zu befreien. Er erfuhr erst in den letzten Tagen, daß er eine Tochter hat.«

»Wie kommt es dann«, wollte Cenred wissen, »daß er sie jetzt fand und noch dazu hier? Die ganze Geschichte kommt mir so seltsam vor, so aus der Luft gegriffen. Ich kann sie kaum glauben.«

»Ihr müßt Euch damit abfinden«, sagte sie. »Keiner von uns kann jetzt noch der Wahrheit entfliehen oder sie leugnen. Er hat sie gefunden, weil Gott es so fügte. Was mehr braucht Ihr noch?«

Cenred wandte sich gereizt an Cadfael. »Bruder, Ihr wart als Gast in meinem Haus. Erzählt mir, was Ihr über die Sache wißt. Ist es wahr, nach so vielen Jahren? Und wie kam es, daß sich die drei am Ende wiedersahen?«

»Es ist wahr«, erklärte Cadfael. »Sie sind sich begegnet, und inzwischen werden sie sich ausgesprochen haben. Er hat sie beide gefunden, weil er, nachdem er seine Geliebte für tot hielt, vor einigen Monaten selbst am Rande des Todes schwebte. Ihm wurde seine Sterblichkeit bewußt, und er beschloß, da er sie in dieser Welt nicht mehr wiedersehen würde, zu ihrem Grab zu pilgern und für ihren Frieden in der Welt zu beten. Da er sie aber in Hales nicht fand, wo er sie vermutete, kam er zu dem Anwesen in Elford, wo ihre Vorfahren beerdigt sind. Auf dem Rückweg wollte es die Gnade Gottes, daß wir in der Abtei von Farewell um ein Nachtlager baten. Dort, Lord Audemar, dient die Dame, die Eure Schwester war, als Lehrerin für die Novizinnen in dem vom Bischof neu gegründeten Kloster. Und dort suchte auch Helisende nach ihren Qualen Zuflucht. So fanden sich alle drei schließlich unter dem gleichen Dach wieder.«

Nach einer Weile meinte Audemar leise: »*Wir* baten in der Abtei von Farewell um ein Nachtlager, sagtet ihr. Damit habt Ihr beinahe genug gesagt. Nur eines fehlt noch: der Name.«

»Er kam schon vor langer Zeit ins Kloster. Er ist mein Mitbruder in der Abtei von St. Peter und St. Paul in Shrewsbury. Ihr habt ihn gesehen, Mylord. Es ist der Bruder, der mit mir nach Elford kam, der Bruder, der mit Krücken ging. Mönch und Priester ist er, Herr Cenred, es ist jener, den Ihr fragtet, ob er Helisende mit dem von Euch ausgewählten Mann verheiraten wolle. Sein Name ist Haluin.«

Allmählich begannen sie zu begreifen, was sie doch noch nicht in seiner vollen Tragweite erfassen konnten. Benommen starrten sie zu Boden und erkannten nach und nach, was die Enthüllungen für sie zu bedeuten hatten. Roscelin, bebend und strahlend wie eine frisch entzündete Kerze, war es plötzlich leicht ums Herz, als er von Schuld und Kummer befreit wurde. Berauschend wie Wein schien ihm der Tag, die Welt war voller Hoffnung und Freude, seine Augen waren geblendet, und seine Zunge war gelähmt. De Perronet sah sich nun einem nicht zu unterschätzenden Rivalen gegenüber, nachdem er anfangs keine Schwierigkeiten gesehen hatte. Sein Stolz war verletzt, und er war entschlossen, mit ganzer Kraft um den gefährdeten Siegespreis zu kämpfen. Cenred war überwältigt, nachdem seine Familiengeschichte auf den Kopf gestellt worden war: Sein Vater schien gedemütigt und, da er der Täuschung erlegen war, sogar senil, seine Schwester war auf einmal eine Fremde, ein Eindringling ohne Rechte in seinem Haus. Emma saß schweigend und voller Furcht in ihrer Ecke, bekümmert um den Betrug an ihrem Herrn und den Verlust des Mädchens, das sie wie eine Tochter angenommen hatte.

»Sie ist nicht meine Schwester«, sagte Cenred schwer und eher zu sich selbst als zu den anderen. Wütend wiederholte er seine Worte: »Sie ist nicht meine Schwester.«

»Nein«, bestätigte Adelais. »Aber bisher glaubte sie es. Es ist nicht ihre Schuld, sie trifft kein Vorwurf.«

»Sie ist nicht mit mir verwandt. Ich bin ihr nichts schuldig, weder Mitgift noch Land. Sie hat keine Ansprüche.« Er sagte es eher verbittert als triumphierend, denn er bedauerte das abrupte Ende einer liebevollen Verbindung.

»Nein. Aber sie ist mit mir verwandt«, erklärte Adelais. »Die Mitgift ihrer Mutter ging an Polesworth, als sie die Gelübde ablegte, aber Helisende ist meine Enkelin und meine Erbin. Das Land, das ich besitze, wird an sie gehen. Sie wird nicht mittellos sein.« Sie blickte de Perronet an, während sie sprach, und lächelte traurig. Es war nicht nötig, den Weg des Geliebten zu sehr zu ebnen, indem das Mädchen in den Augen des Rivalen als mittellos und deshalb weniger anziehend dargestellt wurde.

»Madam, Ihr mißversteht mich«, sagte Cenred mit unterdrückter Wut. »Dieses Haus war ihr Heim, sie wird es immer noch für ihr Heim halten, denn wohin sollte sie sonst gehen? Aber plötzlich sind wir von ihr abgeschnitten wie gelähmte Glieder. Ihr Vater und ihre Mutter sind im Kloster, und was hatte sie bisher mit Euch zu tun? Verwandt oder nicht, sie gehört hierher nach Vivers.«

»Aber jetzt hält mich nichts mehr davon ab«, rief Roscelin triumphierend, »um ihre Hand anzuhalten. Ich kann offen um sie werben, es gibt keine Hindernisse mehr. Wir haben uns nicht versündigt, kein Schatten ist über uns gefallen, kein Bann besteht mehr zwischen uns. Ich werde gehen und sie heimbringen. Sie wird kommen, glücklich wird sie kommen! Ich weiß es!« Er jubelte, seine blauen Augen blitzten vor Freude. »Ich wußte, daß unsere Liebe nicht falsch war! *Ihr* habt mich überzeugt, daß es eine Sünde gewesen sei. Sir, laßt mich gehen und sie heimholen!«

Darauf entflammte de Perronet vor Wut, zischte wie brennender Schwefel, machte zwei rasche Schritte und baute sich vor dem Jungen auf. »Ihr springt zu früh und zu weit, mein Freund! Eure Rechte sind nicht größer als meine. Ich ziehe meine Werbung nicht zurück, und ich werde sie mit aller Kraft verteidigen.«

»Wie Ihr wollt«, jubelte Roscelin, viel zu entrückt von Erleichterung und Entzücken, um engstirnig oder beleidigt zu sein. »Jeder soll sagen können, was er denkt, aber jetzt sind wir gleichberechtigt, Ihr und jeder, der noch kommen wird. Wir werden ja sehen, was Helisende zu sagen hat.« Aber er wußte genau, wie ihre Antwort lauten würde. Seine Sicherheit war eine Beleidigung, auch wenn sie nicht so gemeint war. De Perronet hatte die Hand an den Dolch gelegt, und heißere Worte drängten sich schon in seiner Kehle, als Audemar auf den Tisch hieb und den beiden Schweigen gebot.

»Ruhe da! Bin ich hier der Oberherr oder nicht? Das Mädchen ist nicht ohne Verwandte, denn sie ist meine Nichte. Wenn hier irgend jemand ihr gegenüber Rechte und Pflichten hat, dann bin ich es, und ich sage, daß sie hier in Cenreds Obhut bleiben soll, wenn er es wünscht, und er soll die Rechte behalten, die er im Glauben, ihr Verwandter zu sein, in all den Jahren ausübte. Was ihre Heirat angeht, will ich mich mit ihm gut beraten und überlegen, was für sie am besten ist, aber ich werde sicherlich nicht gegen ihren Willen entscheiden. Nur für den Augenblick laßt sie in Ruhe! Sie hat sich Zeit für sich selbst ausbedungen, und die soll sie haben. Wenn sie bereit ist, zurückzukehren, werde ich sie selbst holen.«

»Einverstanden!« erklärte Cenred aufatmend. »Ich bin zufrieden! Besser könnte ich es mir nicht wünschen.«

»Und Ihr, Bruder...« Audemar wandte sich an Cadfael. Er hatte die Situation unter Kontrolle, und in seinem Bezirk war sein Wort Gesetz. Seine Absicht war es, den Schaden möglichst gering zu halten, wo seine Mutter auf völlige Zerstörung aus gewesen war. »Bruder, wenn Ihr nach Farewell zurückkehrt, dann richtet ihnen aus, was ich soeben gesagt habe. Geschehen ist geschehen, und alles, was noch zu tun ist, wird offen und bei Tageslicht geschehen. Roscelin«, befahl er scharf, indem er sich an den unruhigen, immer noch strahlenden Jungen wandte, »laß die Pferde satteln, wir reiten nach Elford. Du stehst in meinen Diensten, bis ich dich entlasse, und ich habe nicht vergessen, daß du ohne Erlaubnis fortgeritten bist. Gib mir keinen weiteren Anlaß zum Schelten.«

Aber seine Stimme klang nicht besonders wütend, und weder seine Worte noch der Blick, den er ihm zuwarf, konnten Roscelins überschäumende Freude dämpfen. Der Junge verneigte sich kurz, um den Befehl anzunehmen, und ging sofort hinaus, um zu tun, was sein Herr ihn geheißen hatte. Er flog durch die Türe, daß hinter ihm die Vorhänge flatterten. Ein Schwall kalter Luft kam von draußen in die Kammer wie ein Seufzen.

Audemar blickte lange und nachdenklich zu Adelais, die unverzagt seinen Blick erwiderte und auf sein Urteil wartete.

»Madam, Ihr werdet mit mir nach Elford zurückreiten. Ihr habt hier getan, was Ihr tun wolltet.«

Trotz Roscelins Vorsprung saß Cadfael als erster im Sattel. Er wurde hier nicht mehr gebraucht. Natürlich hätte er gern erfahren, wie sich die Familie auf die neue Situation einstellte, da

Entscheidungen sicherlich leichter zu fällen als zu verwirklichen waren, doch diese Neugierde mußte ungestillt bleiben, denn er würde kaum noch einmal hier vorbeikommen. Ohne Eile holte er sein Pferd und stieg auf. Er lenkte sein Tier gerade zum Tor, als Roscelin sich aus der Gruppe der Burschen löste, die Audemars Pferde sattelten, und Cadfael hinterdrein rannte.

»Bruder Cadfael...« Einen Moment war er um Worte verlegen, denn für sein Staunen und seine Seligkeit gab es keine Worte. Dann aber schüttelte er den Kopf und lachte über seine Verwirrung. »Sagt ihr, sagt ihr, daß wir frei sind. Wir müssen uns nicht mehr zwingen, nichts kann uns jetzt mehr hindern...«

»Mein Sohn«, sagte Cadfael freundlich, »inzwischen weiß sie es so gut wie Ihr.«

»Und sagt ihr, daß ich bald, sehr bald schon zu ihr kommen werde. Oh, ja, ich weiß«, sagte er zuversichtlich, da er Cadfaels gehobene Augenbrauen sah. »Aber er wird mich schicken! Ich kenne ihn! Er wird eher einen Verwandten, den er kennt und auf den er sich verlassen kann, einen seiner eigenen Männer schikken, dessen Land an sein eigenes grenzt, als einen jungen Herrn aus einer anderen Gegend. Und mein Vater wird uns jetzt nicht mehr im Wege sein. Warum sollte er, wo doch alles aufgeklärt ist? Was hat sich verändert außer den Dingen, die verändert werden mußten?«

Er hatte recht, dachte Cadfael, während er vom Sattel aus zu dem jungen, glühenden Gesicht hinunterblickte. Die Veränderung lag darin, daß Falschheit der Wahrheit gewichen war, und so schwer die Umstellungen auch wurden, es konnte nur besser werden. Die Wahrheit ist manchmal teuer, aber am Ende wird sie stets dem entrichteten Preis gerecht.

»Und sagt ihm«, fügte Roscelin ernsthaft hinzu, »ich meine, sagt dem lahmen Bruder... ihrem Vater...« Verwundert und etwas schüchtern sprach er das Wort aus. »Sagt ihm, daß ich mich freue, daß ich ihm mehr schulde, als ich je zurückzahlen kann. Und sagt ihm, daß er sich um ihr Glück keine Sorgen mehr machen muß, denn darauf will ich mein Leben verwenden.«

14

Etwa zu der Zeit, als Cadfael im Hof von Farewell vom Pferd stieg, saß Adelais de Clary mit ihrem Sohn in dessen Privatgemächern in Elford. Zwischen ihnen war ein langes, drückendes Schweigen entstanden. Der Nachmittag ging allmählich in den Abend über, das Licht wurde trübe, doch er hatte noch keine Kerzen bringen lassen.

»Es gibt noch eine Angelegenheit«, sagte er schließlich, indem er sein düsteres Schweigen brach, »die so gut wie überhaupt nicht besprochen worden ist. Zu Euch, Madam, kam die alte Frau. Und Ihr schicktet sie mit einem knappen Nein wieder fort. In ihren Tod! Geschah es auf Euren Befehl?«

Hitzig erwiderte sie: »Nein!«

»Ich will nicht fragen, was Ihr darüber wißt. Was würde es nützen? Sie ist tot. Aber es gefällt mir nicht, wie Ihr damit umgeht, und ich habe entschieden, daß ich nichts damit zu tun haben will. Morgen, Madam, werdet Ihr nach Hales zurückkehren. Hales könnt Ihr als Einsiedelei haben. Aber kommt nie wieder in dieses Haus, denn man wird Euch nicht einlassen. Die Türen aller Anwesen bis auf Hales sind Euch von nun an verschlossen.«

Gleichgültig sagte sie: »Wie du willst, es ist mir gleich. Ich brauche nicht viel Platz, und vielleicht brauche ich ihn nicht lange. Hales ist mir recht.«

»Dann, Madam, brecht auf, wann immer Ihr wollt. Ihr sollt eine sichere Eskorte bekommen, denn anscheinend«, sagte er mit bitterem, wissendem Unterton, »habt Ihr Euch von Euren eigenen Burschen getrennt. Ihr könnt auch eine Sänfte bekommen, falls Ihr lieber Euer Gesicht verbergen wollt. Man wird nicht sagen können, daß ich Euch schutzlos reisen ließ wie jene alte Frau, die sich nachts allein hinauswagte.«

Adelais erhob sich von ihrem Hocker und verließ ohne ein weiteres Wort den Raum.

Draußen in der Halle hatten die Diener begonnen, die Fackeln anzustecken. Sie steckten sie in die Ringe, doch in allen Ecken und zwischen den verräucherten Balken unter der hohen Decke sammelte sich die Dunkelheit und wob Netze aus Schatten.

Roscelin stand am Herd in der Mitte des Raumes und stocherte mit der Hacke seines Stiefels in der Glut, um den tagsüber gedämpften Brand zu neuem Leben zu erwecken. Er hatte noch Audemars Mantel über dem Arm, die Kapuze baumelte an einer Seite herunter. Das Licht der auflodernden Flammen vergoldete sein gesenktes Gesicht, er schien zarte Wangen, anmutige Knochen und eine Stirn so schön wie die eines Mädchens zu bekommen, und während er träumte, stahl sich ein leises, entrücktes Lächeln auf seine Lippen. Flachshell teilte sich sein Haar über dem glatten Nacken und fiel über seine Wangen.

Einen Moment blieb Adelais, von ihm unbemerkt, im Schatten stehen und beobachtete ihn. Abermals empfand sie die Freude und die Schmerzen einer unwiderstehlichen Anziehung und eines unerträglichen Glücks, gepeinigt sah sie seine Schönheit und Jugend, die vergehen und verschwinden würden. Zu scharf und süß war die Erinnerung an die Dinge, die vor langer Zeit schon geendet hatten, an die Jahre, die sie vergessen geglaubt hatte. Alles entflammte zu neuem Leben und stieg wie der Phönix aus der Asche, doch sie stand jetzt vor den Trümmern, die all die Jahre aus dem Geliebten gemacht hatten.

Schweigend, damit er sie nicht hörte, damit er ja nicht seine allzu strahlenden, jubelnden blauen Augen zu ihr erhob, ging sie an ihm vorbei. Die dunklen Augen, an die sie sich erinnerte, tief und gefühlvoll unter geschwungenen schwarzen Brauen, hatten nie auf diese Weise für sie gestrahlt. Immer pflichtbewußt waren sie gewesen, immer vorsichtig und oft gesenkt in ihrer Gegenwart.

Adelais ging in die Abendkälte hinaus und wandte sich zu ihren Gemächern. Nun, es war vorbei. Das Feuer war Asche. Sie würde ihn nie wiedersehen.

»Ja, ich habe sie gesehen«, erklärte Bruder Haluin. »Ja, ich habe mit ihr gesprochen. Ich habe ihre Hand berührt, sie war warm und aus Fleisch, es war das Fleisch einer Frau, keine Illusion. Die Pförtnerin brachte mich unvorbereitet zu ihr, ich konnte nicht sprechen und nichts sagen. Sie war für mich so lange tot gewesen. Der Blick, den ich auf sie erhaschen konnte, wie sie im Garten zwischen den Vögeln stand... danach, als Ihr fort wart, wußte ich nicht mehr, ob ich es nur geträumt hatte. Aber sie zu berühren, zu hören, wie sie meinen Namen rief... und sie freute sich...

Bei ihr war es anders als bei mir, aber Gott weiß, ich würde nicht behaupten, daß ihre Bürde leichter war. Vielleicht wußte sie auch, daß ich noch lebte, vielleicht wußte sie, wo ich war und was ich war. Für sie gab es keine Schuld, sie hatte nichts getan, außer mich zu lieben. Und sie konnte sprechen, und das tat sie, Cadfael! ›Hier ist eine‹, sagte sie, ›die dich bereits aus gutem Grund in die Arme genommen hat. Nun kannst auch du sie in die Arme schließen. Sie ist deine Tochter.‹ Könnt Ihr Euch so ein Wunder vorstellen? Sie gab mir die Hand des Kindes, während sie es sagte. Helisende, meine Tochter – nicht tot! Lebendig und jung und freundlich und frisch wie eine Blume. Und ich dachte, ich hätte sie beide getötet! Ganz von sich aus küßte mich das Kind. Auch wenn es erst nur Mitleid war – es muß Mitleid gewesen sein, wie konnte sie jemand lieben, den sie nicht kannte –, aber selbst wenn es nur Mitleid war, es war ein unbezahlbares Geschenk.

Und sie wird glücklich sein. Sie kann lieben, wen sie will und den heiraten, dem sie ihr Herz geschenkt hat. Einmal nannte sie mich *Vater*, aber ich glaube, damit meinte sie den Priester, der ich ja am Anfang für sie war. Dennoch war es gut zu hören, es ist eine schöne Erinnerung. Diese Stunde, die wir drei zusammen verbringen durften, macht die achtzehn langen Jahre wieder gut, auch wenn wir nur so wenig sprachen. Mein Herz konnte es kaum ertragen. Betrade widmet sich inzwischen wieder ihren Pflichten, und das muß auch ich bald... sehr bald schon... morgen...«

Cadfael hatte schweigend den langen, zögernden und doch so bedeutsamen Monolog seines Freundes angehört. Immer wieder hatte es lange Pausen gegeben, in denen Haluin von seinen Eindrücken mitgerissen wurde und sprachlos staunte. Kein Wort verlor er über die schrecklichen Dinge, die man ihm bewußt und grausam angetan hatte. Alles wurde durch die

Freude über den Ausgang vertrieben, keinen Gedanken verschwendete er noch an Schuld oder Vergebung. Und das war das endgültige und beinahe ironische Urteil, das über Adelais de Clary gesprochen wurde.

»Sollen wir zur Vesper gehen?« fragte Cadfael. »Die Glocke hat geläutet, sie sind sicher schon alle an ihren Plätzen, und wir können unbemerkt hinein.«

Aus ihrer düsteren Ecke in der Kirche betrachtete Cadfael die jungen, klaren Gesichter der Schwestern. Etwas länger ruhte sein Blick auf Schwester Benedicta, die einst Bertrade de Clary geheißen hatte. Neben ihm intonierte Haluin mit leiser, glücklicher Stimme die Antworten und Gebete. Cadfael mußte sich an die Stimme erinnern, mit der Haluin in der Scheune des Waldbauern kurz vor der Dämmerung langsam und zögernd Wort auf Wort wie Blutstropfen fallen gelassen hatte. Dort stand nun erfüllt und zufrieden die Frau an ihrem Platz, die er hatte beschreiben wollen. »Sie war nicht so schön wie ihre Mutter. Sie hatte nicht dieses dunkle Strahlen, sie war freundlicher. An ihr war nichts Dunkles oder Geheimnisvolles, sie war offen wie eine Blume im Sonnenschein. Sie hatte keine Angst – damals noch nicht. Sie vertraute jedem, und sie war niemals betrogen worden – damals noch nicht. Nur einmal wurde sie betrogen, und daran starb sie.«

Aber nein, sie war nicht gestorben. Und in diesem Moment, wie sie ergeben und pflichtbewußt in der Kirche stand, war nichts Dunkles und Zurückhaltendes an ihr. Das ovale Gesicht schien heiter, während sie nach all den Jahren voller Freude den Gottesdienst feierte. Nichts war zu bedauern, nichts trübte ihre Zufriedenheit. Die Berufung, der sie ohne Segen gefolgt war, mühsam und anfangs sicher widerstrebend, kam nun, nach so vielen Jahren und durch die Gnade Gottes zu ihrer Erfüllung. Sie machte nicht kehrt, um sich ihrer ersten Liebe zuzuwenden. Es gibt eine richtige Zeit für die Liebe. Die ihre hatte die Stürme des Frühlings und die Hitze des Sommers überstanden, und nun begann die goldene Stille der ersten Herbsttage, die sich einstellt, bevor die ersten Blätter fallen. Bertrade de Clary und Bruder Haluin schienen einander nun sehr ähnlich, gefestigt und unverletztlich im Frieden ihrer Seelen. Es war nicht nötig, sich wiederzusehen,

Leidenschaft spielte keine Rolle mehr. Sie waren von ihrer Vergangenheit befreit, und beide hatten in der Zukunft Aufgaben zu erfüllen, denen sie nun noch eifriger und gründlicher nachkommen würden, da sie wußten, daß der andere lebte und den gleichen Acker bestellte.

Am Morgen nach der Prim nahmen sie Abschied und machten sich auf die lange Heimreise.

Die Schwestern waren zum Kapitel versammelt, als Cadfael und Haluin Ranzen und Krücken nahmen und das Gästehaus verließen. Helisende begleitete sie bis zum Tor. Es schien Cadfael, als sei von allen Gesichtern jeder Schatten und jeder Zweifel genommen. Alle zeigten ein ungläubiges Staunen und schienen verwundert über das Glück, das ihnen zuteil geworden war. Nun sah man deutlicher, wie ähnlich Vater und Tochter einander waren, denn die Spuren der Jahre waren aus Haluins Gesicht gewischt.

Helisende umarmte ihn zum Abschied, inbrünstig und zugleich schüchtern und ohne ein Wort zu sagen. Trotz des vergangenen Tages, trotz der Vertrautheit, die entstanden sein mochte, sie konnte ihm nicht so schnell so nahe kommen wie ihre Mutter. Doch sie wußte, daß er sanft und angenehm war, und sein Einbruch in ihr Leben hatte sie von ihrem Alptraum, von Schuld und Verlust befreit. Das war die Erinnerung, die sie an ihn behalten würde, und sie war erfüllt von einer Freude und Dankbarkeit, die von Liebe nicht sehr weit entfernt war. Ein großes Geschenk, auch wenn sie sich nie wiedersehen würden.

»Gott sei mit Euch, Vater!« sagte Helisende.

Es war das erste und zugleich das letzte Mal, daß sie ihm diesen Titel nicht als Priester sondern als Mann gab. Es war ein Geschenk, von dem er sein Leben lang zehren würde.

Sie machten über Nacht in Hargedon Halt, wo die Stiftskirche von Hampton einen Bauernhof unterhielt, mitten in einem Land, das sich nur langsam von den Zerstörungen nach der normannischen Besiedlung erholte. Erst jetzt, nach sechzig Jahren, wurde Ackerland aus dem Unterholz zurückgewonnen, und hier und dort, wo Wege sich kreuzten oder Flüsse das

Wasser für eine Mühle lieferten, entstanden Dörfer. Die Sicherheit, die Kirchenleute, Aufseher und Diener boten, hatte andere angezogen, die sich in der Nähe niederließen, und tatendurstige Zweitgeborene errichteten neue Häuser aus dem Holz der vernachlässigten Wälder. Immer noch war es ein dünn besiedeltes Land, eben, einsam und im Abendlicht melancholisch. Doch mit jedem mühsamen Schritt, der sie auf dieser traurigen Ebene weiter nach Westen brachte, wurde Bruder Haluin heiterer, sein Schritt wurde leichter, und sein Gesicht bekam Farbe.

Jetzt blickte er aus dem schmalen, offenen Fenster der Scheune nach Westen in die sternenklare Nacht hinaus. Näher an Shrewsbury, wo die Hügel in Richtung Wales allmählich höher wurden, waren Erde und Himmel ausgeglichen und in Harmonie. Hier aber wirkte der Himmel gewaltig, die Erde der Menschen dagegen bedrückend und düster. Das Strahlen der Sterne und die Schwärze des Raumes dazwischen sprachen für eine Spur Frost in der Luft, aber der nächste Tag würde ein schöner Tag zum Wandern werden.

»Hattet Ihr nie den Wunsch«, fragte Cadfael leise, »Euch über die Schulter umzusehen?«

»Nein«, sagte Haluin schläfrig. »Das ist nicht nötig. Hinter mir ist alles gut. Alles ist in Ordnung. Dort gibt es nichts mehr für mich zu tun, und ich bin gebunden. Wir sind jetzt Schwester und Bruder. Wir erbitten nicht mehr, wir wollen nicht mehr. Jetzt kann ich mich mit ganzem Herzen Gott zuwenden. Ich bin unendlich froh, daß er mich hinunterstieß, damit ich mich erheben und ihm mit neuer Kraft dienen konnte.«

Es gab ein langes, behagliches Schweigen, während er mit einer Art freudigem Hunger im Gesicht in die klare Nacht hinaussah. »Ich habe ein Blatt halb beendet zurückgelassen, als wir nach Hales aufbrachen«, sagte er nachdenklich. »Ich wollte schon lange zurück sein, um es zu vollenden. Hoffentlich hat Anselm es nicht jemand anders gegeben. Es war das große ›N‹ für ›Nunc Dimittis‹, dem noch die Hälfte der Farben fehlte.«

»Es wird auf Euch warten«, beruhigte Cadfael ihn.

»Aelfric ist gut, aber er weiß nicht, was ich vorhatte, er könnte es mit dem Gold übertreiben.« Seine Stimme war weich und praktisch und jung.

»Macht Euch keine Sorgen«, sagte Cadfael. »Übt Euch noch drei Tage in Geduld, dann werdet Ihr wieder Pinsel und Feder in der Hand halten und Euch an die Arbeit machen. Und ich muß mich um meine Kräuter kümmern, denn die Arzneischränke dürften inzwischen fast geleert sein. Legt Euch nieder, Junge, und ruht Euch aus. Morgen warten noch einige Meilen auf Euch.«

Ein sanfter Wind aus Westen fuhr durchs offene Fenster herein. Haluin hob den Kopf und schnüffelte in der Luft, wie ein edles Pferd in seinem Stall schnüffelt.

»Es ist gut«, meinte er, »wieder nach Hause zu kommen!«